Eres mi canción favorita

Eres mi canción favorita

Brittainy **Cherry**

TRADUCCIÓN DE
Luz Achával

CHIC

Primera edición: enero de 2022
Título original: *The Mixtape*

Esta edición ha sido posible gracias a un acuerdo entre Amazon Publishing, www.apub.com, en colaboración con Sandra Bruna Agencia Literaria..

Diseño de cubierta: Taller de los Libros
Imagen de cubierta: Kaznavour - Shutterstock
Corrección: Cristina de la Calle

Publicado por Chic Editorial
C/ Aragó, 287, 2º 1ª
08009 Barcelona
chic@chiceditorial.com
www.chiceditorial.com

ISBN: 978-84-17972-09-7
THEMA: FR
Depósito Legal: B 1310-2022
Preimpresión: Taller de los Libros
Impresión y encuadernación: Liberdúplex
Impreso en España – *Printed in Spain*

A mi familia, mi cinta favorita

Nota de la autora

Esta historia nace de un lugar de amor y compasión por todas las mujeres del mundo que tanto soportan cada día. He querido escribir una historia desde el corazón, relevante y con sentido.

Por ello, me gustaría mencionar que ciertas partes de la trama pueden resultar delicadas para algunos lectores debido a los temas que tratan, pues incluyen la drogodependencia, la depresión, el abuso verbal y la violación.

Prólogo

Oliver

Hace seis meses

Aunque vengo de una familia de extrovertidos, yo nunca lo he sido. No me molestaba en absoluto. Había tenido la suerte de descubrir quién era a una edad muy temprana, y mi familia me quería tal y como era. Me gustaba mi introversión. Para ser feliz solo necesitaba un libro, una larga lista de reproducción y un compañero canino.

Mi hermano Alex, más parecido a mis padres, era el polo opuesto. En las reuniones sociales se sentía en su ambiente y ocupaba el centro de atención en cualquier fiesta. Cuando tienes un hermano gemelo, el autodescubrimiento parece casi imposible porque todo el mundo te compara con tu otra mitad. Sin embargo, yo nunca he tenido ese problema con Alex. Éramos mejores amigos, pero nuestras diferencias se contaban por millones. Si bien en las reuniones él era el extrovertido, yo era el observador.

Mi hermano se relacionaba en grupo, mientras que yo prefería analizar desde lejos. Siempre supe que también era sociable, pero me relacionaba mejor de forma individual. Las multitudes me agobiaban, porque me transmitían una energía muy caótica. Aunque mi hermano y yo nunca caímos en la trampa de creernos menos que el otro, el mundo tenía sus propias opiniones al respecto.

Formábamos un dúo musical, Alex y Oliver, y de este modo conseguimos más éxito del que quizá merecíamos. Cuando una pareja de hermanos está en el punto de mira, uno de ellos se convierte en el favorito de la gente. Con los gemelos es todavía peor. Los medios de comunicación no paraban de compararnos: desde nuestro aspecto y personalidad hasta cómo nos vestíamos y nos comportábamos en las entrevistas. Alex era carismático de los pies a la cabeza. Podía conocer a un extraño en una estación de metro y cinco minutos más tarde parecían amigos de toda la vida.

En cambio, yo me tomaba mi tiempo para conocer a una persona. No me abría de inmediato, por lo que a veces resultaba frío. Aunque en realidad era todo lo contrario. Quería saber qué emocionaba a quienes me rodeaban. No solo me interesaba el lado bonito, sino también el difícil y tormentoso.

No pretendía conocer su equipo de fútbol preferido o cómo celebraba fin de año con sus amigos. ¿Quién era en sus peores días? ¿Cómo trataba a los animales cuando nadie miraba? Cuando se sentía deprimido, ¿cómo de oscuros eran sus pensamientos? Por desgracia, nos encontrábamos en un mundo donde profundizar ya no era muy común. La gente vivía de manera superficial y solo exhibía sus momentos más felices. En ocasiones, tardabas años en descubrir las sombras de alguien, y la mayoría de la gente no permanecía a mi lado lo suficiente como para profundizar tanto.

Por eso, incluso con el dúo, teníamos fans muy diferentes. Los «alexcohólicos» eran el alma de la fiesta. La parte del público que aportaba la misma energía que desprendía mi hermano. Los «olivas» (el nombre no lo había escogido yo) eran bastante más tranquilos. Entre estos, se encontraban los que escribían cartas a mano y, mediante las redes sociales, me mandaban largos mensajes sobre lo mucho que se habían conmovido con nuestras canciones.

Tanto los «alexcohólicos» como los «olivas» eran los mejores. Sin una de las partes, ni Alex ni Oliver habrían podido celebrar el lanzamiento de un tercer álbum con su discográfica.

Aquella noche el club estaba repleto con la flor y nata de la industria musical para celebrar el lanzamiento de nuestro nuevo álbum: *Heart Cracks.* La sala rezumaba talento, ego y una riqueza insólita. Todo aquel con cierto renombre se encontraba allí, o, al menos, eso decía internet.

Por mi parte, sin embargo, solo quería irme a casa. No me malinterpretéis, estaba agradecido por todo lo que me había dado la vida. Sentía una enorme gratitud hacia mi discográfica y mi equipo, pero, tras unas cuantas horas en modo «encendido», necesitaba algo de soledad para recargar las pilas. Nunca me han gustado mucho las fiestas. Me apetecía más irme a casa, ponerme el chándal y darme un atracón de documentales en Netflix. Tenía una extraña obsesión con los documentales. ¿Había pensado alguna vez en volverme minimalista? No. ¿Vería un documental al respecto? Sí, por supuesto.

Esa noche había muchísima gente en la fiesta. Gente que me miraba con una sonrisa, pero que, seguramente, no me conocía. Gente que reía y hacía planes para verse de nuevo, aun sabiendo que aquello nunca ocurriría. Gente que se juntaba para comentar los dramas y los chismes de la industria musical.

A mi izquierda, Alex socializaba como el que más. Actuaba como el príncipe encantador que siempre había sido y, mientras tanto, yo picoteaba algo junto a una mesa repleta de comida, poniéndome fino a bocaditos de cangrejo.

Lo único que ambos teníamos en común era nuestro gusto musical y nuestro aspecto. Desde el pelo rizado castaño oscuro hasta los ojos color caramelo que no habíamos heredado de nuestros padres. Nuestro padre solía bromear diciendo que nuestra madre tenía que haber echado una canita al aire durante su relación. No obstante, en general, éramos idénticos a él, un hombre negro y esbelto de mirada acogedora, nariz redonda y sonrisa amplia. Cuando nuestros padres no sonreían, era porque se estaban riendo, y, si no, era porque estaban bailando. La mayor parte del tiempo hacían las tres cosas a la vez. Nos habían criado dos de las personas más felices y comprensivas del mundo.

Estaba recorriendo la mesa de los aperitivos cuando alguien me apoyó la mano en el hombro y me puse tenso al pensar que tendría que ponerme la capa de socializar otra vez. Me di la vuelta con rapidez y suspiré aliviado al ver a Alex detrás de mí. Iba vestido de negro de los pies a la cabeza, y llevaba un cinturón Hermès de hebilla dorada que probablemente salía de mi armario. Tenía el cuello de la camisa bien planchado y las mangas arremangadas hasta los codos.

—No hace falta que socialices tanto, hermano. La gente tiene miedo de que te subas a una mesa y te pongas a bailar —bromeó Alex, que acto seguido me arrebató el quincuagésimo bocadito de cangrejo de la mano y se lo llevó a la boca.

—He saludado a Tyler —me defendí.

—No creo que saludar a tu mánager sea socializar. —Echó un vistazo a su alrededor y se frotó la nuca. Al golpear su collar, este comenzó a balancearse. Era la mitad de un colgante con forma de corazón. La otra parte la tenía yo. Mamá nos lo regaló diez años atrás, justo antes de nuestra primera gira. Dijo que nos dejaba sus latidos.

Cursi a más no poder, pero, en fin, así era nuestra madre. La mujer más dulce que he conocido nunca, y una auténtica llorona. Todavía no era capaz de ver *Bambi* sin acabar con los ojos llenos de lágrimas.

No nos habíamos quitado esos colgantes ni una sola vez. Y yo agradecía el recuerdo de nuestro hogar.

—Iré a hablar con Cam, ¿qué te parece? —sugerí. Alex hizo un esfuerzo por ocultar una mueca, pero poner cara de póker no se le daba nada bien—. No puedes guardarle rencor para siempre.

—Ya lo sé, es que no me gustó que hiciera aquella entrevista y te echara a los leones para conseguir algo de visibilidad. Tu chica no debería comportarse así.

Cuando mi hermano y yo formamos el dúo, empezamos tocando en muchos locales pequeños. En ese momento nos topamos con Cam, una estrella emergente del *country* de un pequeño pueblo de la Georgia profunda.

Aunque éramos artistas muy diferentes (yo era músico de *soul/rythm and blues* y ella cantante de *country),* teníamos algo en común. No todos los días se encuentra uno a dos personas negras triunfando en una industria en la que son minoría.

A pesar de que ambos habíamos triunfado, el ascenso a la fama de Cam se había dado en el último año. Al fin estaba consiguiendo el reconocimiento que merecía por su talento, y a mí me encantaba verlo. El único problema era que con el éxito venía el ego. Brillaba bajo los focos, pero, al parecer, eso causaba adicción. Con el tiempo, resultó evidente que crecíamos en direcciones opuestas, algo que tuve claro cuando una tarde salimos a almorzar y Cam se acercó a los *paparazzi* para que nos sacaran una foto juntos.

La fama se convirtió en lo único que buscaba. Más, más, más. Nunca tenía suficiente, y esa necesidad de ser el centro de atención afectaba a su sentido común. Tomaba decisiones precipitadas sin pensar en las consecuencias y confiaba en las personas equivocadas. Se comportaba de una manera que no se parecía en nada a la de la mujer dulce que había conocido años atrás.

Aun así, sabía que no era una mala persona. Yo también había sido el centro de atención los últimos años, por lo que entendía el efecto que eso podía causar. Cuando nos conocimos, conectamos de esa manera profunda que tanto me gustaba. Ella tenía un sueño, igual que yo. Sabía que aún existía esa bondad en su interior. Estaba convencido de que simplemente necesitaba encontrar el equilibrio después de haber alcanzado la fama tan deprisa durante el último año. A ratos, seguía viendo esa inocencia en sus ojos. Otras veces veía miedo. Así que, ¿qué clase de capullo sería si la hubiese dejado justo cuando estaba encontrando su camino?

Cuando unas semanas antes hizo una entrevista en la que habló sobre nuestra relación personal (algo que yo nunca había querido compartir con el público), Alex se cabreó. Cam sabía que no me hacía ninguna gracia que nuestra relación cayera en las garras del público. Ya habíamos visto cómo los medios destrozaban, una y otra vez, la vida de la gente por diversión. Cam me explicó que lo hizo sin mala intención y que el entrevistador la confundió para que respondiese a las preguntas sobre nuestra relación. Y yo la creí. ¿Por qué no iba a hacerlo?

—No lo hizo con mala intención —musité mirando a mi hermano, que parecía bastante molesto.

Se encogió de hombros.

—Claro que no, pero lo ha utilizado para ganar fama. Ya sé que lleváis mucho tiempo juntos, y no quiero decir que te esté usando…

—Pues no lo digas —respondí con los dientes apretados.

Alex frunció el ceño.

—Vale, olvidémoslo.

—Te lo agradezco. —Sabía que lo decía de buena voluntad. Era un hermano sobreprotector y, cuando tenía que ver con sus relaciones, yo era igual con él. Solo queríamos lo mejor para el otro. Esbocé una sonrisa y le di unas palmaditas en la espalda—. Mis sentidos de chico introvertido se están activando, creo que me voy a casa.

—¿Te marchas tan pronto de tu propia fiesta? Diría que me sorprende, pero… —bromeó con sorna—. ¿Cam se va contigo?

—Sí, hemos venido juntos. Voy a buscarla.

Alex me dio una palmada en la espalda antes de coger de la mesa una albóndiga con un palillo.

—De acuerdo. Llámame cuando llegues a casa, ¿vale? Y si necesitas cualquier cosa, dímelo. Te quiero.

—Y yo a ti.

—Oh, y, hermano…

—¿Sí?

—Felicidades por el nuevo álbum. ¡Que sean cincuenta millones más! —exclamó Alex con los ojos empañados, como los de mamá. Menudo intensito.

—Esto es solo el principio —asentí, le di un abrazo y le propiné unas palmaditas más en la espalda. Parpadeé unas cuantas veces para impedir que se me humedecieran los ojos. Menudo intenso era yo también.

Supuse que lo de ser así nos venía de familia. Pero, joder, habíamos trabajado mucho durante más de quince años para levantar nuestra carrera. Se dijo que nos convertimos en una sensación de la noche a la mañana cuando nuestra canción «Heart Stamps» apareció en las listas de la revista *Billboard,* pero, al parecer, los medios olvidaron mencionar los años de esfuerzo que habían precedido a ese momento.

Cogí un último bocadito de cangrejo antes de dirigirme hacia Cam, y mis pensamientos se aceleraron porque tenía que saludar a las personas con las que se encontraba. Mis ganas de socializar estaban bajo mínimos. Los nervios comenzaron a ascender por mi garganta a medida que me acercaba más y más, pero me esforcé para reprimirlos.

Cam era espectacular. Eso era innegable. Cualquier persona en sus cabales pensaría lo mismo. Con sus ojos marrón claro, su pelo largo y liso de color negro azabache y su cuerpo escultural parecía una diosa. Se movía como la música y su sonrisa hacía que cualquier hombre ansiara su atención. Esa fue la expresión que me cautivó durante tantos años.

Aquella noche lucía un vestido de terciopelo negro tan ajustado que parecía que se lo hubieran cosido directamente sobre el cuerpo. Se alzaba imponente en sus tacones de suela roja, con el pelo recogido en una cola alta y los labios pintados de color carmesí.

Apoyé la mano en la cintura de Cam y se entregó a mi caricia por un momento, antes de mirar por encima del hombro.

—¡Oh, Oliver! Hola. Pensaba que eras otra persona.

¿Quién más iba a acariciarle la espalda de esa manera? ¿A qué otra mano iba a entregarse así?

—No, soy yo. —Los dos hombres con los que estaba hablando asintieron y me miraron con una sonrisa, y yo respondí con el mismo saludo básico antes de girarme hacia Cam—. Iba a marcharme. Ya que vinimos juntos, he pensado que tú también querrías.

—¿Qué? No. La noche acaba de empezar, no seas aguafiestas —dijo, aparentemente bromeando, antes de volverse hacia los dos hombres—. Oliver siempre se pone aguafiestas en estos eventos.

Todos rieron como si yo fuera el bufón de la noche. Sentí que se me encogía el pecho y dejé caer la mano antes de acercarme para susurrarle al oído:

—No tienes por qué hacer eso, ¿sabes?

—¿El qué?

—Actuar todo el tiempo. —Estaba representando el papel de chica desenfadada y juguetona, pero, a su vez, me estaba arrojando a los leones, como había dicho Alex.

Los ojos de Cam se encontraron con los míos. Un destello de aversión cruzó su rostro antes de que recuperara la compostura y me dedicara una sonrisa falsa a la vez que replicaba:

—No estoy actuando. Estoy haciendo contactos, Oliver.

«Ahí está».

La mujer a la que ya no conocía. El lado de Cam que menos me gustaba. Cada día echaba un poco más de menos la chica que era.

«Vuelve conmigo».

No dije nada más, porque sabía que no servía de nada intentar llegar a ella cuando estaba metida en ese papel. Ellos me miraron con una mueca de suficiencia cuando me volví para marcharme. Ni siquiera me molesté en despedirme. Los mandé a la mierda para mis adentros y también a sus gestos arrogantes. Me bastaba con saber que yo era la única persona con la que Cam volvería esa noche a casa.

Atravesé la multitud de sardinas con la cabeza gacha para no establecer contacto visual con nadie, con la esperanza de evitar cualquier tipo de interacción social. Mi cerebro había alcanzado su límite de sociabilidad y solo necesitaba encontrarme con mi chófer fuera para irme a casa.

Fui disparado hasta el guardarropa y mascullé un «gracias» al chico que me dio la chaqueta. Luego me dirigí hacia la parte frontal del edificio, donde, a la izquierda, detrás de unas barreras, los *paparazzi* llevaban toda la noche esperando la oportunidad de conseguir una foto de todos y cada uno de los famosos que salieran del club.

—¡Oliver! ¡Oliver! ¡Aquí! ¡Has venido con Cam! ¿Hay problemas en el paraíso?

—¿Por qué Cam no se marcha contigo?

—¿Es verdad que lleváis años saliendo juntos en secreto?

—¿Por qué mentir sobre vuestra relación? ¿Te avergonzabas de ella?

Y precisamente por esa razón no quería que esos capullos metieran las narices en mi vida.

Los ignoré y giré hacia la derecha, donde se alzaba otra barricada. Detrás estaban las personas que me importaban de verdad. Los fans.

Pese a que estaba exhausto y había desconectado el cerebro, fui hacia ellos y sonreí. Pasaría tanto tiempo como pudiera sacándome fotos con los fans porque sin ellos, Alex y yo ni siquiera tendríamos una fiesta de lanzamiento que celebrar.

—Hola, hola, ¿cómo va? —pregunté mientras le sonreía a una chica. Debía de tener unos dieciocho años y sostenía un cartel que decía **OLIVADxVIDA**.

—Ay, Dios mío —murmuró y esbozó una amplia sonrisa que revelaba su aparato de colores. Los ojos se le llenaron de lágrimas y empezó a temblar. Tomé su mano trémula con la mía.

De no haber sido porque sus amigas la sostenían, estaba seguro de que se habría caído al suelo.

—E-eres mi he-he-héroe —soltó, y no pude evitar sonreír.

—Y tú eres mi heroína. ¿Cómo te llamas?

—Adya. —Las lágrimas comenzaron a rodar por sus mejillas y se las enjugué—. No l-lo entiendes —tartamudeó mientras negaba con la cabeza—. Tu música me ayudó a salir de una depresión. Mis compañeros de la escuela me a-acosaban y quise qui-quitarme la vida, pero me refugié en tu música. Me salvaste.

La hostia.

«No llores, Oliver. No te atrevas a llorar, joder».

Le apreté la mano y me acerqué a ella.

—Si supieras cuánto me has salvado tú también, Adya.

Ella era la razón por la que hacía música. Ella y todos los demás que siempre estaban allí apoyando a Alex y Oliver. A la mierda los *paparazzi.* Yo estaba allí por los fans, porque ellos siempre estaban a nuestro lado.

—Conque sacándote fotos sin mí, ¿eh? —se metió Alex, y me dio una palmadita en la espalda. Llevaba la chaqueta en la mano como si estuviera a punto de marcharse también.

—¿A dónde vas? —pregunté.

—Me he cansado —dijo con la mirada fija en el reloj.

—Eso es mentira. —Alex siempre era de los últimos en irse de la fiesta.

Sonrió con picardía.

—Kelly me ha mandado un mensaje porque tiene hambre. He pensado en llevarle un poco de sopa de pollo, ya que no se encuentra bien.

Eso tenía más sentido. Kelly era mi asistente y Alex estaba coladito por sus huesos. Estaba viviendo en mi garaje mientras renovaban su *loft.* Por lo tanto, parecía que Alex pasaba por mi casa mucho más de lo normal y, definitivamente, no venía a visitarme a mí.

—Se me ha ocurrido ir contigo para aprovechar el viaje —dijo, y me propinó un codazo—. Después de sacarnos unas cuantas fotos con la peña.

Siempre había tenido la sensación de que Alex y Kelly tenían cierta conexión y no me sorprendía que hubieran comenzado a hablar. Lo cierto es que eran la pareja ideal. Durante un tiempo, Kelly padeció un trastorno alimenticio al intentar seguir los estándares de belleza de Hollywood. Alex fue quien más la ayudó a superar los momentos difíciles. Cada día se sentaba a comer con ella, sin falta, para asegurarse de que sabía que no estaba sola en su sufrimiento. Lo que comenzó como una amistad se transformó, poco a poco, en algo más significativo.

Nos hicimos unas cuantas fotos más con los fans mientras ignorábamos a los buitres que nos lanzaban preguntas absurdas desde el lado opuesto. Luego nos subimos en el asiento trasero del Audi negro que nos estaba esperando.

—Oye, Ralph, ¿te importa si fumo aquí dentro? —preguntó Alex tras acercarse al chófer.

—No se preocupe, señor Smith. Puede hacer lo que quiera —contestó Ralph, tan despreocupado como de costumbre. Alex sentía la necesidad de preguntarle antes de fumar, aunque él siempre decía que no pasaba nada.

Entonces, mi hermano se recostó en el asiento y encendió un porro. No fumaba mucho, si bien siempre se fumaba uno después de cualquier evento. Tal vez era su manera de relajarse tras una reunión. Yo habría adoptado el hábito si hubiera pensado que iba a ayudarme con la ansiedad social, pero, en vez de eso, la maría incrementaba mi paranoia sobre lo que la gente opinaba de mí.

No, gracias.

—¿Has escuchado esta canción? —preguntó mientras sacaba el móvil y reproducía la melodía—. «Godspeed», de James Blake. Joder. Tiene una voz flipante, tío. Suave como el *whisky*. Me recuerda a nuestros primeros temas, antes de que firmásemos el contrato con la discográfica. —Se dejó caer en el asiento y cerró los ojos—. Cada vez que escucho música como esta, siento que me he convertido en un vendido. Este es el tipo de música que queríamos hacer, ¿te acuerdas? Música que juega con tu alma en el buen sentido. Que te hace sentir vivo.

La canción era poderosa y, al mismo tiempo, muy apacible, cosa que no resultaba sorprendente al tratarse de James Blake. Me conmovía en lo más profundo de mi ser. Alex tenía razón, nuestra música también era así al principio. Trascendental. Cuando firmamos el contrato con la discográfica, ellos cambiaron mucho nuestra dirección, lo que nos trajo popularidad, millones de fans y millones de dólares. Pero ¿a qué precio? ¿Cuánta fama y dinero se necesitaba para que una persona vendiese su alma?

Muchos días deseaba volver a la época de los pequeños locales con público reducido.

Todo resultaba más auténtico por aquel entonces.

Cogí el móvil y abrí la lista de reproducción que estaba escuchando esos días para compartir mi canción favorita de James Blake. No pasaba un día en que Alex y yo no intercambiásemos música. La usábamos para expresar cómo nos sentíamos, un día sí y otro también. A veces, estábamos demasiado agotados para mantener una conversación de verdad y, entonces, las canciones eran una forma de comunicarnos.

Si habíamos tenido un día genial, «It Was a Good Day», de Ice Cube. ¿Bajón? «This City», de Sam Fischer. Si el mundo nos estaba sacando de quicio, «Fuck You», de CeeLo Green. Fuera cual fuera el sentimiento, alguna canción podía expresarlo.

—¿Has oído esta? —pregunté mientras seleccionaba «Retrograde», de James Blake. La primera vez que la escuché, supe que era importante.

Alex abrió los ojos y se inclinó hacia delante. Frunció el ceño mientras su cabeza comenzaba a moverse con suavidad al ritmo de la canción.

—Joder —dijo a la vez que esbozaba una sonrisa mientras la letra penetraba en su cabeza. Se le empañaron los ojos, el porro descansaba entre sus labios con la brasa roja brillando en la punta—. Tenemos que volver a producir música de este rollo. —Acto seguido, se pasó el pulgar por los ojos húmedos y yo sonreí.

El sensible de mi hermano siempre se emocionaba más cuando iba colocado.

—Hablo en serio, Oliver. Tenemos que volver a…

Sus palabras se cortaron en seco cuando el coche se detuvo de golpe y nos arrojó a ambos hacia delante.

—¿Qué coño ha sido eso? —pregunté.

—Lo siento, chicos. Unos capullos han bajado por la calle a toda leche como idiotas —dijo Ralph antes de pisar el acelerador para volver a ponerse en marcha.

Justo cuando estábamos acomodándonos de nuevo en el asiento y empezando a relajarnos, el mundo comenzó a hacerse pedazos a nuestro alrededor; las ventanas reventaron por el impacto de un coche que chocó contra nuestro lado izquierdo. No tuvimos tiempo de reaccionar o comprender qué ocurría exactamente. Lo único que sabía era que me dolía todo. El móvil me salió disparado de la mano. El pecho me ardía y la vista se me nubló.

Se escuchaban cláxones por todas partes. Los gritos de la gente retumbaban en mis tímpanos.

Por mucho que lo intentara, no podía moverme. Me sentía… ¿boca abajo? ¿Estaba boca abajo? ¿El coche estaba boca abajo? ¿Alex estaba…?

Mierda.

¿Alex?

Miré a mi izquierda, aunque el cuello me dolía con cualquier movimiento. Allí estaba, con los ojos cerrados, la cara cubierta de sangre y el cuerpo completamente inmóvil.

—Alex —exclamé con voz entrecortada y la palabra me abrasó la garganta mientras las lágrimas inundaban mis ojos—. Alex —repetí, una y otra vez, hasta que la cabeza comenzó a dolerme de una manera indescriptible.

Tenía que cerrar los ojos.

No quería cerrarlos.

Quería averiguar cómo estaba Alex.

Quería asegurarme de que estaba bien.

Quería…

Mierda.

No podía respirar. ¿Por qué me quemaba la garganta? ¿Mi hermano se encontraba bien?

Mis ojos comenzaron a cerrarse mientras «Retrograde» resonaba en mis oídos.

Adiós a una estrella

Por Jessica Peppers

Parece que el mundo de la música tiene que decir adiós a otro artista. El guitarrista Alex Smith, de Alex & Oliver, ha fallecido a los veintisiete años. Tras un fatídico accidente de coche, fue llevado al hospital Memorial, donde se declaró su muerte a su llegada.

Fuentes cercanas a los hechos han afirmado que Alex había abandonado la fiesta por su hermano. ¿Es demasiado pronto para cargar la culpa en los hombros de Oliver? Oliver ha sufrido algunas heridas, pero nada demasiado serio. Aun así, quién sabe qué efecto tendrá semejante pérdida para el artista.

No te pierdas las próximas actualizaciones, y, recuerda, lo has leído aquí primero, en W News.

*

ÚLTIMA HORA

La maldición del club de los 27

Alex Smith ha fallecido a los veintisiete años

Por Eric Hunter

Jimi Hendrix, Janis Joplin, Jim Morrison, Kurt Cobain, Amy Winehouse.

¿Qué tienen en común todos estos músicos, aparte de ser promesas legendarias de la música? Todos abandonaron este mundo a la temprana edad de veintisiete años. Lamentablemente, el club acaba de ganar un nuevo miembro a la misma tierna edad. La muerte de Alex Smith se hizo pública anoche después de un trágico accidente de coche. Se rumorea que había consumido estupefacientes. Nos hemos puesto en contacto con el equipo de Oliver, pero todavía no hemos recibido respuesta.

Las preguntas se suceden en los días posteriores a la tragedia. ¿Cómo repercutirá esto para Alex & Oliver? ¿Seguirá Oliver sin su hermano? ¿Cómo será capaz de asumir una pérdida tan personal?
Solo el tiempo lo dirá.
No perdáis de vista nuestra web para seguir las próximas actualizaciones de este trágico suceso.

*

La tragedia golpea a Alex & Oliver
Por Aaron Bank
Alex Smith, de Alex & Oliver, ha muerto esta noche en un accidente de coche. Una de las estrellas más brillantes de la industria musical se marcha demasiado pronto. Con el fallecimiento de Alex, el mundo no solo ha perdido a un músico de gran talento, sino también a un gran defensor de los derechos humanos. Desde ser un portavoz para la comunidad negra hasta estar en primera línea de manifestaciones por la igualdad, Alex Smith hizo mucho por este mundo. Sin duda, nos ha dejado demasiado pronto.

*

Twitter Trending Hashtag

#DEPAlexSmith

ShannonE: Cuando se muere el hermano Smith equivocado. #DEPAlexSmith
HeavyLifter: Oliver es un puto pringado. Si no hubiera hecho que su hermano se marchase antes de tiempo, Alex todavía estaría vivo. Es culpable de su muerte. DEP a uno de los mejores guitarristas del mundo. #DEPAlexSmith #PúdreteOliverSmith

BlackJazz4235: ¿Quién coño son Alex & Oliver? Suenan a grupo emo que llora en el sótano de su madre. #DEPAlexSmith #MúsicadeMierda

UptownGirlz: ¿Cómo es posible que solo sea 6 de enero y uno de mis ídolos ya esté muerto? Vete a la mierda, año nuevo. Quiero volver a empezar. #DEPAlexSmith

UntitledSoul: Y por esto no hay que meterse droga, chavales. Putos adictos. #DEPAlexSmith

*

El destino de Oliver Smith está en peligro

Por Eric Hunter

Han pasado seis meses desde el fallecimiento de Alex Smith, una de las mitades del poderoso dúo Alex & Oliver, y parece que el tiempo no ha tratado bien a Oliver Smith. Vimos cómo su estancia en una clínica de salud mental se vio frustrada por los *paparazzi* y trabajadores insensibles que expusieron el tratamiento de Oliver, lo que llevó al músico a abandonar el centro antes de conseguir la ayuda que probablemente necesitaba. Desde entonces, se ha convertido en un ermitaño que apenas abandona su casa. Fuentes cercanas al músico aseguran que se encuentra al borde de una crisis emocional. Muchos fans esperaban verle revivir y recuperarse de la trágica pérdida, pero el tiempo pasa y tal vez tengamos que abandonar nuestras esperanzas, chavales.

Parece que ha colgado la guitarra para siempre. Y, además, seamos sinceros. ¿Quién quiere a un Oliver sin un Alex?

1

Oliver

Presente

Me desperté al lado de una mujer a la que quería, pero que ya no me gustaba demasiado. No siempre había sido así. Hubo un tiempo en mi vida en que Cam Jones me dejaba sin aliento. Nos inspirábamos el uno al otro. Manteníamos conversaciones profundas y significativas. La adoraba. Incluso llegué a pensar que algún día sería mi esposa. Pero con el paso del tiempo se había convertido cada vez más en una extraña.

Días después de la muerte de Alex, comenzaron a circular rumores de que Cam me había estado engañando, aunque ella lo negó. Ese era, precisamente, el motivo por el que nunca quise que nuestra relación se hiciera pública. Cuando los buitres clavan las garras en la vida de los famosos, no los sueltan hasta destrozarlos.

Después de prometerme que los rumores eran falsos, no insistí más. Los *paparazzi* se dedicaban a difundir mentiras. Además, estaba pasando por un mal momento. No soportaba la idea de pelearme con Cam, la necesitaba. Estaba allí casi todas las noches para acostarse a mi lado y, tal vez, era un blandengue por necesitarlo, pero odiaba la idea de estar solo.

Mis pensamientos eran demasiado lúgubres para soportarlos sin compañía.

Cam bostezó a mi lado y, al estirar los brazos, me dio un golpe en la cara. Solté un gruñido y volví la espalda hacia las puntas heladas de sus dedos. Me maravillaba que alguien pudiera estar tan frío pese a dormir envuelto en un millón de mantas.

Cuando me giré hacia la izquierda, ella tiró del edredón hacia la derecha, me lo quitó y se envolvió en él. Refunfuñé un poco y me moví hasta quedar sentado en el borde de mi cama extragrande mientras me masajeaba las sienes. Entonces, al inclinarme hacia delante para levantarme, todo empezó a dar vueltas a mi alrededor.

Café.

Necesitaba café y unos quince años más de sueño. No recordaba la última vez que había dormido bien, al margen de cuando había perdido el conocimiento. Ya no lograba conciliar el sueño cuando estaba sobrio, mis pensamientos resonaban demasiado.

—Venga, arriba, princesa —canturreó una voz. Volví la cabeza unos centímetros hacia la puerta del dormitorio y entreabrí un ojo mientras la figura que tenía delante se enfocaba poco a poco.

Era Tyler, que me observaba desde allí con una taza de café y un frasco de ibuprofeno en las manos. Di gracias a Dios porque estuviera allí y por su habilidad para saber lo que necesitaba incluso antes de que se lo dijera. Tyler, que rondaba los cuarenta, era un tío bajito y calvo con el cuerpo tan tonificado como el de un superhéroe. Tenía un marcado acento del Bronx que no desapareció cuando se mudó de Nueva York a la Costa Oeste.

Siempre iba vestido con las mejores prendas de diseño y estropeaba su apariencia con las peores gafas de sol del mundo. A decir verdad, parecían sacadas de los años setenta. Estaba casi seguro de que había visto las mismas en las reposiciones de *Con ocho basta* que solía ver con mi padre. De haber sido un perro, Tyler habría sido una mezcla de pitbull y chihuahua: de constitución fuerte y ladrido acojonante, pero de aspecto ridículo. Sin embargo, por alguna extraña razón, le quedaba bien.

Refunfuñé un poco más y seguí masajeándome la frente con los dedos.

Cam se revolvió entre las sábanas y bostezó con fuerza mientras se sentaba y se pasaba las manos por la cara.

—¿Ese café es para mí? —preguntó, volviéndose hacia Tyler.

—Ni en broma —resopló este a la vez que recogía el sujetador de Cam y se lo lanzaba.

—Yo también me alegro de verte, Tyler.

—Venga, pírate, Satán —respondió él, sin mostrar ni un poco de simpatía por mi error recurrente. No era ningún secreto que los dos se odiaban. Incluso antes de que surgieran los rumores de que Cam me era infiel, Tyler la consideraba indigna de su atención. Alex y él tenían la misma opinión sobre ella: me estaba usando para darse a conocer.

Yo no me atrevía a creerlo. La mujer bondadosa que conocí años atrás seguía dentro de Cam, en algún lugar. Al menos esas eran las mentiras que me decía a mí mismo para afrontar cada día.

—Lo puedo hacer yo misma. De todos modos, debería irme ya. Tengo que encontrar una organización benéfica a la que realizar una donación para mejorar mi imagen en la prensa —anunció Cam.

—Las donaciones no se hacen para que la prensa hable bien de ti —mascullé.

Ella puso los ojos en blanco.

—Es la única razón por la que hacemos obras de caridad. Si no, ¿qué sentido tiene?

Cam se deslizó por la cama hasta apoyar su pecho desnudo en mi espalda. Su piel morena y fría se apretó contra la oscuridad de la mía y, por un segundo, fingimos que nuestros cuerpos conectaban, pero ambos sabíamos que estábamos forzando dos piezas de puzles diferentes.

—¿Le has preguntado a tu mánager si puedo actuar en tu concierto de esta noche? —dijo, y eso me recordó que tenía un concierto esa noche.

—Yo soy su mánager y la respuesta es un no rotundo —remarcó Tyler.

Cam resopló molesta.

—¿Cuándo vas a despedirlo?

—Nunca —contesté.

—¿Has oído eso? Nunca. Solo estoy esperando a que llegue el día en que te despida a ti —dijo Tyler.

Cam le lanzó un bufido y Tyler se lo devolvió.

Ella acercó los labios a mi oreja y mi cuerpo se rebeló ligeramente ante su caricia. Estaba casi seguro de que tenía los ojos clavados en Tyler como para demostrarle algo. Que era ella la que me controlaba, y no él.

—Lo de anoche fue divertido —comentó con voz ronca y áspera. ¿Divertido? ¿Lo fue? Había bebido demasiado como para recordarlo. Su pelo se balanceó de un lado a otro y me rozó la nuca—. Tengo que asistir a algunas reuniones. Te veo esta noche.

No contesté. Cam no esperaba ningún tipo de comunicación por mi parte. No hablábamos. Bueno, ella hablaba, yo no, y no parecía importarle, pues solo quería que alguien escuchase lo que decía. Entretanto, yo necesitaba que estuviera a mi lado. Por la noche, se tumbaba junto a mí y, durante apenas unos segundos, me sentía menos solo y fingía que el mundo no se derrumbaba a mi alrededor.

Es increíble cómo la soledad conduce a las personas a lugares a los que probablemente ya no pertenecen.

Cam se puso el vestido con gesto engreído mientras me lanzaba una mirada dominante.

—Adiós, Tye —dijo, quitándole el café de la mano, y salió de la habitación meneando las caderas.

Tyler puso cara de asco ante aquella imagen.

—Este es tu recordatorio diario de que no tienes por qué compartir cama con el diablo —comentó—. En fin, muévete, tenemos que irnos. Ya deberías haberte duchado.

Se acercó a las puertas de mi vestidor y las abrió, lo que dejó a la vista un espacio inmenso repleto de ropa de diseño, más de la que nadie debería tener. En medio de la sala, había una isla enorme, como la de una cocina, con cajones que revelaban relojes caros, calcetines de diseño y joyas que valían más que la hipoteca de mucha gente.

—Estaba pensando que quizá deberíamos cambiar la fecha del concierto.

—Me tomas el pelo, ¿verdad? —preguntó Tyler, que salía del vestidor con un conjunto para mí—. Fuiste tú el que aceptó actuar esta noche.

Era cierto. Había sido idea mía. Después de leer tantos artículos sobre lo hundido y destrozado que estaba, sentí que tenía que demostrar lo contrario, aunque fuera mentira. Mi carrera no solo giraba en torno a mí: todo mi equipo dependía de que siguiera produciendo música. Desde mi mánager hasta el personal de relaciones públicas, pasando por Kelly y Roger, quienes, afortunadamente, solo habían sufrido heridas leves en el accidente. El sustento de esas personas estaba en juego. Cuando la discográfica me dio la opción de seguir en solitario, pensé que podría asegurarme de que todo el equipo conservase el trabajo.

Sin embargo..., no sabía seguir solo.

Joder, no tenía ni idea de cómo vivir sin mi hermano.

—Es una buena oportunidad, Oliver —señaló Tyler, como si leyera mis pensamientos afligidos—. Sé que no será fácil, y si pudiera subirme al escenario y actuar en tu lugar, lo haría. Pero lo único que puedo hacer es animarte con Kelly entre bastidores. Que, por cierto, ahora mismo te trae el desayuno. Así que ve a ducharte y elimina los restos de esa mujer endemoniada de tu cuerpo.

Me dirigí a la ducha del dormitorio principal, que tenía tres alcachofas (problemas de ricos), e hice lo que Tyler me había indicado. Quería seguir discutiendo sobre por qué la actuación de esa noche importaba, porque, en realidad, no le veía el sentido. Yo formaba parte de un dúo y, dado que mi hermano había fallecido, resultaba obvio que lo de Alex y Oliver había terminado.

Como muchos de los artículos habían manifestado, ¿quién querría a Oliver sin Alex?

Me quedé bajo la ducha con la esperanza de que el agua se llevara consigo mi dolor de cabeza palpitante, pero no ocurrió. También pensé que haría desaparecer los pensamientos que retumbaban en mi mente, pero tampoco funcionó. En ese sentido, no tenía suerte. Hacía mucho que no encontraba la manera de calmar mi mente sin alcohol.

Cuando salí de la ducha evité mirarme al espejo. Casi todos estaban cubiertos con sábanas y hacía tiempo que no me acercaba a ellos, porque, en cada uno, Alex me observaba.

2

Emery

«¿Qué hay para desayunar?».

Rebusqué en los armarios de la cocina en busca de cualquier cosa, lo que fuera, para prepararle a Reese. Habíamos gastado los últimos huevos y salchichas en la cena de la noche anterior, y habíamos rebañado con una espátula los resquicios de un bote de mantequilla de cacahuete como tentempié mientras leíamos libros de la biblioteca.

«Piensa, piensa, piensa, Emery».

Saqué una barra de pan junto con un bote de mermelada casi vacío y lo dejé sobre la encimera.

Nos quedaban tres rebanadas, pero dos eran las cortezas laterales, y Reese se negaba a comerlas por mucha mermelada que les pusiera.

—Eso no es pan de verdad, mami —repetía una y otra vez—. Es corteza. Es lo que comen los pájaros en el lago.

Aunque no le faltaba razón, esa mañana no tenía alternativa. Solo me quedaban doce dólares con cuarenta y cinco centavos en la cuenta del banco, y no cobraría hasta la mañana siguiente. La mitad del dinero iría a pagar el alquiler, entretanto, la otra mitad la usaría para comidas al alcance de nuestro bolsillo. No teníamos mucho margen de maniobra desde que había perdido mi trabajo de cocinera en el hotel.

Desde entonces, tan solo había trabajado algunas noches en un bar llamado Seven, un lugar escondido que se llenaba de vez en cuando. Ni que decir tiene que el sueldo era escaso.

Además, seguía esperando una respuesta de la oficina de empleo para cobrar una ayuda.

Cogí un cuchillo y corté todo lo que pude de la corteza para lograr que pareciera un trozo de pan normal. Luego la cubrí de mermelada de uva.

—¡Reese, el desayuno! —la llamé.

Salió disparada de su habitación y se acercó a toda prisa a la mesa de la cocina. Mientras se sentaba en su silla, arrugó la nariz y refunfuñó.

—¡Esta es la corteza, mamá! —exclamó con descaro. Al parecer, mi desayuno gourmet no la había impresionado.

—Lo siento, cariño. —Me acerqué y le revolví el pelo rizado y negro como el carbón—. Esta semana vamos un poco justas.

—Siempre vamos un poco justas —se quejó, y dio un mordisco antes de dejar caer el resto del pan en el plato—. Oye, mami.

—¿Sí, corazón?

—¿Somos pobres?

La pregunta retumbó en mis oídos y me golpeó en el estómago.

—¿Qué? No, por supuesto que no —contesté, un poco sorprendida por sus palabras—. ¿Por qué piensas eso?

—Bueno, Mia Thomas, del campamento, dice que solo la gente pobre compra en tiendas de segunda mano, y ahí es donde compramos toda nuestra ropa. Además, a Randy siempre le compran el desayuno en el McDonald's y tú nunca me dejas hacerlo. Y, además-más-más —exclamó emocionada, como si se estuviera preparando para citar la prueba definitiva de nuestro nivel de pobreza—, ¡me has dado las cortezas!

Le sonreí, pero mi corazón comenzó a hacerse pedazos como tantas otras veces durante los últimos cinco años, desde que Reese había llegado a este mundo. Se hacía añicos porque cada día sentía que le fallaba, que no era suficiente y que no le daba la vida que realmente merecía. Ser madre soltera era lo más difícil que había hecho en mi vida, pero la verdad es que no había sido decisión mía. Tenía claro que jamás podría contar con su padre, así que había aprendido a apañármelas sola.

Aunque trabajaba mucho para llegar a fin de mes, los problemas se me amontonaban. Cada día parecía que se me caía el mundo encima.

Odiaba que las cosas estuviesen tan apretadas, pero el negocio del bar no iba muy bien, lo que significaba que tenía menos propinas. Además, las entrevistas de trabajo que había hecho no me habían llevado a ningún sitio. También me había retrasado con el alquiler y Reese no sabía que no podría pagar el próximo depósito del campamento, es decir, que no tendría colonias de verano. Iba a quedarse destrozada, y yo también por romperle el corazón. Me preguntaba si los niños se daban cuenta de que una situación así era mucho más dura para los padres que para los hijos.

Ignoraba si tendríamos un golpe de suerte.

Miré a mi pequeña, que tanto se me parecía. Estaba segura de que algunas características pertenecían a su padre, pero daba las gracias por no poder discernirlas. Solo veía a una niña preciosa y perfecta en todos los sentidos.

¿Y su sonrisa?

Esa sonrisa era como la mía, o, más bien, como la de mi madre, igual que aquel profundo hoyuelo de la mejilla izquierda.

«Gracias a Dios por esa sonrisa».

También había heredado de mí una pésima vista, por lo que unas gafas redondas de montura gruesa adornaban su rostro. Adoraba esa carita. No podía recordar un día en que no hubiera formado parte de mi vida.

Cada día se me rompía el corazón porque sentía que le estaba fallando. Sin embargo, cuando me sonreía, esas grietas comenzaban a sanar. Era mi ángel terrenal, la razón de mi existencia, y su amor curaba cada fisura de mi pecho.

Me acerqué a ella y le revolví el pelo, que ya estaba bastante enredado. Pronto tendría que hacerle un tratamiento hidratante y peinarle los rizos, pero mi preocupación más urgente consistía en la cena de esa noche y en cómo acontecería. Se trataba de una angustia privada, una lucha mental secreta que no debía inquietar a Reese.

—No puedes creerte todo lo que escuches en el campamento, Reese.

—¿Tampoco lo que digan la señorita Monica, la señorita Rachel y la señorita Kate? —exclamó emocionada de casi tener permiso para ignorar las instrucciones de las monitoras del campamento de verano.

—Lo que digan ellas sí.

—Entonces —continuó alzando una ceja a la vez que cogía el pan—, ¿no somos pobres?

—Bueno, vamos a ver. ¿Tienes una cama en la que dormir?

Reese asintió despacio.

—Sí.

—¿Y una casa en la que vivir?

—Ajá.

—¿Y un coche que nos lleva a donde queramos?

—Sí...

—Y, aunque sean las cortezas de un bocadillo, ¿tienes siempre algo que comer?

—Sí.

—¿Y tienes una mamá que te quiere?

Esbozó su sonrisa tímida y traviesa.

—Sí.

—Entonces es imposible que seamos pobres. Tenemos ropa para vestirnos, un techo sobre la cabeza, un coche para conducir, y nuestro amor. Nadie puede ser pobre si tiene amor. —Creía mis palabras de verdad. Cuando Reese llegó a mi vida, aprendí que la verdadera riqueza estaba envuelta en su amor.

Y, con su amor, yo era rica. Con su amor, nunca iba a perder la esperanza en el futuro.

Reese bajó las cejas y me miró con gesto adusto.

—Entonces, ¿quieres decir que Mia y Randy tienen una empanada mental?

—Oh, sí, una buena empanada.

—Mmm, una empanada suena bien —dijo mientras daba otro mordisco al pan—. ¿Podemos cenar empanadas, por favor? —pidió.

—Tal vez, cariño. Ya veremos.

En ese momento, alguien llamó a la puerta, así que me levanté y fui a abrir. Tras la puerta encontré el rostro familiar de una amiga.

—Buenos días, Abigail —saludé a mi vecina con una sonrisa. Abigail Preston vivía en el piso de enfrente desde que Reese y yo nos habíamos mudado allí cinco años atrás. Tenía poco más de sesenta años, vivía sola, y se había portado como una auténtica santa con nosotras. Los días que yo trabajaba durante el turno de noche, ella cuidaba de Reese encantada, y nunca me pedía nada a cambio. Incluso cuando trataba de pagarle por su amabilidad, me decía que la gente debería ser amable sin tener que obtener recompensas por ello.

—Hay que hacer el bien por bondad, Emery. Así es como el mundo sigue girando: porque hay gente buena que actúa con humanidad simplemente porque sí.

Abigail era muy buena. Era maravillosa.

No solo era amable, sino que además era una psicóloga jubilada, cosa que me resultó muy útil cinco años atrás cuando era una madre novata. Abigail me ayudó a superar mi ansiedad y mis miedos sin cobrarme ni un centavo.

Una vez le pregunté por qué se quedaba en nuestro edificio cuando estaba claro que tenía dinero de sobra para vivir en un lugar más bonito. La historia que me contó para explicarme su decisión fue razón más que suficiente para alegrarme el corazón. Resultaba que ese apartamento era el primer lugar donde había vivido con su difunto marido. Tras su muerte, buscó un nuevo lugar donde vivir y, cuando vio que su viejo apartamento estaba en alquiler, supo que tenía que recuperarlo.

Me explicó que no solo se trataba del apartamento, sino de la historia de su vida, y sin esa historia nunca nos habría conocido a Reese y a mí.

Gracias a Dios que la historia de la vida de una persona la lleva a cruzarse con otras.

—Hola, querida —dijo con su sonrisa más dulce. Iba ataviada de pies a cabeza con diferentes prendas de amarillo vibrante. Llevaba el cabello plateado recogido en una coleta y las gafas colgadas del cuello con una cadena. En las manos sostenía una caja—. He pensado en pasarme a traeros unos dónuts que me sobraron de la cena de anoche. Tuve un antojo, pero no podía comerme una docena yo sola, así que pensé en dejaros el resto a vosotras. —Abrió la caja para mostrarme los dulces azucarados.

No estaba dispuesta a admitirlo en voz alta, pero las visitas de Abigail siempre llegaban justo a tiempo.

—¡Dónuts! —aulló Reese mientras corría hacia la puerta y cogía la caja de milagros de las manos de mi vecina. La mayoría de gente no consideraría que una caja de dónuts sea un milagro, pero cuando la nevera está vacía y todavía faltan unos días para cobrar, una caja de dónuts es un regalo del cielo.

Reese salió disparada hacia el sofá del salón para zambullirse en él y yo alcé la voz:

—¿Qué se dice, Reese?

—¡Gracias, Abigail! —gritó con la boca llena.

—Solo uno, Reese. Lo digo en serio.

Esos dónuts serían suficiente para ir tirando hasta que cobrara mi cheque la noche siguiente.

Me volví hacia Abigail y entrecerré los ojos.

—Para haber tenido un antojo anoche, resulta extraño que todavía quede la docena entera en la caja.

Me sonrió con picardía.

—Deben de haber puesto uno de más.

«Sí, seguro».

Solo era una mujer buena que actuaba con bondad.

Me moví, nerviosa, y crucé los brazos.

—Muchas gracias. No tienes idea de cuánto lo necesitábamos esta mañana.

Abigail frunció un poco el ceño.

—Tal vez sí que me hago una idea. —Sacó un papel de detrás de la espalda y me lo dio—. Lo han dejado en mi buzón por error.

Cogí el folio doblado y leí el aviso.

Me había retrasado con el alquiler.

Otra vez.

El retraso en el pago durante los dos últimos meses se debía a que había perdido el trabajo y a que Reese había tenido unos problemillas de salud. Por suerte, el casero, Ed, fue lo bastante amable como para dejarlo estar, pero, por el tono de la nota, parecía que su hospitalidad llegaba al límite. La verdad es que no podía culparlo. Él tenía un trabajo que hacer. El simple hecho de que no nos hubieran desahuciado me resultaba sorprendente.

Había visto a Ed echar gente a la calle por demorarse solo unas semanas. Era un tipo feroz que mordía sin avisar. Excepto cuando se trataba de nosotras. Yo sabía que a nivel legal la situación era turbia y no podría sostenerse durante mucho tiempo. Además, no hay peor sensación que la de deber algo. No quería ninguna deuda a mi nombre, ni tampoco al de Reese. De momento, agradecía la generosidad de Ed, que sentía una cierta debilidad por Reese y siempre decía que yo le recordaba a su madre porque ella también había sido madre soltera, así que tal vez se veía reflejado en mi hija.

Aun así, ya no podía apiadarse de nosotras mucho más y yo debía encontrar la manera de darle casi dos mil dólares en dos días. No tendría el dinero hasta el viernes, e incluso entonces el alquiler se comería casi todo el cheque de las próximas dos semanas. Iba a quedar poco para gasolina y comida.

Respiré hondo y traté de no derrumbarme. Parecía una batalla interminable. En cuanto conseguía ponerme al día con una cosa, aparecía otra que se descontrolaba.

—Emery, si necesitas dinero… —comenzó Abigail, pero al instante negué con la cabeza.

Ya había aceptado un préstamo suyo hacía tiempo y no quería repetirlo. No podía depender de que otros me echasen un cable. Necesitaba valerme por mí misma, sin ayuda. Solo deseaba que no fuese tan complicado.

—No pasa nada, de verdad. Todo se solucionará. Como siempre.

—Tienes razón, así es. Aunque, si alguna vez necesitas una ayudita extra para llegar al día siguiente, aquí estaré.

Y, así de repente, mi corazón se rompió y sanó a la vez. Las lágrimas que cada día luchaba por mantener a raya comenzaron a rodarme por la cara. Me di la vuelta para que Abigail no lo viera. Sentía vergüenza de mí misma, de nuestras dificultades.

Pero Abigail nunca habría permitido algo así. Me secó las lágrimas mientras sacudía la cabeza. Entonces, dijo cinco palabras simples pero muy importantes:

—No eres débil, eres fuerte.

«No eres débil, eres fuerte».

¿Cómo? ¿Cómo sabía que eso era lo que necesitaba oír?

—Gracias, Abigail. De verdad. Eres una santa.

—Nada de eso, solo una amiga. Lo que me recuerda que he de irme, he quedado para tomar un café. ¡Que tengas un buen día! —Dio media vuelta y se alejó brincando como un hada madrina.

Me acerqué corriendo a Reese y rescaté la caja de dónuts de sus garras. Ya habían desaparecido dos y medio y, a decir verdad, me sorprendía que no hubieran sido más.

—Perdona, mamá, no he podido resistirme. ¡Están taaaan buenos! Deberías comerte uno.

Sonreí y casi me dio un subidón de azúcar al aspirar el delicioso aroma. Pero me negué, porque, de ese modo, Reese tendría más para después. Sabía que a veces la maternidad significaba negarte cosas a ti misma para poder decirle que sí a tu hija.

—Ahora no tengo hambre, cariño. Venga, ve a lavarte o llegarás tarde al campamento.

Se levantó del sofá de un salto y corrió hasta el baño a limpiarse.

Cuando me quedé sola, estudié la notificación que tenía en la mano y se me aceleró el pulso mientras pensaba en algo a lo que renunciar para ponernos al día con el alquiler.

«No le des más vueltas, Emery. Las cosas se arreglarán. Tal y como siempre ocurre».

Se trataba de una creencia sólida que guardaba en los rincones más profundos de mi mente, porque era una mujer de estadísticas, y estas me daban la razón. Al recordar los momentos más duros de mi vida, aquellos en los que pensé que no saldría adelante, me doy cuenta de lo que hice: sobrevivir.

Nuestra situación actual no era ni por asomo la peor en la que me había visto, así que no me deprimiría, debía seguir adelante. No me encontraba en una oscura cueva, tan solo bajo un cielo nublado.

En algún momento, el sol disiparía las nubes y volvería a brillar. Las estadísticas no mentían; al menos, eso esperaba.

Además, me consolaba saber que en realidad el sol nunca se marcha, solo permanece oculto. Hasta que esos nubarrones no cambiasen, recurriría a la música. Algunas personas utilizan el yoga o el deporte para despejar la mente. Otras escriben un diario. Pero, en mi caso, la clave era la música, así como las letras de canciones que me hablaban de una manera única y, de ese modo, me recordaban que mis emociones no eran nada malo y que no me enfrentaba a mis miedos sola. En alguna parte, otra persona sentía la misma pena.

El simple hecho de no ser la única que pasaba por esa tristeza me consolaba mucho. O que mi felicidad no fuera solo mía. Algún desconocido estaría escuchando la misma canción que yo en algún lugar, sintiéndose contento y triste a la vez.

Cuando salíamos del apartamento, encontré una bolsa de papel apoyada contra la puerta. Dentro había comida de todo tipo con una nota en la que ponía: «He pensado que podríais jugar a *Chopped* esta semana, chef». Sin duda, la nota era de Abigail. No era la primera vez que encontraba en mi puerta una bolsa de papel de mi vecina con un montón de alimentos dentro. *Chopped* era un programa de televisión que Reese y yo veíamos a menudo con ella en el que los concursantes cogían ingredientes al azar y cocinaban un plato.

Abigail sabía que mi sueño era convertirme en chef algún día y esas bolsas de comida que dejaba para nosotras no solo nos alimentaban físicamente, sino que también nutrían mi alma. Miré dentro y vi una barra de pan, un jamón asado con miel, cuatro boniatos y mantequilla de cacahuete.

También había una nota motivacional de Abigail:

«Pedir ayuda no te convierte en una fracasada».

Y, así, de golpe, el sol se vislumbró entre las nubes.

—¡Reese! ¡En marcha! —aullé tras echar un vistazo al reloj. Me apresuré a meter el jamón en la nevera. No había tiempo para lágrimas de gratitud, Reese tenía que llegar puntual al campamento.

Cada mañana en el trayecto de ida ponía los dos primeros discos de Alex y Oliver. Pero solo esos porque, en mi opinión, eran los mejores. Antes de que Hollywood pusiera sus garras ávidas de dinero sobre el dúo, sus canciones eran auténticas. Alex y Oliver Smith componían letras como genios, si bien la discográfica no les permitía mostrar ese gran talento. Los habían obligado a convertirse en superestrellas del montón. La mayoría de sus fans adoraba los nuevos discos. Por otra parte, ese tipo de música tenía un mercado enorme. De lo contrario, no existiría.

Sin embargo, los fans originales habíamos notado el cambio. No me habría sorprendido ver a Oliver como presentador de un concurso musical en cualquier momento.

Sus últimas obras no me apasionaban, pero tenía una conexión muy personal con los dos primeros discos. Parecía que contaran los primeros capítulos de mi vida.

Faulty Wires, de Alex y Oliver, era la banda sonora de mi juventud, y lo era todo para mí. Me entristecía pensar que después de aquel trágico suceso no habría más música auténtica del dúo. Había esperado impaciente que Oliver recuperase su esencia, pero, según los titulares, se había hundido después del accidente y no mostraba ningún interés en volver a la vida.

Escuché que no había salido de su casa en los últimos seis meses y se había convertido en una especie de recluso.

La verdad es que no podía culparlo.

Yo también me habría hundido.

Mientras Alex y Oliver sonaban en el coche, Reese coreó las palabras que aún no podía comprender. Palabras sobre primeros amores y esperanzas, y demonios. Palabras de dificultades y triunfos. Palabras de verdades.

Yo también canté y, como cualquier otra mujer en el mundo, fingí que Oliver había escrito esas letras solo para mí.

3

Emery

Después de pasar todo el día buscando trabajo, recogí a Reese del campamento de verano, cené con ella y luego la dejé en casa de Abigail para acudir a mi turno en el Seven. El bar era básicamente un agujero en la pared. Podías pasar por delante sin darte cuenta de que estaba abierto. Y, aun así, de algún modo, mucha gente reparaba en él.

Le dije a Joey, el dueño, que debería invertir más en carteles y luces para el exterior del edificio, pero se limitaba a resoplar y asegurar que el negocio iba bien; lo cual era cierto, aunque podría haber ido infinitamente mejor.

Aquella noche el bar estaba bastante vacío. Había un tipo sentado en la mesa del rincón de atrás. Llevaba una gorra de béisbol y una chaqueta de cuero. Tenía un vaso entre las manos y los hombros encorvados. En la barra había una pareja más joven que no tendría más de veintidós años, y resultaba obvio que era su primera o segunda cita. Los intercambios incómodos y los amagos de contacto que no llegaban a nada me hicieron dudar de si habría otro encuentro.

Luego apareció otro tipo que se quedó al final de la barra: el bueno de Rob, nuestro párroco, se sentaba siempre en el mismo taburete desde el día de la inauguración. Tomaba un café, que traía él, con un par de chorros de *whisky* que le echábamos nosotros. Hacía crucigramas del periódico o leía las noticias, pero, en general, no abría la boca.

Eso me gustaba de él: su carácter reservado y que nunca se metía en los asuntos de nadie.

—La noche está animada —dijo Joey cuando me reuní con él detrás de la barra. Acababa de terminar su turno y me saludó con un gesto de la cabeza—. ¿Crees que podrás tú sola con tanto desenfreno?

Solté una risita.

—Haré todo lo posible. —Los martes eran los días más flojos en el bar y, aunque apenas ganaría propinas, supuse que sería mejor que nada. De media, esa noche acudirían unas veinte o treinta personas, lo que significaba que, si tenía un buen martes, podría llegar a unos cincuenta dólares en propinas.

—Ah, por cierto, hay un concierto importante en el estadio, así que puede que esto se anime un poco más después.

—¿Un concierto? ¿Quién toca? —pregunté. Por lo general, estaba al tanto de cualquier espectáculo porque sabía que la noche sería más ajetreada en el bar, pero esos días no me había informado sobre nada.

Joey se encogió de hombros.

—No lo sé, me parece que Oliver y Adam, o Adam y Oliver, o algo así.

—¿Alex y Oliver? —jadeé, pasmada al oír sus palabras.

—Sí, eso. Sin uno de los hermanos, supongo. Lo oí en la radio. Uno de ellos murió hace unos meses. Qué triste.

No me lo podía creer. Alex y Oliver, nuestros músicos favoritos. Su música definía mi infancia. No quería parecer una de esas fans, pero mi hermana pequeña Sammie y yo los adorábamos antes de que alcanzaran la fama. Incluso Reese se sabía las letras de todas sus canciones. Cuando Alex murió, estuve tres días enteros llorando mientras escuchaba sus discos sin parar.

Tras el tercer día de lágrimas, me sentí un poco estúpida al sufrir tanto por un desconocido. A pesar de ello, una parte de mí lo conocía a través de su música.

¿Había un concierto esa noche? ¿Cómo actuaría Oliver sin su hermano al lado?

Por lo visto, a Joey le daba igual que aquella noche fuese tan especial para Oliver Smith.

—Bueno, pues me marcho ya. Que vaya bien.

—Igualmente, Joey.

Cuando se fue, me puse a limpiar la barra mientras imaginaba los sonidos mágicos que estarían bendiciendo los tímpanos de miles de personas. Entretanto, yo escuchaba el CD que Joey ponía una y otra vez desde el principio de los tiempos. La música podía mejorar si alguien metía un dólar en la gramola, pero únicamente lo hacían los universitarios borrachos, que tan solo pretendían lucir sus billetes como si fuesen de cien.

Me preguntaba cuál sería la primera canción de Oliver esa noche.

Y con cuál acabaría.

También me intrigaba si le aterraría volver al escenario después de tantos meses. En su lugar, yo estaría tan traumatizada y desconsolada que, probablemente, no habría vuelto a actuar.

Sin embargo, la gente tenía que escuchar la voz de Oliver. Los fans tienen un favorito en todos los dúos. Sammie adoraba a Alex, pero yo era una chica Oliver. Muchos pensaban que era el gemelo menos interesante, si bien, por mi parte, estaba en total desacuerdo. Alex era el corazón del dúo y Oliver, el alma. De su voz emanaba una emoción con la que la mayoría de los cantantes tan solo sueña. Tenía un talento sobrenatural.

Tendría que haber estado allí para oírlo, viendo cómo abría su corazón. Tendría que haber estado allí coreando sus letras con él y con todos los demás.

—Otro —masculló el hombre de la gorra en el rincón de atrás a la vez que levantaba un dedo y lo agitaba un poco antes de bajarlo. Ni siquiera me miró. No entendía lo que me estaba pidiendo. Supongo que tardé demasiado en acercarme, porque levantó la mano una vez más y gritó—: ¡Otro!

Por un momento, me planteé si sería DJ Khaled el que estaba en esa mesa. De pronto, empezó a decir que eran los mejores y que él era el padre de Asahd.

En general, habría ignorado su petición para que viniera a la barra a pedir su copa como un cliente normal, pero era una noche floja y cualquier cosa que me mantuviese ocupada e hiciese que el tiempo no se detuviera merecía la pena.

Me acerqué hasta el hombre, que mantuvo la cabeza gacha.

—Hola. Perdone, acabo de empezar mi turno y no sé muy bien qué está tomando.

El hombre no alzó la cabeza y no pude verlo, pero me acercó el vaso de un golpecito.

—Otro.

«Vale, Khaled, ¿otro qué?».

—Lo siento… —comencé, y me interrumpió.

—*Whisky* —gruñó entre dientes, con voz ronca y profunda—. Y nada de esa mierda barata.

Cogí el vaso, me dirigí a la barra y serví una copa de nuestro mejor *whisky*, que tampoco era muy diferente a los demás. Sin duda, DJ Khaled no pediría el siguiente a gritos, aun así era todo cuanto podía hacer.

Volví a la mesa con el vaso.

—Aquí tiene.

El tipo masculló algo y estuve casi segura de que no era un «gracias». Después, se bebió el *whisky* de un solo trago. Me acercó el vaso de nuevo y su mala educación me encogió el estómago.

—Otro —murmuró.

—Lo siento, señor. Creo que ya ha bebido suficiente.

—Eso lo decidiré yo. Si eres demasiado incompetente como para hacer tu trabajo, trae la puta botella y listo.

Guau.

Justo lo que me faltaba: un auténtico capullo y, además, borracho.

—Lo lamento, tendré que pedirle que…

En ese preciso instante, un montón de gente entró al bar hablando a gritos y armando alboroto. Eran jóvenes, creo que ninguno llegaba a la treintena, e iban vestidos como si acabasen de salir de Coachella. Al menos veinticinco personas entraron en cuestión de segundos.

La cháchara dejaba entrever que todos estaban muy molestos. Miré por la ventana: había tanta gente que casi no veía la calle, tal y como ocurría después de un concierto o un partido, aunque apenas eran las ocho y media. Los noctámbulos no habrían salido todavía.

—No puedo creerlo. ¡He pagado más de cuatrocientos pavos por las entradas! —gritó uno.

—Qué gilipollas. Es increíble que no haya aparecido —rugió otro—. Más vale que nos devuelvan el dinero.

—Oliver Smith es una basura. ¿Cómo has logrado que me plantee siquiera asistir a semejante mierda?

Al oír «Oliver Smith», el hombre levantó la cabeza y vi esos ojos color caramelo con los que, años atrás, me había obsesionado tanto. Los abrió más todavía. Cuando mencionaban su nombre, parecía aterrorizado. Encorvó de nuevo los hombros, se caló más la gorra de béisbol y se pasó el dedo por el puente de la nariz.

Me quedé paralizada.

La gente seguía entrando al bar, y yo tenía los pies pegados al suelo.

—No te quedes ahí pasmada —gruñó en un susurro, su voz se volvió más clara. Había escuchado ese sonido ronco y profundo una y otra vez en sus discos. Oliver Smith estaba borracho en mi bar y una multitud de fans decepcionados lo rodeaban sin tener la menor idea de ello.

—Lo... lo siento. Es solo que... —Empecé a tartamudear como una lunática. La leche. Había tenido sueños así en los que me encontraba con mi ídolo como por arte de magia y le abría el alma y el corazón mientras compartíamos una copa. Luego, por supuesto, nos enamorábamos y él escribía una canción sobre mí, la misma que compartiría con nuestros bisnietos.

Si bien aquello no era exactamente como ese sueño perfecto.

La realidad nunca lo es.

Esa noche, Oliver se mostraba hostil.

Aunque, tal vez, se sentía triste.

A menudo, cuando se bebe en soledad, se esconde algo. No lo culpaba. En su situación, siempre estaría deprimida, en especial frente al público. Tras la muerte de Alex, leí varios comentarios despreciables sobre Oliver. Yo habría querido morirme. Seguro que ya se culpaba bastante, y lo último que necesitaba era que el todo el mundo le echase la culpa.

—Lo siento, yo solo… ¿cómo puedo ayudarlo? —pregunté con la voz temblorosa.

Sus hombros se encorvaron hacia delante todavía más, como si le añadieran peso encima cada pocos segundos. Empujó el vaso hacia mí.

—Claro, por supuesto. Otro. Enseguida vuelvo.

Me dirigí hacia la barra a toda prisa y cogí la botella de *whisky,* luego la llevé de nuevo hasta su mesa, la apoyé y serví un vaso.

—Aquí tiene.

Él no contestó, así que me quedé allí parada, como una tonta, mirándolo boquiabierta.

No reaccioné hasta que alzó una ceja confundido.

—Claro, por supuesto. Vale.

Alterada y nerviosa, volví a la barra e intenté servir las bebidas a los nuevos clientes. Resultaba casi imposible seguir un ritmo tan frenético, habría matado por tener a Joey echándome una mano. No obstante, me animé al recordar las propinas. Además, el puñetero Oliver Smith se encontraba allí mismo. Borracho, triste y, a pesar de todo, perfecto.

La fanática que había en mí quería hacerle un millón de preguntas sobre las letras de ciertas canciones, pero mantuve la compostura. Lo último que necesitaba era montar un numerito.

A medida que avanzaba la noche, la gente comenzó a meter billetes en la gramola. El cambio de música resultaba agradable, pero habría preferido una menor afición por el pop prefabricado.

Cada vez que echaba un vistazo hacia la mesa de Oliver, el nivel del *whisky* en la botella disminuía un poco más.

¿Qué le había pasado esa noche y cómo había acabado en el Seven?

La gente seguía poniendo verde a Alex y, en especial, a Oliver. No imagino cómo tuvo que sentirse al escuchar todos esos insultos. De haber sido yo, habría saltado; o más bien me habría echado a llorar. Cuanto más bebía Oliver, más tenso se ponía. Pasaban las horas y no paraban de mencionarlo.

No tenían nada mejor de lo que hablar: la superestrella que se había ido a pique.

—Sinceramente, me cabrea que Alex muriera y Oliver no —comentó un hombre corpulento de hombros anchos mientras se tomaba un chupito—. Era el mejor de los dos. Siempre he pensado que Oliver era un poco raro. Además, su música es una mierda.

—¡Como si supieras algo sobre buena música, capullo! —rugió Oliver antes de pulirse el licor que le quedaba en el vaso.

El grandullón giró la cabeza hacia él.

—¿Qué has dicho?

—He dicho —Oliver se levantó, echó los hombros hacia atrás y se tambaleó un poco antes de quitarse la gorra y limpiarse la boca con la mano— que no tienes ni puta idea sobre música. Te has pasado las últimas dos horas poniendo los mismos temas trillados de bar.

«Ay, joder. Esto va a traer problemas».

De repente, los gritos llenaron la sala cuando la gente se dio cuenta de que el borracho de la mesa del rincón era en realidad el mismo Oliver Smith al que llevaban poniendo verde durante las últimas dos horas.

—Es que de v-v-verdad —farfulló Oliver a la vez que cogía la botella de *whisky* para dar un buen trago. Acto seguido, enfiló hacia el tipo, que era casi el doble de grande que él, y le clavó el dedo índice en el pecho—. Estoy ha-ha-harto de escuchar tus gilipolleces.

Oliver estaba completamente borracho y el hecho de que se acercara a ese hombre y le hablase de aquella manera me puso nerviosa. El tipo era una puñetera roca. Tenía músculos en los que seguro que estaban creciendo más músculos. El tío era una bestia y, si Oliver hubiera estado mínimamente sobrio, no lo habría desafiado.

La gente los rodeaba con el móvil en la mano para grabarlo todo. Entonces, salí de la barra porque sabía que aquello iría a peor.

—¿Tú estás harto de mí? ¡Yo estoy harto de ti, gilipollas! —El grandullón dio un empujón a Oliver, que trastabilló hacia atrás; lo único que impidió que cayera al suelo fue la mesa—. Seguro que te crees muy importante, ¿eh? ¿Qué te piensas, tío? ¿Que como eres rico y famoso puedes jodernos y robarnos el tiempo y el dinero? —escupió.

Oliver se incorporó tambaleándose y sacudió la cabeza como queriendo despejarse la vista. Aunque, basándome en la cantidad de alcohol que corría por sus venas, dudaba que pudiera sacudir la cabeza lo suficiente como para aclarar nada.

—No… —Empujó al grandullón—. Me gusta… —Empujón—. Que me empujen. —Apoyó ambas manos en el pecho del tipo y concentró todas sus fuerzas, sin éxito—. Joooder, ¿de qué estás hecho, tío, de hierro?

—De músculo, gilipollas.

—Oh. Bueno, a tomar por culo. En una pelea me ganas seguro —concluyó Oliver, cosa que me alegró. No quería contarle a Joey que se había montado una trifulca en su bar entre una estrella del *rock* y una roca.

También me gustó que se rindiera al darse cuenta de que nada de eso valía la pena.

Al menos, eso pensé.

Oliver hizo un gesto con la cabeza a la novia del grandullón y sus labios esbozaron una sonrisa burlona.

—Puede que seas más fuerte, pero apuesto a que me follaría a tu chica mejor que tú.

Me quedé boquiabierta.

La mujer debería haberse ofendido por el comentario, aunque creo que la vi esbozar una pequeña sonrisa. No me cabía duda de que había un millón de mujeres que dejarían a sus novios y maridos sin pensarlo dos veces solo por pasar una noche entre las sábanas de Oliver. Se trataba del gemelo cerrado y callado, sin embargo, seguía siendo Oliver Smith. Describirlo como guapo se quedaba corto. Era extraordinariamente atractivo y, cuando se comportaba con su delicadeza habitual, aún más.

No obstante, así, desaliñado y borracho, no lucía demasiado.

—Es que de verdad… —dijo Oliver con más arrogancia que nunca mientras asentía mirando a la mujer y le guiñaba un ojo—. Seguro que tiene un…

Antes de que pudiera decir una palabra más, el grandullón le estampó el puño en plena cara y la estrella del *rock* aterrizó directo en el suelo.

La gente gritó y se apelotonó alrededor con las cámaras en la mano, entretanto, sin ningún éxito, él hacía lo posible por levantarse.

—¡Vale, vale, vale! ¡Ya es suficiente, el bar está cerrado! ¡Todo el mundo fuera, venga! —grité, pero nadie me escuchaba. Tuve que empezar a empujar a los clientes hacia la puerta y, cuando por fin se marcharon, miré a Oliver. El gran Oliver Smith, el hombre de mis fantasías. Mi amor platónico estaba ahí tirado, borracho, aturdido y confuso como un cachorrillo perdido.

Los *paparazzi* no tardaron en enterarse de que Oliver Smith estaba en el Seven, y comenzaron a arremolinarse en la puerta del bar.

No parecía que tuvieran intención de marcharse.

Genial.

—Espera, deja que te ayude —dije mientras me acomodaba el pelo detrás de las orejas y caminaba hacia Oliver, que seguía luchando por ponerse en pie. El ojo izquierdo estaba amoratándose con una combinación de tonos negros y púrpura. El grandullón lo había tumbado de un solo golpe. Parecía como si lo hubieran aporreado hasta hacerlo papilla. Pero no fue más que un puñetazo soso y controlado que lo envió por los aires.

—No —masculló a la vez que hacía un gesto para que me apartara. Lo llevé hasta su mesa y se derrumbó mientras los *paparazzi* se apretaban contra la ventana y, como unos maníacos, disparaban los *flashes* sin parar.

No tenía ni idea de cómo los famosos lograban lidiar con todo eso. Para mí, la fama se aproximaba más a una maldición que a una suerte.

—Otro —masculló Oliver mientras levantaba el dedo.

—Sí, vale —balbuceé. Fui hasta la barra y le serví un vaso grande de agua. Volví a la mesa y me senté en el borde—. Aquí tienes.

Oliver no se incorporó porque, a decir verdad, no podía. No obstante, me permitió colocarle el vaso en la mano y se lo bajó hasta los labios. En el instante que probó el agua resopló y me echó encima el agua del vaso.

—¡Joder! —espeté, y me puse en pie de un salto, empapada—. ¿Qué haces, tío?

—Quería *w-whisky* —tartamudeó.

Una parte de mí quiso echarlo de una patada y arrojarlo a las hienas que aguardaban frente a la puerta. Pensé en librarme de él para limpiar mientras fingía que la noche no había sufrido el giro más dramático de la historia.

Pero no caería en eso. Había trabajado en bares el tiempo suficiente como para saber que la tristeza y el alcohol formaban un dúo explosivo. Cuando se juntaban, la gente llegaba a cosas que, de haber estado sobrios, serían impensables. Y sabía que, si entregaba a Oliver a esos monstruos, lo destruirían más que nunca. Terminarían con los últimos jirones intactos de su alma y alimentarían a sus familias con esos problemas.

Caminé hasta las ventanas y bajé las persianas para que las bestias de fuera no sacasen más fotos. Conocía esos días oscuros, pero no podía imaginarme cómo serían con el incesante *flash* de las cámaras.

—Vale, venga, arriba —lo animé mientras me acercaba para ayudarlo a levantarse. Refunfuñó, pero no se resistió cuando lo puse en pie. Se apoyó contra mí y noté su agotamiento. Me las arreglé para sacarlo por la puerta del personal. Abrí el coche y lo metí en el asiento del copiloto, donde se hizo un ovillo y perdió el conocimiento.

Volví rápido al bar para cerrarlo. Luego me dirigí de nuevo al coche, me senté en el asiento del conductor y encendí el motor. Antes de arrancar, me acerqué a Oliver para ponerle el cinturón, porque lo último que me faltaba aquella noche era matar a una estrella del *rock* en mi Honda Civic del 2007.

—Si no vas a chupar, no toques —masculló Oliver mientras le pasaba el cinturón por encima de la entrepierna para abrochárselo.

Dios bendito.

En otro momento de mi vida, esa frase de Oliver me habría dejado mareada. Sin embargo, en ese instante, solo quería que se le pasara la borrachera, porque aquella noche no era él mismo.

—No te preocupes, nadie te va a tocar —aseguré, pero no me escuchó porque había perdido el conocimiento.

Puse el coche en marcha justo cuando Oliver volvía la cabeza hacia mí.

Tenía los ojos entrecerrados y, seguramente, el *whisky* le habría nublado la vista lo suficiente como para verme triple y borrosa.

Entonces se detuvo. Separó los labios, y una palabra ronca se deslizó por su lengua:

—*¿Whisky?* —murmuró.

Me quedé helada.

Tenía el pie sobre el freno mientras me miraba, la desconexión de la realidad se reflejaba en sus pupilas.

¿Me estaba pidiendo *whisky?* ¿En el estado en que se encontraba?

Volvió a separar los labios, pero antes de decir nada se lanzó hacia delante y decidió que vomitar violentamente sobre el salpicadero era justo lo que debía hacer.

4

Emery

—Venga, Oliver. Solo unos centímetros más —mascullé mientras lo arrastraba por los escalones de la entrada del bloque de mi apartamento. Traer a la estrella del *rock* a mi casa había sido mi último recurso. Intenté que me dijera dónde vivía, pero no podía siquiera formar una frase coherente. Lo único que hacía era balbucear y babear. Después, le había cogido el móvil para ver si encontraba un número al que llamar, pero estaba sin batería y no tenía el cargador. Por eso, se me ocurrió llevarlo a mi apartamento. El simple hecho de sacarlo del coche me supuso un dolor de cabeza. Incluso que moviese los pies parecía imposible.

—Te doy todos los que quieras, que me sobran —masculló.

Me pregunté cuánto se horrorizaría el Oliver tímido y distante por aquellos comentarios.

Pasé su brazo alrededor de mi cuello y tiré de él con todas mis fuerzas. Tenía hipo y no paraba de susurrar algo entre dientes, aunque no conseguía entenderlo. A decir verdad, no me interesaban sus palabras. Solo quería acostarlo en el sofá y dejar que perdiera el conocimiento para poder irme a mi habitación.

Llamé a Abigail de camino a casa para preguntarle si podía dejar a Reese en su casa esa noche. Cuando tenía turno de noche, casi siempre usaba la llave que me había dado de su apartamento, entraba y recogía a Reese, que estaba dormida, y la llevaba de nuevo a nuestra casa. Pero esa noche me pareció que sería mejor mantenerla alejada del cantante borracho.

Cuando por fin conseguimos entrar al edificio, fuimos hacia el ascensor. En el preciso instante en que Oliver puso un pie dentro, se apoyó con fuerza contra la barandilla y comenzó a cantar una de las canciones de Alex y Oliver con los ojos cerrados.

Pese a estar borracho, cantaba como los ángeles. No era el concierto de mis sueños y, además, Oliver olía a bacalao rancio, pero estaba cantando y la verdad es que no me disgustaba.

De pronto, recordé a mi hermana Sammie. ¿Qué habría opinado de esta interacción con Oliver? Me preguntaba si le habría resultado irritante o si se habría quedado embelesada con ese borracho; si habría cantado con él.

Finalmente pude soltarlo cuando entramos en mi apartamento. Se tambaleó hacia delante y atrás y se chocó con las mesitas y las lámparas, aun así, las atrapé antes de que se estamparan contra el suelo.

—Vale —mascculló como si lo hubiera interpelado.

—¿Qué dices? —pregunté, confundida.

—Baño —indicó sin dejar de balancearse de un lado a otro.

—Claro, por supuesto. Está justo ahí… —Me disponía a señalar el baño cuando el sonido de una pequeña cascada me interrumpió. Entonces, me di la vuelta como un rayo y encontré a Oliver, mi ídolo, mi amor platónico, meando en mi planta de interior—. ¿Qué haces?

—Necesitaba que la regaran —musitó.

Se me cortó el aliento mientras lo miraba horrorizada. Incluso en su estado de embriaguez, Oliver Smith estaba bien dotado. Sentía como si alguien hubiera encendido una hoguera en mis mejillas.

Aparté la mirada de su cuerpo en un intento por sacudirme la incomodidad de la situación.

—Bien, eh, tal vez deberías irte a dormir. Puedes quedarte en el sofá si quieres y… —Miré hacia él y abrí los ojos como platos cuando descubrí que no solo estaba mostrándome su mitad inferior, sino que también se había quitado la camiseta, de modo que sus abdominales de acero relucían al descubierto. Ni siquiera el *whisky* podía acabar con ellos.

Y, de alguna manera, Oliver se las arregló para quitarse del todo los pantalones y los calzoncillos, así que ahí estaba: en mi salón, desnudo por completo, con las manos en la cadera como Superman, y tambaleándose hacia delante y atrás.

Justo como imaginé mi primera noche a solas con Oliver: él plantado delante de mí como un superhéroe borracho.

—¿Qué haces? —pregunté con un jadeo, mientras trataba de no mirarle el pene, aunque fracasé en el intento.

—Vamos a hacerlo —hipó a la vez que se pasaba por la boca la mano que poco antes había estado sobre su pene.

—¿Hacer qué?

—Sexo.

¿Sexo?

Había dicho «sexo».

—¿Qué? No. De eso nada, Oliver. Vístete.

—Entonces, ¿por qué estás desnuda en mi casa si no vamos a hacerlo? —preguntó señalándome y sin poder contener el hipo.

—Eh, ¿cómo?

Juro que tuve que mirarme el cuerpo para asegurarme de que seguía completamente vestida y no había arrojado la ropa al otro lado de la habitación sin querer al tener a mi ídolo ahí mismo.

Resultaba obvio que estaba tan borracho que no tenía la menor idea de lo que decía. Me pregunté cuánto se avergonzaría el Oliver sobrio la mañana siguiente cuando se diera cuenta de lo que había hecho; si lo recordaba.

Me encogí ante la incómoda escena que se desarrollaba frente a mis ojos.

—Por favor, Oliver, vístete.

—Vístete tú primero —se defendió.

Miré a un lado y a otro de mi apartamento, casi convencida de que estaba en un programa de cámara oculta. O tal vez en algún momento de la noche había caído en un coma y todo aquello era una insólita manifestación de mi mente.

Fuera como fuese, necesitaba que Oliver se vistiera, porque cuanto más lo veía desnudo, más incómodo se volvía todo. Y aun así parecía decidido a no ponerse la ropa hasta que no lo hiciera yo.

Así que, como un bicho raro, comencé a ponerme ropa invisible delante de él.

—Vale, ya estoy vestida —declaré con las manos en las caderas.

—Vale, me voy a la cama. —Recogió la ropa y se dirigió al cuarto de Reese. Antes de que pudiera detenerlo, ya se había desplomado boca abajo en la cama.

Y allí se quedó, amigos. Mi príncipe encantador, con el culo al aire, inconsciente sobre las sábanas de princesas Disney de mi hija.

Oh, era algo digno de ver. Tengo que admitir que tenía el culo terso, en el mejor de los sentidos.

Cerré la puerta de la habitación y fui directa a la cocina a por la botella de vino barato que guardaba para emergencias en el armario más alto.

Después de aquella noche, necesitaba una copa.

O quizá toda la botella.

5

Oliver

«Mierda, mierda, mierda».

Cuando desperté, me retumbaba la cabeza como un tambor. Ignoraba lo que había ocurrido la noche anterior, pero me encontraba en un estado deplorable. Gemí al sentir unos pinchazos incesantes en el costado izquierdo.

Volví a gemir mientras me incorporaba sobre los codos. Ese ínfimo movimiento me hizo sentir como si la cabeza se me partiera en dos, así que volví a tumbarme. ¿Por qué me dolía tanto la cara?

—Hola, señor, ¿estás muerto? —preguntó una voz.

Más que una voz, era una vocecilla.

¿Qué haría yo en aquel lugar con aquella vocecilla? Abrí los ojos y contemplé una pequeña figura de pie. A mi lado, una niña no paraba de clavarme una Barbie en el estómago.

—¿Qué haces? —mascullé—. ¿Dónde coño estoy? —pregunté a la vez que daba un manotazo a la muñeca.

Se le desencajó la mandíbula.

—¡Tienes que meter una moneda en el bote de las palabrotas!

—¿De qué coño hablas?

—¡Eso son dos monedas! —exclamó antes de retroceder un poco—. Oye, señor. ¿Estás muerto?

Por los mensajes que me mandaba mi cuerpo, cabía la posibilidad de que hubiera muerto en algún momento de la noche anterior. Lo que todavía no me quedaba claro era si había ido al cielo o al infierno.

—Si estuviera muerto, ¿podrías hablar conmigo?

—No lo sé, tal vez. Nunca he conocido a un muerto.

—¿Qué es esto, *El sexto sentido?* ¿Soy Bruce Willis? —gemí mientras me apretaba el puente de la nariz. Al tocarme la cara noté otra punzada de dolor. Había tenido noches chungas antes, pero no así.

—No sé qué significa nada de eso —señaló la niña.

—Entonces sí, estoy muerto.

Ahogó un gritó y luego aulló.

—¡Mami! ¡El hombre de mi cama está muerto!

Abrí los ojos una vez más y miré a mi alrededor. ¿Por qué estaba en la habitación de una niña? ¿Qué había pasado la noche anterior? ¿Qué ocurría? ¿Quién metería a un desconocido en la cama de su hija?

Entonces comencé a recordar. El concierto de anoche... el concierto que había abandonado. Me escapé en el último momento y me refugié en un bar de mala muerte para emborracharme. No me acordaba de nada más, ni siquiera de cómo había terminado en la cama de una niña.

—¡Reese! ¿Qué haces? Te he dicho que no pasaras —susurró una mujer que entró en la habitación, aunque más bien estaba gritando en voz baja. Cogió a la niña por los hombros y la sacó del cuarto mientras la pequeña se quejaba.

—¡Pero, mamá, hay un hombre muerto en mi cama!

—¡No está muerto! —recalcó la mujer; luego me miró con una ceja alzada—. ¿A que no lo estás?

Negué con un ligero movimiento de cabeza.

—Oh, gracias a Dios. No habría soportado la culpa. —Soltó un suspiro de alivio—. ¿Ves, Reese? No está muerto. Ahora ve a lavarte los dientes. No quiero que llegues tarde al campamento.

La pequeña no paró de quejarse hasta que salió de la habitación. Segundos más tarde, la mujer volvió a aparecer en la puerta con un plato y un vaso de agua. En el plato había un donut y un frasco de ibuprofeno.

Me incorporé hasta que quedé sentado y me agarré al colchón. Me limpié la boca con el dorso de la mano mientras miraba a la mujer. Era espectacular, tenía una belleza natural.

Llevaba el pelo afro oscuro recogido en un moño descuidado con algunos mechones sueltos que enmarcaban su rostro. Su piel era de un color marrón intenso que desprendía un brillo innato. Vestía unas mallas y una camiseta demasiado grande de un concierto de Elton John. Llevaba los calcetines desparejados y parecía que no había dormido mucho la noche anterior. Sus marcadas ojeras lo denotaban.

Tenía unos hermosos ojos marrones, grandes como los de una cierva. Eran su mejor rasgo, y competían de cerca con sus labios carnosos. Una lástima que no recordara esos labios sobre los míos.

Sin embargo, esperaba no haberme acostado con ella. Aunque de forma oficial no había nada entre Cam y yo, no quería ser uno de esos tíos que le ponía los cuernos a su pareja, aunque ella lo hiciese a menudo. Yo no era así. Al menos cuando estaba sobrio.

—Aquí tienes, he pensado que te vendría bien —dijo al tiempo que me ofrecía el plato y el agua—. Te habría hecho un café, pero no me queda.

Sin pensarlo, me metí las pastillas en la boca y me las tragué.

Carraspeé.

—¿Qué pasó anoche? —conseguí sacar de mi garganta seca y áspera.

Entonces, la mujer alzó una ceja.

—¿No recuerdas nada?

—No, y, aparte de tener la cara como un mapa, no cuento con ninguna pista. Lo siento…, eh…, he olvidado tu nombre.

—No, no lo has olvidado —comentó acercándose al escritorio de su hija, de donde cogió un espejo de mano con dibujos de princesas de Disney—. No te lo dije. —Volvió hacia mí y me lo tendió, pero negué con la cabeza y lo aparté.

—No hace falta —mascullé. No quería ver mi reflejo. No me había mirado al espejo en los últimos seis meses, y no lo haría entonces—. Me fiaré de cualquier cosa que me cuentes que pasó. Así que… ¿qué sucedió exactamente?

—Bueno, anoche te emborrachaste un poco. Se formó una multitud y te metiste en una pelea con un hombre gigante. Pero perdiste, lo cual explica… —Indicó mi cara con un gesto—. A propósito, ¿quieres hielo para el ojo? Te puedo traer una compresa fría si te hace falta…

Negué con la cabeza.

—¿Tienes mi móvil?

Fue hasta una cajonera, cogió el móvil y me lo pasó.

—Está apagado. Anoche traté de encenderlo para llamar a alguien que viniera a buscarte, pero estaba sin batería.

—¿Tienes un cargador?

—No. Tengo un iPhone, no un Android.

Claro que sí. Por supuesto, no era culpa suya. Me había metido en esta situación yo solito al haberme comportado como un imbécil. Apostaba a que mi mánager y mi publicista estaban en medio de una crisis de ansiedad.

Me masajeé las sienes con la esperanza de que la medicina no tardase mucho en hacer efecto.

—Escucha, sobre lo de anoche, y, bueno, nosotros… —Levanté la vista para mirarla. Su rostro estaba impávido esperando a que siguiera—. ¿Nos…?

La mujer asintió.

—¿Nos qué?

—Ya sabes.

—¿Ya sé qué?

—Ya sabes —insistí—. ¿Nos acostamos?

—¿Qué? ¡No, por supuesto que no! —exclamó de nuevo en un susurro mientras entrecerraba la puerta de la habitación para que su hija no lo escuchara todo. Al verla tan aturullada me sentí como un idiota.

—¿No lo hicimos?

—Créeme, no estabas en condiciones de hacer algo así ni de lejos. Además, no voy a aprovecharme de una persona que está tan perjudicada. Y me preocupaba más lograr que dejaras de mearte en mi planta.

¿Me había meado en su planta? «Fantástico, Oliver, te has coronado».

—Si no nos acostamos, ¿por qué estoy en tu casa?

—Como he dicho, te emborrachaste en el bar donde trabajo, y los *paparazzi* aparecieron e intentaron acribillarte. Yo era tu única esperanza para salir de allí después de que consiguieras que el increíble Hulk te diera una paliza por listillo.

—¿Me comporté como un listillo?

—Le aseguraste a un tío que podías follarte a su novia mejor que él.

Me había comportado como una persona totalmente diferente a lo que era en realidad. Maravilloso. El Oliver sobrio a duras penas conseguía ordenar sus pensamientos para construir una frase, pero el Oliver borracho tenía suficiente coraje como para meterse en una pelea de bar.

Entrecerré mis hinchados ojos e intenté encontrarle sentido a todo aquello, pero seguía muy borroso. Me levanté y me quedé rascándome la nuca.

—¿Puedo usar tu baño?

—Si no te meas de nuevo en mi planta, claro. La primera puerta a la izquierda. Y cómete el dónut. Necesitas absorber parte del veneno que te has metido. —Se notaba que era madre. Acto seguido, salió de la habitación y gritó—: ¡Reese, los zapatos! ¡Ahora!

En cuanto entré al baño, cerré la puerta detrás de mí, abrí el grifo y me mojé la cara. Tyler me echaría una buena bronca por lo del concierto. Debería haber tocado. No. Para empezar, ni siquiera debería haber accedido a hacerlo, joder. Todo aquello me sobrepasaba, era demasiado pronto, pero pensé que tal vez me ayudaría a volver al mundo y enfrentarme al hecho de que Alex ya no estaba.

«Puto imbécil. Deberías haber actuado y ya está».

Lo único que recordaba de la noche anterior era que estaba sentado en el camerino tratando de reunir el coraje suficiente para salir al escenario y cantar las canciones que había estado cantando desde hacía más de una década. Solo necesitaba pensar menos, pero esa mierda no se me daba bien. Mis pensamientos me engullían por completo cada vez que estaba sobrio, e, imbécil de mí, no había bebido esa noche. Pensé que podría actuar así, como Alex.

Él siempre salía al escenario sin haber bebido ni una gota de alcohol. No necesitaba nada más para darlo todo. Su ritual antes de los conciertos era meditar y rezar. Ni vodka ni *whisky* ni soluciones temporales. Alex tenía los pies en la tierra. Yo era lo contrario. Me pasaba la vida intentando evadirme mientras la ansiedad se apoderaba de mí a toda velocidad.

La noche anterior había intentado ser como mi hermano. Me había sentado en mi camerino sin más compañía que el ventilador de techo. Necesitaba silencio absoluto, excepto por el sonido de las aspas moviéndose en círculos. Así es como lo hacía Alex. De esa manera, solía prepararse antes de un concierto. Había rezado, pero sentía que nadie me escuchaba. También quise meditar, sin embargo, mi mente era demasiado ruidosa.

¿Cómo lo conseguía Alex? ¿Cómo lograba acallar sus pensamientos cuando los míos retumbaban a todo volumen?

Esa noche, mientras el ventilador giraba sobre mi cabeza y el pulso se me aceleraba, apreté con fuerza el colgante en forma de corazón que llevaba en el cuello. Siendo un niño, lo consideraba una tontería, pero, a medida que crecía, cada vez echaba más de menos a mis padres, así como su dulzura en medio de un mundo tan cruel.

No iba mucho a Texas, no los visitaba con frecuencia, así que cada vez que apretaba el colgante contra mi pecho, pensaba en mis padres y en su amor.

Pero la noche antes del concierto, sin el *whisky*, sin Alex, mis pensamientos me devoraron. Lo odiaba. Tampoco me gustaba el silencio. A veces mi mente se volvía tan oscura que me preguntaba cómo seguía respirando.

Entonces imaginé a Alex de nuevo, y me puse más triste.

Cuando casi era la hora de salir al escenario, le dije a Tyler que necesitaba un momento para respirar un poco de aire fresco. Sin embargo, empecé a correr y, simplemente, no paré. Lo que me había llevado a encontrarme en esa situación en aquel preciso instante.

Estaba sentado en el baño de una desconocida, demasiado avergonzado de la persona en que me había convertido. Lo peor de todo era que había cometido el error de mirarme al espejo. Vi hasta qué punto se había desdibujado mi existencia, vi lo turbulenta que se había vuelto mi vida, y, sobre todo, vi a mi hermano.

6

Oliver

Hace cinco años

—¡Se han agotado las entradas por primera vez! ¡Qué pasada, joder! —exclamó Alex mientras caminaba de un lado a otro de nuestro camerino. Era un local diminuto, con un vestuario aún más pequeño para los dos, pero nos daba igual. Era el primer concierto en que se habían vendido todas las entradas, las trescientas, y para nosotros era algo histórico. Aquel lugar no tenía asientos y se oía al público desde el camerino.

Tenía los nervios de punta.

—¿Y has visto esto? —dijo Alex más emocionado que nunca mientras me mostraba un periódico—. «Alex y Oliver son los Sam Smith negros de nuestra época» —leyó la cita—. Vale, ya sé que es un poco racista lo de traer a colación nuestro color de piel, y sí, es molesto que te comparen con otro artista, aun así, ¡joder!, me encanta Sam Smith. Si eso no es un cumplido, que me parta un rayo —bromeó.

Al parecer, nuestro sonido y color de piel llamaba la atención de la prensa amarilla. Nos comparaban con otros artistas, y resultaba tan molesto como halagador. El ejemplo más extraño sucedió cuando dijeron que nos parecíamos a Dan + Shay, lo cual no tenía ningún sentido. No cantábamos nada de *country*, y lo único que teníamos en común era que nuestros nombres estaban en el título del dúo.

—Es como un cumplido con doble intención —asentí moviendo las manos con inquietud.

Alex me miró y sonrió con picardía.

—Ya lo estás haciendo otra vez.

—¿El qué?

—Dar demasiadas vueltas a todo. Escucha, tienes un talento que te cagas, Oliver, y mucha gente ha venido esta noche a disfrutar contigo. Podemos con ello. Tú puedes. Este va a ser el mejor concierto que hayamos dado nunca. Ahora ven aquí. —Abrió los brazos de par en par a la vez que me miraba y asentía.

Alcé una ceja.

—¿Qué haces?

—Voy a darte mi abrazo reconfortante de oso. Venga, ven aquí, hermanito. Dame un abrazo.

—No me llames «hermanito». Nací tres minutos después que tú.

—Lo que, por tanto, te convierte en mi hermanito. Ven aquí, va. Abrazo de oso.

Puse los ojos en blanco.

—Cierra el pico, Alex.

—Muy bien. Si quieres hacerte el duro y fingir que no quieres abrazarme, pues vale. —Se encogió de hombros y abandonó la idea, por lo que me sentí agradecido.

Entonces, me levanté y me acerqué al espejo de cuerpo entero y, en tanto que me alisaba la ropa, Alex corrió hacia mí por detrás y me envolvió en el mayor abrazo de oso de la historia de la humanidad.

No pude evitar echarme a reír ante la visión de cómo el idiota de mi hermano se balanceaba de un lado a otro conmigo entre sus brazos.

—¡Chicos! —Tyler entró a toda prisa al camerino y nos observó con una ceja arqueada. Ni por un instante pareció que le espantara nuestro abrazo fraternal, porque sabía que éramos unos capullos raritos—. Siento romper vuestro cálido abrazo, pero tenéis que saludar a los fans antes del concierto.

Alex y yo nos miramos mutuamente y, luego, a Tyler, antes de asentir en silencio, abalanzarnos sobre él y atraparlo también en nuestro abrazo.

—Por lo que más queráis, soltadme, ñoños de mierda —gimió Tyler.

—¿Has oído que somos los Sam Smith negros? —bromeé.

—Sí, lo he oído y he llamado al periódico para quejarme por el insulto. Ahora seriedad, por favor. Os espera una cita muy importante. Esta puede ser la noche en que os escuche la persona adecuada y consigáis la oportunidad de vuestras vidas.

El bueno de Tyler llevaba los últimos diez años diciendo lo mismo. Aún no había ocurrido, pero yo no perdía la esperanza.

Fuimos hacia la parte delantera del edificio, donde todos los fans que querían conocernos estaban esperándonos en fila. Había unas cuarenta o cincuenta personas. Era una locura. Durante mucho tiempo nuestros mayores fans habían sido nuestros padres. Mamá y papá eran nuestros seguidores principales, pero, en ese momento, había más de cuarenta personas que sentían la necesidad de hacer cola solo para conocernos.

Saludamos y firmamos cualquier cosa que nos dieran los fans (incluidas unas cuantas tetas), y lo pasamos genial. Cuando dos mujeres avanzaron hacia nosotros me di cuenta de hasta dónde llegaba la dedicación de nuestros seguidores, porque una de ellas estaba embarazada de varios meses. Ese bebé no iba a tardar mucho en salir disparado. La otra mujer, que a juzgar por lo mucho que se parecía era su hermana, sonreía.

La embarazada se apoyaba las manos temblorosas en la barriga. Si bien temblaba como un flan, no se me escapó esa sonrisita en su rostro, lo que equivalía al mayor triunfo del mundo. Ver a gente emocionada por conocernos me hacía sentir afortunado.

Ambas dieron un paso adelante y me fijé en que comenzaron a temblarles las piernas cuando, cogidas del brazo, se acercaron más.

—Eh, hola, soy… —comencé, pero la voz cristalina de la mujer que no estaba embarazada me interrumpió.

—Oliver Smith, sí, lo sabemos, hola. ¿Cómo estás? Y tú eres Alex Smith. Ay, Dios. Sois increíbles, los dos. Sois lo mejor, lo más inspirador y más valioso de la industria de la música. Ya no quedan artistas como vosotros. Para mí, lo máximo, una pasada, una pasada total, y, y, y… —Se encontraba en plena euforia fanática. Nunca en mi vida pensé que Alex y yo despertaríamos algo así.

Joder, qué suerte teníamos.

La otra mujer se adelantó y pellizcó a la parlanchina en el codo para hacer que se callara.

—Perdonad —murmuró ruborizada—. Es solo que estoy…, estamos muy emocionadas por conoceros —dijo a la vez que señalaba a sí misma y a su hermana, que no pronunció palabra. Nos tendió dos entradas para que las firmáramos—. Lo siento, ojalá tuviéramos algo mejor para que nos firmaseis, pero andamos cortas de pasta, así que estos son nuestros *souvenirs.*

—Es más que suficiente —señaló Alex—. No os imagináis cuánto significa para nosotros que estéis aquí. —Se volvió hacia la mujer embarazada y le dedicó una sonrisa, lo que hizo que se sonrojara—. Es un placer conoceros. ¿De cuánto estás? —preguntó Alex.

La mujer abrió la boca y, cuando estaba a punto de hablar, vi como los nervios se apoderaban de ella. Se quedó muda.

La otra mujer le apoyó la mano en el antebrazo.

—Sale de cuentas la semana que viene.

Abrí mucho los ojos.

—¿De verdad? ¿Y estáis aquí en un concierto de Alex y Oliver? Eso es dedicación.

—Como he dicho, somos vuestras mayores fans —bromeó ella.

Sonreí con picardía.

—Bueno, si es chico, Oliver es un gran nombre.

Alex añadió:

—He oído que como nombre Alex es mejor. Alexander tampoco está mal. Además, si es chica, Reese es una buena opción también, que es mi…

—Segundo nombre —dijeron las mujeres al unísono con él.

Alex se rio.

—Sois nuestras mayores fans. —Les guiñó un ojo y estuve casi seguro de que las mujeres explotarían en mil pedazos por la emoción y la felicidad—. ¿Sois hermanas? Parecéis gemelas.

—Somos hermanas, pero no gemelas. Vosotros dos también parecéis gemelos. Quiero decir, por supuesto —dijo la que no estaba embarazada con una timidez muy atractiva.

—¿Queréis que nos hagamos una foto, chicas? —pregunté.

—Oh, sí, por favor —contestó a la par que cogía el móvil y se lo pasaba a Tyler, el encargado de sacar las fotos.

Se colocó a mi lado de un salto, y la otra se acomodó entre mi hermano y yo. Fui a pasarle el brazo por los hombros y, sin vacilar, su hermana saltó:

—Espera, no, a mi hermana no le gusta que la toq…

—No pasa nada —aclaró la hermana embarazada al tiempo que negaba con la cabeza. Luego esbozó una amplia sonrisa y asintió mientras nos dirigía una mirada a Alex y a mí con la que nos daba permiso. Justo cuando apoyé mi brazo sobre su omóplato, todo se puso patas arriba.

—¡Ay, Dios! —ahogó un grito. Unos segundos más tarde, un chorro de agua cayó sobre mi zapato. Estaba tan confundido por el sonido de su voz que casi no comprendía qué lo había desencadenado: había roto aguas. Todos nos quedamos pálidos.

»Ay, Dios —repitió con las manos sobre el estómago mientras pasaba la vista de mis ojos a mis zapatos—. Lo siento muchísimo —masculló avergonzada por lo que acababa de suceder. Carraspeó varias veces porque le temblaba la voz por los nervios.

—Ay, madre, no te preocupes. ¿Estás bien?

Antes de que pudiera responder, su hermana entró en pánico y corrió a su lado.

—Tenemos que llevarte al hospital. Lo siento, pero debemos irnos. Siento lo de tus zapatos.

Yo sonreí.

—Si seguís considerando ponerle mi nombre al niño, quedamos en paz. Te deseo mucha suerte, y felicidades.

Los ojos castaño claro de Alex relucían y destilaban cariño cuando añadió:

—Todo irá bien.

Los ojos de la mujer se llenaron de lágrimas mientras una sonrisa volvía a sus labios. Nos dieron las gracias una vez más, y su hermana cogió el móvil de las manos de Tyler, quien, con una sonrisita burlona, no paraba de sacar fotos.

Cuando comenzaron a alejarse, la que estaba embarazada volvió la cabeza hacia nosotros.

—¿Alex? ¿Oliver?

—¿Sí?

—Vuestra música... vuestros discos... vuestra música ilumina mi vida. Espero que sepáis lo importante que es lo que estáis haciendo para el mundo. Me habéis salvado tantas veces que he perdido la cuenta.

A Alex se le empañaron los ojos. Parpadeó para contener sus emociones y esbozó una sonrisa tímida. Siempre había sido el más sensible de los dos.

—Sin vosotras, nuestra música no existiría. Vosotras también nos habéis salvado en innumerables ocasiones.

Yo asentí.

—Sin vosotras, estaríamos cantando en la oscuridad. Vosotras nos traéis la luz.

Entonces, se alejaron deprisa y yo observé el charco frente a nosotros antes de volverme hacia Tyler.

—Voy a necesitar otro par de zapatos.

Alex me miró con una enorme sonrisa.

—A raíz de ese charco se me ha ocurrido una buena canción para hoy.

—¿Cuál?

—«Float On», de Modest Mouse. Sigue flotando.

Devolví una sonrisa igual de grande, porque la canción era demasiado perfecta. Y eso fue precisamente lo que hicimos, después de la interacción más incómoda y a la vez más perfecta con dos fans.

Seguimos flotando y dimos uno de nuestros mejores conciertos.

7

Oliver

El presente

—¡Señor! ¡Oye, señor! ¿Aguas mayores o menores? —preguntó la vocecilla mientras golpeaba la puerta del baño y me traía de vuelta de mi viaje al pasado. La niña entrometida casi me hizo sonreír. No me gustaban demasiado los niños, pero tenía que admitir que esa pequeña me parecía atrevida y valiente.

—Aguas torrenciales.

La pequeña ahogó un grito y salió corriendo.

—¡Mami! ¡Ese tipo tiene diarrea explosiva! —aulló, lo que me dejó perplejo. Ni siquiera sabía que aguas torrenciales fuera algo que la gente conociera, y ahora la madre de la niña pensaba que me estaba dejando los intestinos en su baño.

«Muy fino, Oliver».

Poco después, alguien volvió a llamar a la puerta, sin embargo, esa vez no se trataba de la vocecilla.

—Eh, perdona que te interrumpa, pero ¿puedes darte prisa? Tengo que llevar a mi hija al campamento de verano y me espera un día complicado. Así que… —Sus palabras se fueron apagando cuando abrí la puerta—. Quiero decir, solo si te encuentras bien. Si no es así, da igual que lleguemos tarde. O si, bueno, si tienes aguas torrenciales y…

Abrí la puerta de golpe.

—Lo siento. Estoy listo —dije mientras intentaba reprimir la vergüenza que se iba apoderando de mí. Fantástico. Ahora creía que le estaba reventando el váter.

—¡No, no lo estás! ¡Tienes que tirar de la cadena y lavarte las manos! —exclamó la niña dando voces. Esta niña y sus gritos. ¿Es que no sabía hablar sin gritar?

Caminé hasta el váter y tiré de la cadena, luego fui hasta el lavabo para limpiarme las manos rápidamente y me las sequé.

—Ya está —indiqué con una sonrisa falsa—. ¿Contenta?

A modo de respuesta, la pequeña se llevó las manos a las caderas con todo el desparpajo del mundo.

—Se supone que tienes que lavarte las manos cantando «Brilla, brilla, estrellita» para quitarte todos los gérmenes.

—Ya, bueno, ¿sabes qué? No tenemos tiempo para eso. Venga, vámonos —dijo la mujer, que ya se dirigía hacia la puerta.

Recorrimos el pasillo y subimos al ascensor sin decir ni una palabra. Cuando llegamos a la planta baja, un hombre salió del despacho y empezó a gritar en nuestra dirección.

—¡Emery! ¡Emery! Te estás retrasando con el alquiler —exclamó.

Así que se llamaba Emery. Me gustaba. Por lo que podía ver, le sentaba bien.

Los hombros de la mujer se tensaron cuando cogió la mano de la niña y comenzó a caminar más deprisa.

—Ya lo sé, Ed, ya lo sé. Te juro que te lo traeré esta noche. Hoy me pagan en el Seven.

—Espero que sea cierto. De verdad, Emery. Ya sabes que me caes bien, pero me estoy dejando el culo. No puedo tolerar más retrasos.

Emery bajó la vista al suelo mientras la vergüenza la envolvía. Sentí un cambio rígido en su energía cuando bajó la voz.

—¿Podemos hablar de esto más tarde, Ed? ¿Cuándo no esté mi hija delante?

Ed miró a Reese y frunció el ceño con pena.

—Sí, de acuerdo. Tú tráeme el dinero, ¿vale?

—De acuerdo.

En ese momento, Reese tiró de la manga de Emery.

—Mami, yo tengo dinero en la hucha de cerdito, lo puedes coger.

Y en ese instante me di cuenta de que la niña, a pesar de todo su descaro, tenía un corazón de oro. Emery parecía a punto de echarse a llorar ante el ofrecimiento de su hija.

Antes de que pudiera responder, Ed me miró y sus ojos se abrieron de par en par.

—¡Hostia puta! ¡Tú eres Oliver Sm…!

Emery me agarró del brazo con la mano libre y me acercó más a ella con ademán protector.

—Vale, ya hablaremos luego. ¡Adiós, Ed!

Esa mujer sabía manejarme mejor que mi equipo de seguridad.

Nos dirigimos hacia la puerta principal sin perder un segundo y doblamos la esquina. Emery caminó hasta su coche y, al llegar, me miró.

—Vas a tener que salir de Dodge antes de que la gente sepa que estás en el barrio. Ed es un bocazas.

Me froté la nuca y asentí.

—De acuerdo. Siento haberte causado problemas.

La mujer sonrió, una curva genuina se formó en sus labios y tuve claro que me había equivocado: esa sonrisa era el mejor de sus rasgos, no los ojos. Aunque la seguían de cerca.

Pero ¿esos ojos con esa sonrisa? Espectacular.

Después de ver esa combinación, sentí algo en mi interior. Una sensación de familiaridad.

—Gracias por la disculpa. —Abrió la puerta trasera del coche y ayudó a su hija a subirse a la sillita. Tras cerrar la puerta, se volvió hacia mí. Apoyó las manos en las caderas y entrecerró los ojos cuando el sol cayó justo sobre su línea de visión—. Bueno, me alegra haberte conocido, aunque no fuese la noche más normal de mi vida.

Asentí.

Fue hasta el asiento del conductor y me volvió a dirigir una mirada. Yo seguía recorriendo la calle con la vista en un intento de familiarizarme con el barrio, pero, por supuesto, estaba completamente perdido.

Emery carraspeó y dio unas palmaditas en el techo del coche.

—¿Necesitas que te lleven?

—Sería genial —suspiré aliviado y enfilé hacia el asiento del copiloto.

Se rio por lo bajo y sacudió la cabeza.

—Eh, estaba pensando en un Uber. Ya sabes, esa aplicación de transporte. O incluso un taxi… —Sus palabras se apagaron, quizá porque vio mi cara de completo idiota.

«Era obvio que se trataba de eso, Oliver, pedazo de imbécil».

—Sí, vale. A eso me refería. Voy a, eh, sí. Vale.

Debió de apiadarse de mí, porque echó un vistazo a un lado y a otro de la calle y, luego, miró el reloj.

—O puedo dejarte donde tengas que ir.

Fruncí el ceño.

—¿De verdad?

—Sí, claro. Sin problema.

—Estoy seguro de que estás ocupada…

—No, no lo está. A mamá la han despedido del hotel, así que no tiene nada que hacer durante el día —explicó Reese con gran precisión desde la ventanilla bajada.

Emery abrió mucho los ojos.

—¿Cómo lo sabes?

Reese se encogió de hombros.

—Te oí hablar con la señorita Abigail cuando me dejaste en su casa el otro día.

Emery me sonrió abochornada.

—Los niños siempre hablan demasiado. Pero es verdad. Tengo el día bastante vacío, así que puedo acercarte.

—Te lo agradezco. —Fui de nuevo a abrir la puerta del copiloto y Emery levantó la mano.

—Eh, eh. ¿Qué haces?

—Creía que ibas a llevarme.

—Sí. —Asintió—. Pero después de traerte en el coche anoche, has perdido el derecho a ir en el asiento delantero.

¿Qué demonios quería decir eso?

—Y ahora date prisa, ¿quieres? Reese no puede llegar tarde.

Entró en el asiento del conductor. Yo me metí en el asiento trasero y me senté junto a Reese, como un puñetero niño. Lo único que me faltaba era la sillita de bebé.

—Dios santo, ¿qué es ese olor? —rugí.

—Eso, amigo mío, es el olor de tu vómito —respondió Emery.

—¿Vomité en tu coche?

—Sí, y encima de mí.

«Nota para el imbécil de mí: le debes a esta mujer una limpieza profunda del coche, una planta de interior y, probablemente, un millón de dólares por hacerte de niñera, capullo».

Todos esos pensamientos de desprecio llenaron mi mente a la vez. Me sorprendía mucho que Emery no me hubiera dejado tirado en la acera para que los buitres acabaran conmigo. Ellos o los *paparazzi,* que, a decir verdad, eran lo mismo.

Giró la llave y encendió el motor. El coche rugió, hipó, tosió y escupió antes de ponerse en marcha.

—Puaj, ¿vomitaste en el coche de mamá? —aulló Reese con cara de asco—. Qué guarrada.

—Imagino que fue un accidente. —Miré a Emery—. Te pagaré la limpieza.

Emery se encogió de hombros.

—No te preocupes, ya me las arreglaré.

Bajó las ventanillas para ventilar el coche mientras Reese se tapaba la nariz con la mano y preguntaba:

—Mamá, ¿puedes poner nuestra música?

Emery miró a su hija mientras arrancaba.

—Hoy no, cariño.

Reese, sorprendida, dejó caer las manos.

—¡Pero, mamá! ¡La escuchamos todos los días!

—Sí, por eso será mejor que descansemos un poco.

—¡Pero, mamá! —lloriqueó Reese, y, en ese momento, estuve seguro al cien por cien de que no estaba hecho para ser padre. Alex, por otra parte, habría sido un padre fantástico.

«Deja de pensar en él, Oliver».

Ojalá apagar el cerebro fuera como apagar un interruptor. Fácil e indoloro.

—Vale. —Emery cedió al fin y puso una canción que yo conocía muy bien y que hizo imposible que me sacara a mi hermano de la cabeza.

Era «Tempted», de nuestro primer disco. Hacía años que no la escuchaba y, cuando comenzó a sonar, sentí los escalofríos de ayer recorrerme el cuerpo. Parecía que había pasado una eternidad desde entonces, cuando los días eran más cortos y la música fluía.

Era una de las canciones favoritas de Alex.

Emery me miró por el espejo retrovisor.

—No es que sea una fan chalada —comentó mientras volvía a mirar sobre la carretera—. Es solo que nos gusta mucho esta canción.

—No pasa nada. Puede gustarte mi música.

Reese entrecerró los ojos.

—Esta no es tu música.

—Sí lo es.

—¡No lo es! ¡Esta es la música de Alex y Oliver Mith! —exclamó con convicción.

—Smith —la corregí. Ese Mith me hacía pensar en «mito», y, por alguna razón, aquello me hacía sentir que no existía de verdad. Si bien, por otra parte, aquello me ocurría cada día.

—Lo que he dicho —contestó mientras asentía—. Y ese no eres tú.

—Estoy bastante seguro de que sé quién soy, pequeña.

—No tienes ni idea de quién eres —espetó Reese y, joder, no se me ocurría una afirmación que doliera más.

—Es verdad, Reese. Es Oliver Smith. Se trata de su música —intervino Emery.

De repente, Reese dejó caer la mandíbula, estupefacta, y abrió tanto los ojos que temí que se le salieran de las órbitas. Entonces susurró. ¿Quién iba a decir que esa niña conocía el arte de hablar en voz baja?

—Tú... —comenzó con voz temblorosa—. ¿Tú eres de Alex y Oliver?

—Sí, lo soy. —Hice una pausa—. Lo era.

Capté la mirada triste de Emery en el retrovisor antes de mirar de nuevo a Reese.

—¡Ay, mi donut! —murmuró estupefacta mientras palidecía y se plantaba las palmas de las manos en las mejillas.

«¿Ay, mi donut?». Esa no la conocía.

Emery se reía por lo bajo.

—Está claro que a las dos nos encanta tu música. ¿Hay algo que quieras decirle a Oliver, Reese?

—Sí. —Reese se removió un poco en su sillita antes de juntar las manos y clavar su mirada en mí—. Solo nos gustan tus dos primeros discos porque los otros son basura convencional reciclada hecha solo para vender y no por el arte. Esos no los escuchamos, porque, aunque es reciclada, sigue siendo basura.

—¡Reese! —Emery ahogó un grito a la vez que sacudía la cabeza—. ¡Eso no se dice!

—Pero, mamá, es la verdad, tú dices que las personas tienen que ser honestas. Además, fuiste tú quien me dijo que era basura reciclada. ¿Te acuerdas, mamá?

No me pude enfadar con la niña. Joder... ¿Cuándo había sonreído de esa manera por última vez? Debería llevar la cuenta de las veces que tenía un momento así. Tal vez me ayudaría a no hundirme cada día, pues sabría que también existen los momentos de felicidad.

—Lo siento mucho —dijo Emery—. Ya sabes lo que dicen, los niños hablan sin pensar.

—Oye, señor Mith —me llamó Reese tirándome de la manga.

—Smith.

—Eso he dicho. Oye, señor Mith, ¿crees que volverás a tocar buena música?

—¡Reese! —volvió a decir Emery, avergonzada.

Le seguí el rollo encogiéndome de hombros.

—Creo que esa es la pregunta del millón, pequeña.

Reese cruzó los brazos.

—Deja de llamarme «pequeña»; ya tengo cinco años, soy mayor.

—Dejaré de llamarte «pequeña» si dejas de llamarme «Mith».

—¡Vale, señor Mith! —espetó con más descaro que nunca.

—Muy bien, la charla de esta mañana ha ido de maravilla, pero tal vez es mejor que nos quedemos calladitos durante el resto del viaje y escuchemos música, ¿de acuerdo? —intervino Emery.

Unos veinte minutos más tarde llegamos al campamento y Emery aparcó el coche.

—Tengo que acompañarla dentro, ahora vuelvo.

Al bajarse del coche, Reese se aseguró de darme más de un golpe mientras se ponía la mochila.

—Adiós, señor Mith. Espero que vuelvas a encontrar buena música.

«Yo también, pequeña».

—Oh, y, señor Mith.

—¿Sí?

—Siento lo de tu hermano —dijo con un ligero ceceo—. Era mi preferido.

No sé por qué, pero el hecho de oírlo de boca de una niña me dolió como nunca. Ahí estaba, a punto de echarme a llorar en el asiento trasero de un coche con olor a vómito.

—El mío también, pequeña.

Esbozó una sonrisa tan grande que por un segundo pensé que bastaría para quitarme una onza de mi dolor.

—No me llames «pequeña», señor Mith.

Se alejó a toda prisa con su madre y, sin pensar, miré mi móvil, que, efectivamente, seguía apagado. Me pregunté si me habrían dado ya por muerto y si me imaginarían en alguna cuneta. Cuánto se alegrarían algunas personas. «Deja de ser tan negativo». La frecuencia con la que ese tipo de pensamientos me pasaban por la mente resultaba enfermiza. Suponía que era lo que conllevaba perder a alguien que lo significaba todo.

«No quiero estar aquí».

Mierda.

Mis padres.

Cada vez que recordaba que no quería seguir viviendo, imaginaba a mis padres.

Sin duda, estaban muy preocupados por mí. Sabía que veían las fotos que los *paparazzi* me sacaban, y no me sorprendería que mamá estuviera intentando reservar un billete en primera a Los Ángeles solo para asegurarse de que estaba bien.

—Perdona lo de antes —dijo Emery mientras se sentaba en el asiento del conductor. Se volvió para mirarme y me dedicó una pequeña sonrisa. De algún modo, aquello alivió parte de mi dolor—. ¿A dónde?

Le indiqué mi dirección y nos pusimos en marcha.

Tamborileé con los dedos sobre mi pierna mientras escuchaba la música que todavía sonaba en los altavoces. Cada vez que los *riffs* de guitarra de Alex salían por los altavoces, el pecho se me encogía aun más.

—¿Te importa si quitamos la música? La verdad es que no me gusta escuchar mis canciones. Bueno, ni de nadie desde que… —Mis palabras se apagaron y sus ojos marrones se suavizaron en el retrovisor mientras la culpa llenaba su mirada.

La apagó y murmuró algo entre dientes, aunque no pude oírlo. Si se trataba de sus condolencias, no quería escucharlas. Ya había recibido demasiadas, tantas que ya me resultaban falsas.

Recorrimos unas cuantas manzanas sin mediar palabra, hasta que su suave voz volvió a llenar el espacio. Me pregunté si el silencio también la volvía loca. Me pregunté si, aparte de mí, habría más gente viviendo así de atrapada en sus pensamientos.

—Hoy eres una persona completamente diferente —puntualizó Emery, iniciando una conversación que me hacía mucha falta, aunque en ese momento lo ignoraba—. Anoche no te parecías en absoluto a lo que me había imaginado. Siempre creí que eras más reservado.

Los nervios en mi estómago se tensaron mientras intentaba con todas mis fuerzas reunir algunos retazos de la noche anterior. Debía de haberme comportado como un auténtico capullo y seguro que me puse en evidencia delante de esa pobre mujer.

—Anoche no era yo. —No sabía cuándo lo había sido por última vez—. Si hice alguna cosa que te ofendiera…

—No te disculpes —interrumpió—. Sinceramente, lo entiendo. Yo también he pasado por eso. Una vez me emborraché tanto que perdí el sentido en casa de un desconocido y me desperté con un cubo de vómito al lado y un envoltorio de Crunchywrap del Taco Bell pegado a la mejilla. Todos tenemos días así.

Por alguna extraña razón, sus palabras me aportaron un instante de consuelo. No conocía a Emery, sin embargo, algo en ella que me hacía sentir menos incómodo conmigo mismo.

—¿Te measte en la planta de esa persona? —pregunté.

—No, pero ya sabes lo que dicen: siempre hay un mañana.

Solté una risita y ella me miró, casi sorprendida por el sonido que había salido de mí. Cada vez que me miraba, sentía un calor que me subía por la piel.

Qué extraño.

—Hoy estás mucho más callado —observó.

—Soy una persona callada. No soy yo mismo cuando bebo.

—¿Entonces por qué bebes?

—Porque no soy yo mismo cuando bebo.

Se quedó absorta, parecía que mi comentario la había emocionado.

—No sé si lo haces a propósito o si es que te sale de esa forma tan natural, la cuestión es que a veces, cuando hablas, parece que estés componiendo la letra de mi próxima canción favorita.

Ojalá crear la canción favorita de alguien fuera tan sencillo. Los de mi discográfica estarían encantados.

—¡Oh, oh! —gritó Emery a la vez que señalaba por la ventana mientras conducía—. Por si te lo preguntabas, que seguro que sí, allí hacen la mejor comida mexicana del mundo. Se llama Burritos Mi Amor y, cuando lo pruebes, te va a cambiar la vida. —Asintió complacida al pensar en ello. Era lo opuesto a mí, se parecía más a Alex. La conversación brotaba de ella con facilidad, mientras que yo tenía que esforzarme para reunir mis pensamientos—. Es un lugar superescondido. Solo lo conozco porque mi hermana, Sammie, lo encontró de casualidad hace años cuando vino a vivir conmigo durante un tiempo. Tiene la habilidad de encontrar las cosas más maravillosas en los lugares más inesperados.

—¿Te llevas bien con tu hermana?

Emery titubeó, luego tragó saliva y clavó la vista hacia delante.

—Nos llevábamos bien.

«Su puta madre».

—Lo siento.

—No te preocupes. No ha muerto ni nada por el estilo. Es solo... que hace bastantes años que no la veo, desde que se marchó para encontrarse a sí misma. Todavía hablamos de vez en cuando, pero ya no es lo mismo. Está recorriendo el país, tratando de encontrar su sitio.

—¿Crees que eso existe? ¿Que cada persona tiene su sitio?

—Supongo que el «sitio» puede tener diferentes formas. Puede ser un lugar, una persona, un objeto, un trabajo.

—¿Cuál es el tuyo?

—Mi hija —dijo sin vacilar—. Es mi lugar seguro. ¿Y tú?

Me quedé callado. Me fijé en la ligera mueca que se posó en los labios de Emery mientras miraba por el retrovisor. No insistió ni me obligó a contestar, y yo se lo agradecí.

Unos veinte minutos más tarde doblamos la esquina de mi calle y llegamos a la verja de entrada de la urbanización privada en la que vivía. Steven, el guardia, caminó hasta el coche con su portapapeles en la mano y un *walkie-talkie* en la cadera.

Entonces, Emery bajó la ventanilla del coche y le dedicó una sonrisa que él no le devolvió, quizá porque tenía que enfrentarse a menudo con hordas de fanáticos y *paparazzi* que intentaban colarse por la verja metálica.

—¿Puedo ayudarla, señora? ¿Se ha perdido?

—Bueno, me parece que ya no estoy en Kansas, eso seguro —masculló Emery, que miraba las inmensas casas detrás de la verja. Luego señaló con la cabeza el asiento trasero del coche—. Vengo a traer a uno de sus tesoros.

Steven echó un vistazo en el asiento trasero y siguió sin sonreír. Asintió una vez.

—Hola, señor Smith.

—¿Qué tal, Steven?

—Ha montado un buen alboroto.

Hice una mueca y levanté las manos en el aire.

—Es para que no te aburras.

—Así me mantengo alerta —coincidió Steven.

Se alejó caminando y poco después las puertas comenzaron a abrirse. A medida que Emery avanzaba con el coche, su boca se abría más y más hasta que faltó poco para que las moscas se colaran de pleno en su garganta.

—¿Así que de verdad hay gente que vive así? —preguntó pasmada.

—Sí —asentí mirando aquellas casas de varios millones de dólares. Se rumoreaba que Demi Lovato había comprado una cerca de la mía. A Alex le habría encantado, era su amor platónico—. Así malgastamos nuestras fortunas.

—Hostia puta —jadeó cuando subíamos por una colina y pasábamos junto a dos personas a pie—. ¿Esa era una de las Kardashian? Hostia puta, ¡es una Kardashian! —gritó en un susurro con las ventanillas todavía bajadas.

—Una Jenner —corregí.

—Tanto monta, monta tanto —suspiró Emery, al parecer un poco deslumbrada. Nunca habría imaginado que fuese fan de las Kardashian, pero supongo que la gente a veces te sorprende.

—Daría mi teta izquierda por un pintalabios de la línea de maquillaje de Kylie.

—Creo que hay que revisar las prioridades antes de intercambiar partes del cuerpo por maquillaje.

—Es que no entiendes lo bueno que es ese maquillaje.

Nos acercábamos a mi casa y frenó en la entrada. Vi a dos personas sentadas en el porche delantero, y supe que me esperaba una buena después de mi juerga de anoche.

—¿Es tu equipo de relaciones públicas que viene a realizar un control de daños?

—Peor. Son mis padres.

En cuanto el coche se detuvo por completo, bajé de un salto. Me acerqué a la puerta del conductor y me incliné sobre la ventanilla.

—Gracias por tu ayuda.

—No tiene importancia, de verdad. —Se acomodó su hermoso pelo espeso detrás de la oreja y susurró—: Curiosamente, esto ha sido casi un sueño hecho realidad para mí. —La observé intrigado mientras se mordía el labio y se lo frotaba nerviosa—. ¿Puedo preguntarte una cosa?

Asentí.

—Si es demasiado personal, no hace falta que contestes.

Asentí otra vez.

Se inclinó hacia mí, colocando las manos junto a las mías sobre el marco de la ventanilla para acercarse más.

—¿Estás bien? Quiero decir, en general. ¿Estás bien?

Era una pregunta muy delicada y cargada de cariño, había sido así desde que me crucé en su camino. La veía como una manta pesada que me protegía e impedía que me derrumbase. En sus ojos marrones percibí la preocupación que sentía por mí.

Pero ¿por qué lo hacía?

A decir verdad, yo no era nadie demasiado importante. Por otra parte, tal vez solo le preocupaba el Oliver Smith músico, no el Oliver Smith que había sido en realidad. Si de verdad me hubiera conocido, no le habría importado tanto.

Sabía lo que quería decirle. Y era lo mismo que le había dicho al resto del mundo. Quería mentir. Quería decir que estaba bien y que todo iba bien, pero, por alguna extraña razón, mis labios se separaron, mi voz se quebró y dije:

—No.

«No».

Resultó agradable decirlo en voz alta.

No, no estaba bien. No, tampoco iba a estarlo. No, nada estaba mejorando.

«No».

Sonrió con un gesto que parecía empapado de lágrimas. Nunca me había dado cuenta de que las sonrisas pudieran ser tan tristes. Si bien, aunque parezca extraño, la aflicción de su gesto alivió un poco mi propia desesperación.

Su mano se movió para colocarse sobre la mía y la apretó con suavidad en una caricia cálida y suave, tal como había imaginado.

—Lo siento mucho, Oliver. Voy a rezar para que lleguen días mejores. Te los mereces.

¿Emery existía? ¿O no era más que un producto de mi imaginación que había venido a decirme las palabras que tanto necesitaba oír? Quería decirle la verdad sobre las oraciones, que nunca se cumplían. Antes de que anunciaran la muerte de Alex, recé para que volviera, pero no sucedió. En mis plegarias, pedí que se curara, sin embargo, nada mejoró. También pedí al universo que me llevara a mí en su lugar. No obstante, me había dejado vivir, solo.

Me había convertido en un hombre muerto que caminaba mientras deseaba que el sol se desvaneciera para siempre, para no hacer daño a nadie.

«No quiero estar aquí».

Cuando Emery apartó su mano de la mía, el calor que me había dado se desvaneció también. Antes de que pudiera responder, mis padres vinieron corriendo hacia mí.

La calidez de Emery se esfumó de mis manos en cuanto se apartó, y me hizo un gesto con la cabeza como si fuera nuestro último adiós. Entretanto, mi madre me envolvió en un abrazo.

—¡Ay, Dios, Oliver! ¿Estás bien?

—Sí, mamá, estoy bien —mentí.

A veces resulta más fácil contarle la verdad a un extraño, porque sabes que tu sinceridad no le hará daño. Sabía que, si mis padres se enteraban de mi situación, los carcomería por dentro. No necesitaba tanta preocupación por mi bienestar después de haber sido el motivo de que perdieran la otra mitad de sus corazones.

Miré de nuevo a Emery y ella esbozó un gesto cariñoso, consciente de la mentira que les había dicho a mis padres, y yo le devolví una sonrisa torcida y débil. Fue como si me dijera: «Te veo, Oliver, y estarás bien». Luego asintió una vez y comenzó a dar marcha atrás para alejarse. A diferencia de la manera en que yo me había colado en su mundo, ella se retiró del mío despacio y con mucha más clase.

—¿Por qué habéis venido hasta aquí? —pregunté mientras papá me daba un abrazo más corto que el de mamá.

—Bueno, en el último momento nos enteramos de que ibas a dar un concierto, así que supusimos que no te vendría mal algo de apoyo de tu familia —dijo papá—. Luego, cuando aterrizamos, no conseguíamos localizarte, así que nos preocupamos.

A mamá se le empañaron los ojos mientras me abrazaba de nuevo.

—Temía que te hubiera pasado algo.

El peso de sus palabras y su miedo me hicieron sentir como el peor hijo del mundo.

—Lo siento, mamá. Se me acabó la batería del móvil y no he podido volver a casa hasta ahora. Perdón por el estrés que os he causado. No pretendía preocuparos.

Apoyó una mano en el medio corazón que colgaba de mi cuello y la otra sobre mi mejilla, y me sonrió entre lágrimas. Luego me dio una bofetada y sorbió.

—No se te ocurra volver a hacerlo, o te juro que… voy a ponerte un rastreador en el móvil. Ahora entremos. Tienes cara de estar hambriento, déjame que te prepare algo. —Mamá se dirigió hacia la puerta principal de mi casa y papá se rezagó un momento.

Mi padre no era tan charlatán como mamá. No solía decir gran cosa, excepto cuando hacía falta hablar. En ese aspecto yo era como él, mientras que Alex se parecía más a mamá. Apoyó su mano sobre mi hombro, con gesto consolador, y lo apretó con afecto.

—¿Estás bien, hijo? —preguntó con voz grave y profunda, y con su característica tranquilidad. No podía recordar ni una vez en que papá hubiera levantado la voz. Era, tal vez, la persona más sensata que había conocido nunca.

—Sí, estoy bien.

Asintió como si aceptase mi respuesta.

—¿Quién era esa mujer que te ha traído?

—Solo una persona lo bastante amable como para echarme una mano.

—Y muy atractiva —señaló papá con una sonrisita en la cara mientras me daba un leve golpe en el hombro.

—¿De verdad? No me he fijado. Solo intentaba llegar a casa.

Mi padre rio.

—Mentiroso.

Tenía razón. Resultaba casi imposible no fijarse en lo bella que era Emery. Si hubiera sido un hombre distinto con otro tipo de problemas, le habría pedido su número. Pero, a decir verdad, el mundo en el que yo vivía no encajaba con el que habitaba ella. Su mundo parecía más estable.

Además, estaba Cam.

Me pregunté cuántos mensajes suyos tendría en el móvil cuando lo encendiera.

—¿Quieres hablar de lo que pasó ayer? —preguntó papá mientras subíamos las escaleras del porche.

—Ahora no.

—De acuerdo. Cuando estés listo, aquí estaremos.

Si la paciencia tuviera forma humana, serían mis padres. Nunca me presionaban para que exteriorizara los pensamientos que se acumulaban en mi mente. La mayoría de las veces simplemente aparecían sin avisar y me cocinaban un montón de comida mientras escuchábamos música y hablábamos de cualquier cosa, excepto de mi carrera y mis emociones.

Sabía que el día que estuviera preparado para abrirme a ellos, estarían allí esperándome. Había un cierto consuelo en la certeza de que, cuando uno se sentía perdido, el hogar estaba siempre allí, a la vuelta de la esquina. Mientras comía y charlaba con mis padres, me sentí un poco menos solo.

Entonces, sin pedirme permiso, mi mente vagó hasta Emery. Era uno de los mejores lugares a los que había ido últimamente, y no me molestó que sucediese.

8

Emery

Mi hermana y yo éramos mejores amigas.

Solíamos contarnos cualquier secreto y consolarnos cada vez que nuestros padres eran demasiado duros con nosotros. Bueno, conmigo. Nunca trataban con dureza a Sammie. Tal vez porque era la pequeña. O porque la querían un poco más. O quizá porque era la hija perfecta que nunca había cometido un error.

Durante los últimos cinco años, desde el nacimiento de Reese, nuestra relación se había torcido. Ya no hablábamos con tanta frecuencia, y, si lo hacíamos, la conversación resultaba forzada. Aunque a veces charlábamos y me recordaba a los viejos tiempos en los que nos cubríamos las espaldas y compartíamos los secretos más profundos.

Cuando me llamó aquella tarde, durante un breve momento, fue mi mejor recuerdo de Sammie y yo. Era como si volviéramos a ser mejores amigas.

—¡Ay, Dios mío! ¡Cuéntamelo todo! ¡Todos los detalles! No te dejes ni una coma —chilló Sammie al teléfono mientras yo entraba en mi apartamento con una pila de currículums en la mano. Volver a casa era como volver a un armario después de haber dejado a Oliver en su inmensa mansión. En cuanto tuve un instante para respirar, le envié un mensaje a Sammie y la puse al corriente de todo lo que había pasado con Oliver la noche anterior.

Huelga decir que estaba teniendo un ataque de pánico al respecto. Si había alguien a quien le gustara tanto Alex y Oliver como a mí, esa persona era mi hermana.

La voz le temblaba de la emoción cuando continuó hablando.

—¿Qué estaba bebiendo? ¿Cómo tenía el pelo? ¿Tenía los ojos tan bonitos como siempre? ¿A qué olía? Por lo que más quieras, por favor, dime a qué olía.

Solté una risita.

—Eh, ¿a *whisky* y vómito?

La idea del vómito de *whisky* la embelesó, como si se tratase de una colonia de lujo.

—Ay, qué suerte tienes —canturreó en el auricular—. Daría cualquier cosa por oler el vómito de Oliver Smith.

—Estás como una cabra —dije sonriendo.

—Tal vez, pero, Dios mío, Emery… ¡Qué pasada! No puedo creer que acabaras viendo a Oliver Smith en primera fila, bueno, o algo así. Parece como si el sueño de tu vida se hubiera hecho realidad.

—En realidad no era justo así como soñaba que conocería a Oliver. —En mi cabeza, me imaginaba que nos encontrábamos por casualidad en Venecia, donde resultaba que subíamos por accidente a la misma góndola y, luego, nos reíamos a la vez del error. Entonces nuestros ojos se encontrarían, nuestros cuerpos reaccionarían y me cantaría mientras navegábamos por el infinito canal del amor. Tendríamos cinco hijos y el primero se llamaría Oliver. Más adelante, en algún momento de nuestras vidas, E! Entertainment nos ofrecería producir una serie de televisión, pero no aceptaríamos porque había visto demasiadas relaciones quebradas a causa de los *reality show.* D. E. P. Nick y Jessica, Jon y Kate, y Kendra y Hank.

Después, celebraríamos nuestro quincuagésimo aniversario haciendo el mismo recorrido en góndola, pero esta vez rodeados de nuestros hijos y nietos.

Así es como sucedía todo en mi romance de ensueño con Oliver.

Sin embargo, no había tantos momentos de éxtasis, sino más bien episodios nauseabundos.

—Bueno, ¿y vas a volver a verlo? ¿Tenéis alguna especie de conexión? —preguntó, como si no me hubiera oído mencionar lo del aroma a vómito.

—La única conexión fue que aprendí que los famosos solo son personas normales con problemas, pero rodeadas de *paparazzi* y envueltos en dinero. No fue tan ideal como te lo estás imaginando.

—Sí, vale, lo pillo. Siento que haya sido una decepción. —Se aclaró la garganta—. Pero a ver, antes del vómito, ¿a qué olía?

Sonreí sacudiendo la cabeza.

—¿De verdad quieres saberlo? —pregunté mientras me dirigía hacia el sofá y me dejaba caer en él.

—¡Sí, sí y mil veces sí!

—Como el humo de un roble que ha ardido durante el tiempo perfecto.

—¡Ay, Dios mío, lo sabía! —exhaló. Decir que estaba satisfecha se quedaría en poco—. ¿Le cortaste un mechón de pelo como recuerdo?

Solté una carcajada.

—Estás diciendo tonterías. Pero, de hecho, ...

Antes de que pudiera terminar la frase, oí una voz de fondo en el teléfono de Sammie:

—Estaremos listos para la prueba en cinco minutos.

Arqueé una ceja.

—¿Quién era esa?

—¿Cómo?

—He oído una voz.

Sammie soltó una risita.

—Es que estoy saliendo de una cafetería, era una mujer que justo entraba. Pero olvídalo, cuéntame más. ¿Qué pasó mientras estabas con él? Necesito todos los detalles.

—Bueno, se meó en mi planta.

—Ay, Dios. Eh, ¿es una especie de eufemismo sexual?

—¿Qué? No. Literalmente, se meó en la maceta.

—¿Le dijiste tú que lo hiciera?

—¿Por qué diablos pediría algo así?

—No lo sé. A veces las fans hacen cosas un poco raras.

Me reí.

—Bueno, pues no, no fue el caso. Estaba tan borracho que pensó que estaba meando en el baño, pero fue directo a mi planta.

Casi podía ver el ceño fruncido de Sammie a través del teléfono.

—Para serte sincera, lo cierto es que eso resulta bastante decepcionante.

—Siento decepcionarte —dije con una risita mientras sacudía la cabeza ante el comentario de mi hermana. Dios, cómo la echaba de menos. Me habría ido muy bien tenerla cerca en esos últimos tiempos, pero sabía que no podía pedirle que viniera de visita. Si lo hacía, las llamadas se volverían menos frecuentes. Tenía la costumbre de alejarse cuando las cosas se volvían demasiado para ella.

Mientras hablábamos, recibí un mensaje de Joey en el que me pedía que fuera al bar lo antes posible.

—Sammie, tengo que irme. Hablamos luego, ¿vale?

Nos despedimos y me metí en el coche a toda prisa para ir al Seven. Me esforcé al máximo por eliminar de mi cerebro cualquier rastro de las últimas veinticuatro horas. Si pudiera volver atrás en el tiempo, no habría ido a trabajar esa noche. Así mi fantasía del hombre que había creado la música que me salvó durante mis días más oscuros seguiría intacta. Todavía sería una admiradora loca y no tendría que aceptar la realidad de que, después de todo, solo era humano. Recordé cuando hacía años lo había conocido antes de un concierto; entonces todavía lo percibía como un héroe. Ahora, por fin, entendía que tan solo se trataba de un hombre con problemas en la vida, como todos. No podía culparlo por ello. Literalmente, había perdido a su otra mitad.

Mi mente no paraba de traicionarme y volvía a Oliver, el hombre que destruyó mis fantasías. En cierto modo, formaba una parte muy importante de mi vida, y también de la historia de mi hermana. Su música fue lo que nos ayudó a Sammie y a mí a soportar las estrictas normas de nuestros padres. Nos sentábamos en la cama y escuchábamos las canciones en silencio con los auriculares, porque como mamá solía decir: «La música de Satán no tiene cabida en una casa devota».

En realidad, nuestra madre atribuía al diablo toda la música que no aprobaba.

¿De verdad la gente escuchaba One Direction cuando eran pequeños? Yo no, sin duda.

Mamá aseguraba que la única dirección en la que iban esos chicos era directos a la cueva del diablo.

Escuchar las canciones de Alex y Oliver mientras vivíamos con nuestros padres era un secreto de lo más profundo. Eran la clave de un fuerte lazo sororal. Por eso, aceptar en qué se había convertido Oliver ahora frente a la persona que creía que era cuando Sammie y yo lo conocimos hacía años, suponía un auténtico torbellino emocional. No sabía cómo sentirme ante el hecho de que Oliver fuera una persona completamente diferente a la que hacía sonreír a mi hermana tantos años atrás. Esas eran las últimas alegrías de Sammie que podía recordar.

Quería creer que el hombre que había visto no tenía nada que ver con quién era Oliver en realidad. Quería creer que era porque en ese momento estaba herido, pero que no iba a ser así para siempre. Quería creer que, en alguna parte en su interior, el hombre que había escrito las palabras que me salvaron una y otra vez seguía vivo.

Necesitaba seguir considerándolo mi héroe, y no solo una estrella venida a menos que había agotado su luz. Aun así, sabía que no tenía manera de demostrar quién era en realidad. Lo más probable era que nunca volviera a cruzarme con él. La peor sensación del mundo era darte cuenta de que tus ídolos solo eran personas.

Cuando entré al Seven, todavía sin dejar de pensar en Oliver, me quedé descolocada por completo.

—Estás despedida —ladró Joey cuando entré al bar por la puerta trasera.

Un grupo de *paparazzi* esperaba frente al edificio para conseguir una exclusiva. Estaban acechando como psicópatas, aguardando para atacar. Joey ni siquiera había abierto la puerta delantera, lo cual era extraño porque el local debía estar en funcionamiento desde hacía horas.

—¿Cómo? —Se me formó un nudo en el estómago y me quedé allí plantada, estupefacta ante sus palabras.

Mi jefe cruzó los brazos y me hizo un gesto con la cabeza.

—He dicho que estás despedida.

—Joey, ¿por qué...? —Parpadeé mientras intentaba librarme del pánico y la confusión que crecían en mi interior. Mi cabeza comenzó a llenarse de números, y las facturas y los problemas que tendría sin mi trabajo en el Seven se dispararon en mi mente. Ya lidiaba con suficientes dificultades, incluso teniendo el trabajo, así que no podía imaginar cómo serían las cosas sin él—. No..., no puedo perder este trabajo. Imposible.

—Pues lo has hecho. Llevo aquí todo el día limpiando el desastre que montaste y revisando la caja para comprobar si llego a fin de mes, ¿y sabes qué? ¡Que no puedo porque echaste a docenas de personas borrachas del bar sin cobrarles la cuenta! Cuando todo se puso patas arriba, la gente robó bebidas de detrás de la barra. Y le diste una botella del mejor *whisky* a no sé qué famoso al que no le cobraste.

—Puedo cubrir los gastos... —aseguré y mi voz comenzó a temblar.

—Oh, ya lo creo que sí. Te he quitado el cheque de la última semana y voy a usarlo para recuperar parte de lo que se ha perdido. Con eso quedamos en paz. Ya puedes irte.

Mi cuerpo tembló al escuchar sus palabras, porque no podía salir de ese bar sin mi cheque. No me enfrentaría a Ed sin la pasta que le debía. Sabía que, si aparecía esa noche sin el dinero, me echaría a la calle de inmediato.

—No, no, no. No lo entiendes, Joey. Ese cheque… es mi alquiler y tengo que pagarlo hoy. En realidad, tenía que haberlo hecho hace una semana. Por favor, no puedes hacerme esto.

—Puedo y lo estoy haciendo. ¡Ahora, largo! —rugió mientras señalaba la puerta.

Quería seguir discutiendo con él. Quería ponerme de rodillas y rogarle que lo reconsiderara, pero le conocía lo suficiente como para saber lo terco que era, y era casi imposible lograr que cambiara de opinión. Además, lo había visto echar a gente por mucho menos.

Las lágrimas continuaban agolpándose en las comisuras de mis ojos, pero hice todo lo posible para mantenerlas a raya. No quería derrumbarme delante de Joey. No me gustaba llorar frente a nadie. No recordaba la última vez que alguien me había visto derrumbarme. Vivía mi tristeza y mis crisis emocionales sola, en privado, donde la gente no podía intentar consolarme. No quería que sintieran compasión por mí, sino ser lo bastante fuerte como para no derrumbarme.

Sin embargo, todavía no lo había conseguido. En cuanto me metí en el coche, las lágrimas comenzaron a brotar. Me aferré al volante y ni siquiera intenté evitar que el corazón se me rompiera en pedazos. Había un millón de razones por las que mi corazón se estaba haciendo añicos, un millón de razones por las que me derrumbaba, pero la principal era Reese.

Mi preciosa estrella se merecía mucho, muchísimo más de lo que yo podía darle. Se merecía el mundo entero, y yo solo le estaba dando migajas.

No sabía cómo iba a hacerlo. No tenía ni idea de cómo podría mantenerla. La única certeza era que no la privaría de un sitio donde apoyar la cabeza. No pondría en riesgo su vida por mis fracasos. Nada en este mundo era más importante que mi hija.

«Después de la tormenta, llega la calma».

Había oído esas palabras hacía alrededor de un año en boca de una mujer sin techo que mendigaba de pie frente a un supermercado. No suele llover mucho en Los Ángeles, pero aquella tarde caía tal diluvio que incluso resultaba difícil conducir.

La mujer estaba de pie bajo la lluvia, se cubría la cabeza con la chaqueta, y se balanceaba de un lado a otro, helada hasta los huesos y con un cartel en la mano en el que pedía ayuda. Reese pareció no reparar en absoluto en los problemas de la mujer; su única misión en la vida era chapotear en todos los charcos que encontraba.

Cuando miré a aquella señora, sentí que se me encogía el pecho. Estaba claro que mi vida y la de mi hija no eran perfectas, pero nuestros problemas podrían haber sido peores. Metí la mano en el bolso, saqué los pocos billetes que tenía y se los ofrecí a la mujer, junto con mi paraguas.

—Oh, no, quédate el paraguas —insistió a la vez que me agradecía el dinero—. No lo necesito.

—Está lloviendo bastante. Mi hija y yo podemos ir rápido hasta el coche para secarnos. Tú lo necesitas más.

—Después de la tormenta, llega la calma —canturreó mientras levantaba la vista al cielo y se empapaba la cara, sin dejar de sonreír. Tenía en el rostro la mayor de las sonrisas—. Por mucho que llueva, el sol siempre vuelve a salir. Gracias por tu amabilidad. Que Dios te bendiga.

Estaba segura de que la interacción no tuvo tanto impacto para la mujer como para mí, pero sus palabras me habían ayudado a salir adelante en algunos de los momentos más difíciles, sobre todo los que vivía entonces.

«Después de la tormenta, llega la calma. Por mucho que llueva, el sol siempre vuelve a salir».

Es curioso el efecto que puede causar un desconocido sin ser consciente de ello.

Estaba teniendo un día terrible, soportaba mi propio diluvio y ni siquiera me permitía mostrarlo porque, antes de poder ser humana, tenía que ser madre.

Cuando recogí a Reese del campamento estaba decidida a exhibir ante ella algunas de mis mejores dotes teatrales. En mi interior, la tormenta me derrumbaba; fuera, sonreía como el sol.

—¿Qué tal en el campamento, corazón? —pregunté después de sentarme en el asiento del conductor mientras Reese canturreaba una canción que había aprendido ese día.

—¡Ha ido bien! Estamos haciendo la piñata más supergrande del mundo, ¡y la señorita Kate ha dicho que la romperemos el último día del campamento! ¡Mamá, es tan grande como la luna! —exclamó extasiada y no pude contener la risa. Incluso en los peores días, mi pequeña conseguía hacerme sonreír.

—¡Vaya! Debe de ser supergrande.

—Lo es. Es la cosa más grande del mundo. ¡Y además hemos puesto caramelos dentro! Y todos hemos podido escoger el tipo de caramelos que queríamos porque la señorita Kate y la señorita Rachel han dicho que todas las opiniones importaban, así que yo he escogido Skittles, porque son mis caramelos favoritos, pero mi mejor amiga Mia ha dicho «Puaj» porque dice que los Skittles son un asco, y mi otra mejor amiga Randy ha dicho que eran supermalos, así que los he cambiado por piruletas con chicle —dijo de forma despreocupada, como si esas niñas no fueran unas malditas abusonas.

No se me escapó que Mia y Randy eran las que habían hecho que Reese se preguntara si éramos pobres.

Mañana tendría una conversación muy seria con las monitoras del campamento para asegurarme de que vigilaban a mi hija de verdad e impedían que esas dos la acosaran.

—Reese, eres demasiado lista para cambiar de opinión solo porque alguien te lo dice. Te encantan los Skittles. No dejes que esas niñas te hagan cuestionarte tus gustos.

Miré hacia atrás y vi cómo se encogía de hombros.

—Es que Mia y Randy son más guais que yo, eso es todo.

—Reese Marie, no vuelvas a decir algo así nunca más, ¿de acuerdo? Eres la persona más guay del mundo, y no dejes que nadie te haga pensar lo contrario.

¿Era demasiado dramático querer decirles cuatro cosas a esas niñas de cinco años? O al menos a sus padres. Yo me quedaría horrorizada si supiera que mi hija era una abusona, y odiaba la idea de que Reese se estuviera rodeando de ese tipo de personas. No quería que, por un lado, comenzara a dudar de sí misma en ningún sentido, o, por otro, que se volviera como esas dos y se dedicara a abusar de otros.

Estaba en ese momento de la vida donde cualquier cosa influía en su manera de pensar, de modo que necesitaba solucionar el problema antes de que afectara a su desarrollo.

—Vale, mamá —dijo, y siguió tarareando como si no hubiera pasado nada importante.

—Hablo en serio, Reese. Eres la persona más guay que he conocido en mi vida. No lo olvides.

Reese me dio la razón y siguió cantando «Background Noise», de Alex y Oliver, por supuesto. Yo también me perdí en su música mientras conducía, y casi olvidé la locura que era mi vida y me permití respirar durante un instante.

Di gracias a Dios porque Abigail nos hubiera dejado esa bolsa de comida el otro día. Podía hacer que nos durase un tiempo y, en el peor de los casos, vender el coche.

«Siempre hay una manera. Siempre hay una manera. Siempre hay una manera».

Mi mente se llenó con las afirmaciones que me repetía cada día. Impedían que me derrumbara y me hundiera con demasiada frecuencia.

—Oye, mamá.

—¿Sí, Reese?

—¿Quién es mi papá?

Se me cayó el alma a los pies mientras la miraba jugar con una de las muñecas que siempre dejaba en el coche. Era la última pregunta que esperaba que me hiciese, aunque sabía que en algún momento tendría que abordar esa cuestión. Había imaginado la conversación en mi cabeza una y otra vez durante los últimos cinco años.

—¿Por qué me lo preguntas? —inquirí en un intento por sonar lo más calmada posible, aunque el corazón me latía como si se me fuera a salir del pecho.

—Bueno, en el campamento todos están haciendo tarjetas para regalárselas a sus papás en el día del padre, y yo he dicho a Mia y a Randy que no tenía un papá al que escribirle una carta, y me han contestado que todo el mundo tiene uno, y yo no lo sabía. Pensaba que algunas personas solo tenían mamá, así que ahora me pregunto quién es mi papá si todo el mundo tiene papá.

Malditas Mia y Randy, menudas niñas del demonio.

—Es una muy buena pregunta, cariño, y deberíamos hablarlo más tarde cuando lleguemos a casa, ¿de acuerdo?

—Vale, mamá. Espero conocerlo algún día. Quiero decirle que lo quiero, como a ti.

Los trozos ya rotos de mi corazón se quebraron aún más.

—Te quiero, mi amor —aseguré con voz ahogada mientras luchaba por contener las lágrimas que se acumulaban en mis ojos.

—Yo también te quiero, mamá.

Por suerte no volvió a sacar el tema esa noche. Después de cenar, se marchó a su habitación a jugar con sus juguetes, y yo limpié la cocina y recogí la basura para llevarla a los contenedores.

Cuando estaba saliendo me encontré con Abigail, que entraba en su apartamento, y me dedicó una sonrisa radiante.

—Hola, Emery. ¿Cómo te...? —Sus palabras se apagaron cuando me miró a los ojos—. Oh, no, ¿qué ocurre?

El escudo de madre con el que cargaba empezó a quebrarse cuando dejé caer los hombros y sentí el ardor en el pecho.

—Es uno de esos días.

—¿Qué ha pasado?

—He perdido el trabajo por culpa del follón que hubo anoche en el bar. No sé cómo voy a salir adelante. Ya estábamos viviendo mes a mes, y tomé la estúpida decisión de gastar gran parte de mis ahorros en el campamento de verano para Reese. Ahora vamos aún más justas, he perdido dos trabajos y parece que el mundo se esté hundiendo.

—Oh, cariño. Si necesitas ayuda…

—No, de verdad. No pasa nada. Ya me las arreglaré. Pero gracias. Por si no fuera suficiente, hoy Reese me ha preguntado por su padre.

Abigail hizo una mueca y asintió, comprensiva. Conocía la historia de mi vida de pe a pa. Joder, había estado a mi lado más que mi propia madre cuando mi mundo se puso patas arriba cinco años atrás.

—Está llegando a una edad en la que va a empezar a preguntarse por esas cosas —aseguró—. Sobre todo, si está rodeada de niños con estilos de vida diferentes.

—Estilos mejores —suspiré.

—Ninguna vida es mejor que otra. Son diferentes, nada más.

—Tampoco sé qué decirle o cómo sacar el tema. Dios, ni siquiera yo puedo pensarlo sin que me afecte.

Abigail me puso una mano sobre el hombro para consolarme y me ofreció otra de sus sonrisas sinceras.

—Habla cuando estés lista. Tu hija te escuchará en cualquier momento. Hasta entonces, solo recuérdale que tiene una madre que la quiere. Lo estás haciendo genial, Emery, no lo olvides. Incluso en los días en que sientes que no es así.

Le agradecí su amabilidad, y me dio un abrazo que no sabía que mi alma necesitaba. Seguí mi camino hacia los cubos de basura mientras Abigail entraba en su apartamento. Cuando subía, me encontré con Ed, que por supuesto quería su alquiler.

—¡Emery! —me llamó mientras se acercaba.

—Lo sé, Ed, lo sé. Te pagaré mañana —aseguré, sin tener certeza de ello. Sin embargo, iba a hacer lo que hiciera falta para que así fuera. Incluso si eso significaba pedir un préstamo que me costaría el doble devolver.

—¡Prometiste que lo tendrías esta noche! —contestó enfurecido y con el ceño fruncido—. No puedo seguir haciendo esto, Emery. ¡Se acabó! —rugió. Tenía la cara colorada y notaba lo molesto que estaba. No lo culpaba. Ya había soportado mis problemas lo suficiente y no tenía ninguna razón para seguir dejándomelo pasar.

—Solo necesito veinticuatro horas más, Ed. Te lo juro. Mañana voy a vender el coche para conseguirte el dinero. Por favor —rogué mientras me secaba unas lágrimas tercas que me rodaban por las mejillas.

En cuanto notó mis temblores, se relajó un poco a la par que gruñía para sus adentros y se pellizcaba el puente de la nariz.

—Te doy veinticuatro horas. Después, tú y tu hija os vais, ¿entendido? Y ya está, Emery. Ese es el trato.

—Hecho. Gracias, Ed.

Masculló algo entre dientes y se despidió con un gesto de la mano antes de alejarse.

Esa noche, después de que Reese y yo rezáramos nuestras oraciones de rodillas, le di un beso en la frente, la arropé en la cama y me fui a mi habitación para derrumbarme en paz. Tras un buen berrinche en la intimidad, después de haberme roto, supe que necesitaba una cosa, bueno, más bien a una persona: mi hermana.

Mientras marcaba su número, las lágrimas reposaban detrás de mis párpados.

—¿Hola? —contestó Sammie. Solo con el sonido de su voz comencé a quebrarme, y ella debió de percibirlo—. ¿Em? ¿Qué pasa?

—He perdido el trabajo.

—Oh, Dios mío, Emery. Lo siento.

—¿Crees que podrías venir? Es solo que… te necesito.

—Emery… —suspiró.

—Te necesito, Sammie. Todo esto me supera. Me ahogo y te necesito a mi lado. No puedo hacerlo sola.

La línea quedó en silencio durante un segundo y sentí que me invadía una sensación de terror, así que volví a rogar.

—Por favor, Sammie, lo estoy pasando mal. No puedo hacerlo sola. No te pediría nada de lo contrario y…

—Te enviaré dinero —ofreció, y ahora su voz también se quebraba.

—No. No necesito dinero, Sammie, sino a ti. Siempre te he apoyado en los peores momentos. Por favor, haz lo mismo por mí. Será poco tiempo. Ni siquiera tienes que ver a Reese, te lo juro. Solo necesito verte.

De nuevo, el silencio tras el auricular llenó la estancia, y sentí una chispa de traición cuando Sammie susurró:

—Lo siento, Emery. No soy lo que necesitas. No puedo.

—Sammie…

No logré terminar la frase. Sammie colgó en un gesto que me dejó en completa soledad. ¿Cómo podía hacerme algo así? ¿Cómo podía darme la espalda cuando yo había estado allí, a su lado, una y otra vez? La verdad más difícil de asumir en esta vida era que no todo el mundo quiere de la misma manera. Yo había dado todo a mi hermana y, a cambio, ella me colgó el teléfono.

9

Oliver

Mis padres pasaron la noche conmigo y se marcharon en un vuelo a primera hora del día siguiente. Aunque seguro que estaban afligidos, no me mostraron ni una pizca de su dolor. Más bien al contrario, habían venido con sus personalidades brillantes y alegres, esas con las que crecí, y habían conseguido que mi oscuridad se iluminara con su amor. Me sentía agradecido por su luz.

Cam no tenía ningún interés en venir a casa, seguía cabreada conmigo por no contestarle las llamadas el día anterior. Estaba incluso más molesta porque no hubiera dado el concierto, decía que tenía una canción sorpresa para cantarle al público.

—Ni siquiera pensaste en la visibilidad que podría haber dado a mi nuevo disco —gruñó—. Nunca piensas en mí, Oliver.

Ni una sola vez me preguntó por qué no había podido actuar.

Ni una sola vez preguntó si estaba bien.

Ni una sola vez pensé que tendríamos un final feliz.

Aun así, la necesitaba de una manera egoísta. Cuando no había nadie conmigo por las noches, me derrumbaba y me daba a la bebida. Sin embargo, ya no quería utilizar el alcohol para huir de mis problemas, porque me devoraba por completo y cuando despertaba a la mañana siguiente, me sentía peor que el día anterior.

Por eso me reconfortaba que Cam viniera cada noche.

Toda nuestra relación se basaba en el egoísmo. Ella se quedaba conmigo porque ser el encanto que resistía a mi lado durante mi tormenta mejoraba su imagen frente a la prensa, y yo seguía con ella para no perderme en la oscuridad.

¿Tóxico? Sí.

¿Una manera terrible de sobrellevar la situación? También.

Me quedé sentado en mi habitación con unos auriculares inmensos que me cubrían las orejas. Estaba solo en casa, así que me entregué a la música para ahogar el ruido que retumbaba en mi cabeza. Tenía una lista con más de seiscientas canciones favoritas, todas significaban algo para mí y, probablemente, la mitad me las había enseñado Alex, que me enviaba una cada día. Echaba de menos recibir esos mensajes.

También extrañaba compartir las mías.

—¿Oliver? ¿Estás ahí? —gritó una voz en mi casa, lo bastante fuerte como para penetrar la música que sonaba en mis auriculares. Me los quité y me los colgué del cuello.

Oí el clic-clac de los tacones de Kelly que atravesaban el pasillo a medida que se acercaba cada vez más a mi dormitorio.

—¡Solo me he pasado para asegurarme de que estabas bien! Tu madre me llamó y me pidió que te hiciera una visita, y bueno, yo también quería venir después de lo que pasó con el concierto. —Seguía hablando a voces, y había un ligero temblor en su voz mientras me buscaba—. Así que, si estás aquí, ¿podrías hacer algún ruido? Porque la idea de dar contigo y que no estés bien es demasiado para mi ansiedad.

Tragué saliva y me aclaré la garganta.

—¡Aquí! —grité—. En mi habitación.

Juro que escuché el suspiro de alivio de Kelly retumbar en el espacio.

Vino y esbozó una leve sonrisa mientras se quedaba de pie en la puerta con un café en las manos. Llevaba el pelo recogido en un moño despeinado, y parecía que no hubiera dormido en días. Las ojeras hinchadas bajo los ojos delataban su agotamiento.

—Hola, Oliver.

Saludé con la cabeza mientras me sentaba en el borde de la cama.

—Hola.

Entonces, se acercó hasta mí, se sentó y me tendió el café.

—Es café, no *whisky*.

—¿Y para qué me lo ofreces? —bromeé.

—¿Estás bien? —preguntó.

—Sí, lo estoy.

—Mentira.

—Tal vez.

Bajé la cabeza y moví los dedos, nervioso. Durante los últimos meses me había dicho a mí mismo que lo que sentía no era depresión, sino solo una tristeza puntual que desaparecería. Cuando el tiempo pasó y las cosas siguieron igual, me di cuenta de que era algo con lo que tendría que lidiar el resto de mi vida. De algún modo, después de la muerte de Alex me sentía... vacío.

Ni siquiera sabía si «deprimido» era la palabra para describirlo. Lo único que sabía era que había un vacío en mi interior y no tenía ni idea de cómo llenarlo. Parecía que caminaba sobre cristales, pero sin notar el dolor de los cortes. No sentía, tampoco escuchaba, nada tenía sentido.

Quería que el dolor por la pérdida de mi hermano desapareciera. Por eso bebía, para evitar que salieran a la superficie esos pensamientos. Sin embargo, el *whisky* no acababa con los problemas, solo los ocultaba un rato; se disipaban, pero, después, el dolor volvía más fuerte.

—¿Qué te hace feliz, Oliver?

Abrí la boca, pero no salió ninguna palabra. Joder, no tenía ni idea.

Kelly frunció el ceño.

—¿Qué hay de la música? ¿Te hace feliz?

Seguí callado.

—¿De verdad que no quieres tocar más? Me refiero a que, si es algo que ya no te interesa, no pasa nada, abandónalo.

Aunque te conozco desde hace mucho y creo que la música es lo más importante para ti.

—Sí, así es.

—Entonces, ¿por qué la alejas de ti?

Me encogí de hombros y me aclaré la garganta.

—No sé cómo hacerlo sin Alex.

Los ojos de Kelly se empañaron y me sentí mal por ser la causa de su tristeza. Ella también echaba de menos a Alex y lo llevaba mal. Todavía estaba en fase de duelo, pero nunca hablaba de eso conmigo. Tal vez sentía que sería demasiado difícil tratar el tema. O quizá no había encontrado las palabras para expresar su dolor.

Forzó una sonrisa y asintió una vez.

—¿Sabes qué es lo que más habría entristecido a Alex?

—¿Qué?

—Saber que te has alejado de la música. Él habría querido que la abrazaras, no que huyeras de ella. Habría querido que la música te llenara después de haberte sentido vacío durante tanto tiempo. Así que, a decir verdad, creo que la mejor manera de honrar a tu hermano es hacer lo que más te gusta. Oliver, tienes que dejar entrar la música. Creo que es lo único que puede sanarte. No sé qué pasó en el concierto y no necesito que me lo expliques. Solo quiero decirte que no te exijas de más. Todavía estás llorando una pérdida muy grande.

—Creí que podría engañarme a mí mismo para dar el concierto, pero me entró el pánico. No pude.

—Nadie te culpa por lo que ha pasado. Al menos nadie que importe de verdad. Tyler y el equipo de relaciones públicas han hecho un control de daños y han arreglado la narrativa. Solo doy las gracias por la mujer que te puso a salvo en el bar. Podría haber acabado mucho peor.

«Gracias a Dios por Emery».

—Aunque me siento mal por ella —continuó Kelly—. Los *paparazzi* han estado acechando el lugar para conseguir una entrevista exclusiva con la camarera de aquella noche, pero han informado de que el dueño la ha echado por culpa del alboroto.

—¿La han despedido?

—Sí. Al menos eso es lo que han dicho en los medios.

«Mierda».

Emery ya tenía sus propios problemas en la vida como para que encima llegase yo con mis demonios a poner las cosas más difíciles.

—Tengo que encargarme de algo —solté de repente mientras me levantaba de la cama de un salto.

Kelly arqueó una ceja.

—¿Va todo bien? ¿Qué ocurre?

—He de arreglar un asunto.

—Vale, bueno, si necesitas cualquier cosa, dímelo. Yo voy a seguir contestando estos correos electrónicos por ti y todo eso.

—Gracias, Kelly. —Iba a salir de la habitación, pero me detuve y me di la vuelta para mirar a mi asistente. Detrás de su organización y su amabilidad, lo vi. Su dolor. No era el único que lloraba la muerte de mi hermano, eso estaba claro.

No era ningún secreto que antes del accidente ella y Alex habían estado intimando cada vez más. Me preguntaba si habrían tenido una historia de amor con final feliz. Y si Kelly me culpaba de su muerte como el resto del mundo.

También era el tipo de mujer que le gustaba a mi hermano. Una persona hermosa con un corazón de oro. Durante su tiempo libre, que era poco, trabajaba como voluntaria en comedores sociales, ayudando en los barrios más pobres de la ciudad, participando en protestas por la igualdad, o meditando por un mañana mejor. Mi hermano y ella se parecían mucho. Joder, lo más probable era que estuvieran hechos el uno para el otro antes de que la vida se interpusiera en su camino.

Kelly nunca mostraba su tristeza por la muerte de Alex delante de mí. Se limitaba a ocuparse de cualquier aspecto de mi vida con cariño y tacto. Nunca sacaba a relucir la mierda de la que hablaba todo el mundo y hacía cuanto podía por simplificarme la vida. Me habría encantado responder de igual modo, porque estaba seguro de que cuando se permitía llorar, se derrumbaba en soledad.

—¿Cómo lo llevas, Kelly? Ya sabes, todo. ¿Qué tal?

—Bien.

—Mentira.

Se rio.

—Tal vez. —Se frotó la nuca con la mano y esbozó una sonrisa empapada de tristeza—. Con todo, sigo respirando, y eso ya me parece un logro.

Parecía demasiado sencillo, si bien, en las últimas semanas, respirar me resultaba una de las cosas más difíciles.

—De acuerdo. Sigue respirando. ¿Has desayunado? —pregunté.

Se removió un poco en su asiento y me bastó como respuesta.

—Tengo tiempo antes de ocuparme de ese asunto. Vamos a desayunar.

—Oliver, estoy bien —aseguró ella con cautela. Me pregunté cuántas veces al día se mentía la gente a sí misma cuando decía que estaba bien.

—Sí, ya lo sé. Ahora venga, vamos a desayunar.

10

Emery

El sonido del timbre me despertó la mañana siguiente. Me dolía el cuerpo por el cansancio y estaba convencida de que todavía tenía los ojos hinchados después de tantas lágrimas, pero aun así conseguí salir de la cama. Siempre hay un lado bueno.

Fui hasta la puerta y me quedé de piedra al abrirla y ver a Oliver allí de pie. Me dedicó una pequeña sonrisa que más bien parecía una mueca. Llevaba una planta de interior gigante y una tarjeta.

—Hola —suspiró, y me dejó más confusa que nunca. Tenía los párpados caídos, como si él tampoco hubiera dormido la noche anterior.

—¿Hola? —Me froté el brazo con la mano mientras se me disparaban los nervios—. ¿Qué ha…?

—Te debía una planta —dijo, interrumpiéndome. Acto seguido, me tendió aquella belleza, junto con la tarjeta—. Supuse que no estaría de más añadir una carta.

—No hacía falta, aunque es una chica preciosa —respondí con una sonrisa mientras la miraba.

—¿Una chica?

Asentí.

—Las plantas están vivas, igual que las personas.

—¿También les pones nombre?

—No, de eso se encarga Reese. La de la mesita de noche es Bobby Flay. Y esa puntiaguda del baño es Guy Fieri.

Oliver me miró burlón, pero no dijo nada más. Sus cejas se juntaron mientras se frotaba la mejilla con la mano.

—¿Querías... algo más? —pregunté sin entender por qué permanecía en mi puerta.

—No. Quiero decir, sí. La verdad es que me he enterado de que has perdido el trabajo.

Sentí que se me abría la boca mientras me encogía.

—Oh. Sí.

—No dejo de pensar que ha sido por mi culpa. Así que... —Se rascó el cuello y se aclaró la garganta antes de levantar una ceja—. ¿Quiero contratarte?

Lo dijo en tono de pregunta, como si no estuviera demasiado seguro de su afirmación.

Resultaba evidente que Oliver había perdido la cabeza. Cuanto más me reía, más lo desconcertaba.

—Lo siento —dije entre risas—. De verdad, ¿a qué has venido?

—Hablo en serio, Emery. Quiero contratarte.

—¿Para qué?

Frunció más el ceño y se apretó la nariz con el pulgar.

—Bueno, ¿a qué te dedicas?

—¿A qué me dedico?

—Sí. Aparte de ser camarera.

—No sé a dónde quieres llegar.

—Te han despedido por mí.

—No ha sido directamente culpa tuya...

—Monté un espectáculo. Te han echado por eso.

—No pasa nada —mentí.

—Sí que pasa. —Su cargo de conciencia no desapareció cuando levantó la vista y clavó los ojos en mí—. Quiero arreglar este error. Por lo tanto, me gustaría contratarte para... para lo que sea que hagas o quieras hacer.

Me reí.

—Oliver, de verdad que no hace falta. No tienes que...

—Por favor... —Su voz se quebró en un ruego—. Deja que te ayude.

—¿Por qué te importa tanto?

Sus ojos volvieron a encontrarse con los míos y percibí todo el peso del dolor que habitaba en el interior de ese hombre. No sabía por qué era tan importante para él contratarme, pero me daba cuenta de que había algo más profundo que lo que decía.

Se quedó allí de pie, intentando exteriorizar unos pensamientos que iban más rápido de lo que podía soportar. Tenía las manos metidas en los bolsillos, lo que hacía que los músculos de sus brazos tonificados destacaran de forma sutil. Parpadeó unas cuantas veces y respiró hondo, pero siguió sin pronunciar palabra.

Me froté el labio inferior.

—Soy chef. Bueno, algo así. Fui a la escuela de cocina durante varios años, pero tuve que dejarlo cuando nació Reese.

Su mirada se iluminó con un destello de esperanza.

—Eres chef.

—En un sentido no estricto, sí.

—Perfecto, porque necesito un chef.

Lo dudaba.

—¿De verdad quieres que trabaje para ti?

—Sí.

—¿Que… cocine para ti?

—Sí.

—Te repito que no terminé los estudios.

Su ceño se frunció mientras se hundía en sus pensamientos. Me pregunté si sabría lo mono que estaba cuando se distraía del mundo real.

—¿Todos los chefs necesitan haber estudiado para preparar grandes platos? —preguntó.

—Bueno, no, pero… ¿cómo sabes que te gustará?

—No tengo manías. Comeré lo que sea.

—¿Debería presentarte mi currículum?

—No.

—¿Quieres que hagamos una prueba? Para asegurarte.

—Emery.

—¿Sí?

—Eres buena de sobra.

—Oh. —Me mordí el labio—. Es solo que quizá hay gente mejor preparada.

—No busco a alguien mejor preparado, te quiero a ti.

Cuando lo dijo, el estómago se me llenó de mariposas.

Oliver no era capaz de percibir lo difícil que me resultaba existir siquiera cerca de él. Era tan guapo que dolía, hasta el punto de que cada vez que lo tenía enfrente, sentía un fogonazo de calor en las mejillas. Se parecía demasiado a su hermano, pero a la vez era diferente en muchos aspectos. Por las entrevistas que había visto de ambos, Alex nunca perdía la sonrisa. Sin embargo, Oliver siempre estaba callado y con la mirada sombría. No me resultaba grosero ni frío, como tanta gente había asegurado. Tan solo estaba absorto, pues vagaba por las profundidades de su mente.

Me gustaba la manera en que parecía asimilarlo todo antes de añadir sus propias ideas.

Oliver echó los hombros hacia atrás y se irguió. Debía de medir más de un metro noventa porque, cuando estaba junto a él, me sentía muy pequeña con mi metro setenta.

Se pasó el dedo por el cuello unas cuantas veces.

—El trabajo es cinco días a la semana. Tendrás libre el sábado y el domingo, por supuesto, a menos que haya algún tipo de evento. Sé que eres madre y semejante responsabilidad siempre va primero. Por lo tanto, si aparece cualquier conflicto, nos adaptaremos. El sueldo es de ciento cincuenta mil al año, y…

—¿Cómo? —jadeé.

Sin duda, no podía hablar en serio. ¿Estaba borracho otra vez?

Repitió la cifra, pero seguro que me había convertido en Alicia, me había quedado dormida y había caído por la madriguera del conejo.

—¿Hablas en serio? —pregunté.

—¿Qué te hace pensar que estoy bromeando?

—Eh, los ciento cincuenta mil al año.

—¿No es suficiente? Porque podemos hablarlo y encontrar la cifra adecuada.

Me reí.

—¿Me estás tomando el pelo? Es más que suficiente. ¿Y solo tendría que cocinar para ti y ya está?

—Así es.

De ninguna manera podía rechazar una oportunidad como esta. Ese dinero cambiaría la vida de Reese y la mía para siempre. Podría darle a mi hija mucho más de lo que nunca le había podido dar. Tendría la posibilidad de llevarla a una escuela mejor el próximo año y de mudarnos a un apartamento más bonito. Además, me permitiría ahorrar de cara a nuestro futuro.

Oliver me tendió la mano.

—¿Trato hecho?

Las mariposas volvieron a danzar en mi estómago cuando toqué su piel fría. ¿Siempre tenía tanto frío?

—Trato hecho. ¿Cuándo empezamos?

—El lunes. ¿Te acuerdas de dónde vivo?

—Sí.

—Te voy a añadir a la lista de acceso de la comunidad. ¿Cuál es tu apellido?

—Taylor.

—Emery Taylor.

La manera en la que pronunció mi nombre sonó como una canción que deseaba que me cantase una y otra vez.

—En la tarjeta está el número de mi asistente, Kelly. Ella te ayudará a prepararlo todo antes del lunes. También te informará de lo que necesitas, simplemente, llámala.

—Gracias, Oliver. De verdad. No sabes hasta qué punto me has salvado.

Asintió una vez, solo una.

—Te veré el lunes.

Desapareció por el pasillo y yo fui corriendo a la ventana del salón para verlo subirse al coche. Lo observé hasta que se perdió a lo lejos. Después, volví a coger la tarjeta que me había dado y ahogué un grito cuando la abrí y vi unos billetes de cien dólares junto a una simple nota que decía: «Gracias por llevarme a casa —O. S.».

Tenía suficiente para el alquiler y el fin de semana. Reese no tendría algo que comer, sino que disfrutar.

Le eché un vistazo rápido a mi hija, que dormía, y la dejé que siguiera durmiendo un poco más para poder bajar corriendo a pagarle a Ed el alquiler atrasado. En cuanto entré en su despacho levantó la vista, con una apariencia mil millones de veces más tranquila que cuando me había topado con él la noche anterior.

—Buenos días, Emery —saludó con la cabeza y con… ¿Era una sonrisa lo que veía en su cara? Tenía el escritorio hecho un completo desastre y removía los papeles como si quisiera ordenarlos.

—Hola, Ed. Solo quería traerte el alquiler. Te pido disculpas por el retraso, pero no volverá a pasar.

—Ya lo sé. Oliver Smith ha pagado los meses que te quedan de contrato.

Ladeé la cabeza.

—¿Cómo?

—Oliver Smith…, ya sabes…, ese Oliver Smith con el que estabas ayer. Se ha pasado hace unos minutos y ha pagado el alquiler de los próximos siete meses. Ha preparado un cheque para cada mes. Incluso me ha firmado la libreta. —Ed estaba radiante mientras me mostraba el autógrafo en su bloc—. Qué tío tan guay.

Lo más extraño de la vida es cómo puede cambiar todo en solo una fracción de segundo.

11

Emery

—Puedes hacerlo, Em. Eres una cocinera estupenda. Es verdad, no tienes experiencia como chef personal y, sí, trabajar para uno de los mejores músicos de todos los tiempos puede parecer demasiado, pero has criado a una niña tú sola. La has mantenido bien alimentada. Eres bastante rápida a la hora de aprender técnicas nuevas. Tú puedes, tú puedes —musité para mí misma una y otra vez mientras conducía a casa de Oliver el primer día de mi nuevo trabajo.

Me había puesto en contacto con Kelly, que me había informado de que debería hacer las compras de la semana y me reembolsarían los gastos, así que tenía el coche cargado de comida para Oliver. Había pensado y repensado el menú de la semana un millón de veces. Elaboré más de diez opciones con estilos de cocina diferentes. Una no preparaba la comida de un famoso todos los días.

También llevaba en el asiento trasero el juego de cuchillos de la escuela de cocina. ¿Por qué? No tenía ni idea. Supongo que, simplemente, me resultaba extraño presentarme en el trabajo con las manos vacías, aunque estaba segura de que Oliver tendría todo tipo de utensilios. De todos modos, resultaba agradable volver a cargar mis cuchillos. Echaba de menos usarlos tanto como cuando estaba en la escuela.

Huelga decir que tenía una ardua tarea por delante, pero el resultado valdría la pena. No solo me habían dado la oportunidad de trabajar para un famoso, sino también la de ofrecerle a Reese una vida mejor, la que merecía.

Tendríamos dinero suficiente para mudarnos a otro estado, uno más barato, con más oportunidades. Tal vez podía volver a la escuela y sacarme el título, y abrir mi propio restaurante. Tal vez podría matricular a Reese en una escuela privada. O apuntarla a gimnasia o teatro. Las posibilidades eran infinitas.

Al acercarme a la entrada de la urbanización le di mi nombre a Steven, que se encontraba junto a la verja. La abrió para que pasara y conduje directa hasta la casa de Oliver. Era aún más hermosa de lo que recordaba. Aquella mañana, un equipo de personas trabajaba en el jardín para mantenerla en excelente estado. Podaban los arbustos que a mí ya me parecían perfectos y regaban las flores de tonos rojos y amarillos vibrantes en plena floración.

Me pregunté cuánta gente haría falta para mantener una casa de ese tamaño. Yo apenas lograba tener mi diminuto apartamento limpio más de un día. Ni siquiera sabría qué hacer con una casa del tamaño de la de Oliver.

Me acerqué a la puerta principal y me concedí un momento para recuperar el aliento antes de secarme el sudor de las palmas de las manos contra el pelo, que llevaba recogido hacia atrás. Después de llamar al timbre y esperar unos segundos, la puerta se abrió y una mujer hermosa me recibió calzada con un par de tacones.

—¡Hola! Tú debes de ser Emery. Soy Kelly, hablamos por teléfono. Entra —dijo a la vez que abría más la puerta.

La mansión me pareció irreal desde el primer momento en que puse un pie en el interior. Todo mi apartamento era del tamaño del salón de Oliver, o incluso más pequeño. Una enorme araña de cristal brillaba en el recibidor, y los rayos de sol que caían sobre ella arrojaban motas de luz que bailaban por la habitación. La casa estaba bien iluminada con luz natural gracias a las ventanas que iban del suelo al techo. A mi derecha había una escalera de caracol de madera, y mi mente no pudo evitar imaginar a dónde llevaría esa escalera. Los suelos también eran de madera natural, y parecían pulidos a la perfección.

Me alegré de no haberle comentado a Oliver que me dedicaba a la limpieza, porque encargarme de aquella mansión habría acabado conmigo.

—Es una casa preciosa —señalé mientras observaba embelesada el espacio. Parecía que me hubiera colado en una revista de decoración: *¿Quién vive ahí?* Todo estaba perfectamente ordenado. Una clara señal de que Oliver no tenía hijos.

—¿Verdad que sí? Espera a verlo todo —indicó Kelly con una sonrisa. Había algo muy amable en ella. Parecía recibirme con los brazos abiertos, lo que hizo que mis nervios flaquearan un poco. Me llevó al salón, un salón con muebles... blancos. Nunca imaginé algo así. Reese los dejaría cubiertos de polvo de Cheetos y Play-Doh en un santiamén.

—Bien, mi trabajo consiste en explicarte tus tareas y hacer el papeleo. También te enseñaré la casa y una de nuestras últimas paradas será la cocina, que a partir de ahora será tu territorio.

Kelly parecía encantada de tomarse su tiempo para enseñarme todos los pormenores de ser la chef personal de Oliver. Me aclaró que necesitaría tres comidas al día, pero que la cena podía ser temprano para que pudiera ir a recoger a Reese al campamento. Me indicó que tenía presupuesto ilimitado para las compras, y que me reembolsarían lo que gastara. Por último, me informó de que, si alguna vez necesitaba traer a Reese, no había ningún problema en absoluto.

—Oliver quería que te quedase muy claro. Me explicó que eres madre soltera y que no quiere que nunca sientas que tienes que dejar a tu hija en otra parte durante el día. Incluso ha ofrecido contratar a una niñera para cuando estés aquí. Así que tienes esa opción.

¿Quería contratar servicio para el servicio?

Kelly sonrió ante mi expresión un tanto sorprendida.

—Quiere que estés lo más cómoda posible. Lo que me lleva al siguiente punto. —Sacó un cheque y me lo tendió—. Tu primera paga.

Alcé una ceja.

—Todavía no he hecho nada —indiqué estupefacta ante la cantidad escrita en aquel trozo de papel.

—Es un bono de contratación. Para ayudarte a ir tirando hasta que cobres dentro de dos semanas.

Cinco mil dólares.

Así, porque sí.

No quería parecer una inestable emocional, pero, joder, qué ganas de echarme a llorar.

—No puedo aceptarlo.

—Oh, puedes y debes. De lo contrario, Oliver no parará de darme la tabarra por no haber hecho mi trabajo. Así que échame un cable, anda —bromeó.

—Gracias. Esto es… gracias.

Kelly sonrió.

—Me alegro de poder ser la mensajera, pero créeme, todo es cosa de Oliver.

Cuando terminamos la mayoría de las tareas principales que debíamos abordar, incluido el contrato y las cláusulas de confidencialidad, Kelly se sentó conmigo en el sofá y esbozó una sonrisa discreta.

—Quiero decirte esto ahora, solo para que entres en esta situación con la mente y el corazón abiertos. Oliver ha cambiado. Siempre ha sido un poco introvertido, pero, ahora, después de… —Tomó aire y parpadeó para contener las emociones que se le acumulaban en los ojos—. Algunos días anda por ahí como si estuviera a kilómetros de la realidad. Si lleva puestos los auriculares, lo más probable es que esté procesando algunos sentimientos. Si entra en una habitación y te ignora, o si actúa de manera fría o brusca, no te lo tomes como algo personal. Está haciendo todo lo que puede, día a día, para estar bien.

—Comprendo.

—Aparte, es posible que Cam ande por aquí por las mañanas antes de marcharse a hacer sus cosas.

—¿Cam? ¿Te refieres a Cam Jones? —pregunté sin aliento con los ojos brillantes—. ¿De verdad?

Kelly no parecía tan impresionada.

—Sí, de verdad.

—Ay, Dios. ¡Soy fan suya!

Cam aparentaba ser una persona superdulce en las entrevistas. Era la única razón por la que escuchaba música *country*. Me moría de ganas de conocerla.

—¡Me muero de ganas de conocerla! —exclamé.

Kelly alzó una ceja y abrió la boca como si tuviera sus propias opiniones al respecto, pero luego sacudió la cabeza y forzó una sonrisa.

—Sí, claro. Otra cosa —añadió para cambiar de tema—. Ignora los espejos tapados por la casa. Son parte del proceso de Oliver. Si tienes que usar uno, por ejemplo, en el baño o algo así, tan solo asegúrate de taparlo antes de irte, por favor.

Los famosos y sus manías.

Acto seguido, Kelly procedió a hacerme un *tour* de la finca, que comenzó por el exterior. Me mostró la pista de tenis y una piscina descubierta de locura, con *jacuzzi* incorporado, por supuesto. Había una zona para barbacoas y otra para fiestas con altavoces, tumbonas y un espacio para hacer hogueras. Si Reese estuviera conmigo, pensaría que estábamos en Disneylandia o algo por el estilo. No me habría sorprendido ver al Príncipe Azul salir de detrás de algún arbusto para hacerse una foto conmigo.

Kelly me mostró todas las habitaciones de la casa, incluido el dormitorio de Oliver, que era la *suite* principal. Mi yo adolescente se habría vuelto loca ante la idea de ver la habitación de Oliver Smith. Mi yo adulta hizo todo lo posible por mantener la compostura.

Y, luego, llegamos a la cocina.

Esa cocina se creó para preparar obras maestras. En los armarios no faltaba ni un utensilio. Incluso había algunos aparatos que, sin duda, tendría que buscar en Google para saber usarlos.

—¿Cuáles son las directrices de las comidas? —pregunté mientras pasaba los dedos sobre las encimeras de mármol.

—Oh, puedes cocinar cualquier cosa que te apetezca. Oliver no tiene ninguna alergia, así que todo vale. Créeme, no se pone quisquilloso.

Por último, me llevó al ala oeste de la casa, donde se encontraba el estudio de Oliver. Mientras recorríamos los pasillos pasamos junto a unas ventanas que daban a este. Supuse que no estaba allí, no lo había visto por ninguna parte.

—Oh, está trabajando mucho —comentó Kelly y yo arqueé una ceja. Entonces señaló al suelo. Oliver se hallaba ahí tumbado y rodeado de papeles arrugados. Llevaba puestos los auriculares, además, tenía una expresión malhumorada en la cara.

—A veces se queda ahí todo el día, así que no tengas miedo de interrumpirlo y hacer que coma algo, no hay ningún problema —explicó Kelly.

Me quedé mirando al artista tumbado en el suelo y una sonrisilla se dibujó en mis labios. Me pregunté si era así como había escrito mi canción preferida, «Heart Stamps». ¿Se habría tirado en el suelo rodeado de fragmentos arrugados de su mente? ¿Habría cerrado los ojos y movido los labios mientras musitaba algo para sí mismo? ¿Se habría tapado los ojos con las manos y tamborileado con los pies?

Me preguntaba cuál sería su próxima creación.

Me preguntaba si también me encantaría.

Después de que me enseñara la casa, descargué todas las compras y llené la nevera bastante rápido. Faltaban unas cuantas horas para el almuerzo, así que comencé a cortar algunas verduras que podría gastar a lo largo de la semana.

Pasó un rato antes de que Oliver apareciera por la puerta de la cocina con los cascos puestos. Levanté la vista de la tabla de cortar y le sonreí. Cuando nuestras miradas se encontraron pareció sobresaltarse un poco.

—Emery. Hola —saludó, más formal que nunca, y se quitó los cascos, que quedaron colgando de su cuello—. ¿Kelly te ha ayudado a acomodarte?

—Sí. Me estoy acostumbrando a trabajar en un lugar tan bonito. A decir verdad, mataría por una cocina así. Es muy espaciosa y los electrodomésticos son una pasada.

—Qué bien que te guste.

—Me encanta. —Los nervios que a menudo sentía cuando estaba cerca de Oliver comenzaron a aumentar otra vez—. ¿Puedo prepararte algo? ¿Un batido de frutas? ¿Un tentempié?

—No. Venía a por agua, eso es todo. No te molesto más —dijo mientras me rodeaba para sacar una botella de agua de la nevera.

—Hay algo más de lo que quería hablarte, si no te importa —comencé.

Oliver alzó una ceja.

—¿Hay algún problema?

—Sí. Quiero decir, no. Quiero decir… —Caminé hasta mi bolso y saqué el cheque que Kelly me había dado—. No puedo aceptarlo.

—Es un bono de bienvenida.

—No, no lo es. Además, me he enterado de lo que has hecho con mi alquiler y, aunque agradezco el gesto, me gustaría pagarlo yo misma. Así que, si pudieras ir sacando esas cantidades de mi sueldo cada semana, te lo agradecería.

Sus ojos se llenaron de confusión. Cuando parpadeó, un destello de arrepentimiento cruzó su mirada.

—Te he ofendido.

—No. Has sido muy considerado, pero no puedo aceptar este tipo de favores. No quiero nada que no me haya ganado trabajando.

Oliver permaneció en silencio. Se limitó a coger el cheque de mi mano y a ponerse los auriculares de nuevo. Acto seguido, comenzó a alejarse, pero se detuvo y me miró. Abrió la boca, aunque no salió ningún sonido de sus labios. Respiró profundamente e hizo una leve mueca al volverlo a intentar.

¿Siempre le costaba tanto reunir sus pensamientos?

—¿Puedes hacerme un favor? —preguntó.

—Lo que quieras.

—Cuando cocines, ¿podrías prepararle también un plato a Kelly?

—Sí, por supuesto. No hay problema.

Se metió las manos en los bolsillos y me dio las gracias.

—Si puedo hacer cualquier otra cosa por ti, soy toda oídos. De verdad, Oliver. Sé que ya te lo he dicho, pero este trabajo es mucho más de lo que podría haber soñado. Gracias por la oportunidad.

Casi sonrió y casi me encantó.

Sus labios gruesos volvieron a separarse, pero esta vez tampoco salió ninguna palabra de ellos. En vez de eso, siguió su camino; entretanto, yo me preguntaba qué habría querido decir.

Más tarde ese día, una voz sonó como un látigo mientras preparaba el almuerzo de Oliver.

—¿Quién eres tú?

Levanté la vista de la pechuga de pollo que estaba cortando y sonreí a la mujer delante de mí. Cam Jones. Esa Cam Jones.

Ay, Dios.

Me encantaba.

Era aún más guapa en persona. Iba vestida con un sujetador deportivo, unas mallas y una peluca color miel, y su maquillaje era impecable. El delineado de sus ojos era perfecto y el pintalabios, sublime. Parecía una diosa, y estaba en pie a solo unos metros de mí.

Dejé el cuchillo a toda prisa y corrí a su lado mientras me limpiaba las manos en el delantal.

—Ay, Dios, ¡hola! Eres Cam Jones. Encantada de conocerte —exclamé eufórica mientras le tendía la mano.

Bajó la vista hacia mi mano y volvió a mirarme.

—¿Y tú quién eres?

—Oh, claro. Me lo has preguntado al entrar. Soy Emery, la nueva chef de Oliver.

—¿Chef? —resopló al tiempo que entrecerraba los ojos—. Llevo años pidiéndole a Oliver que contrate a un chef, pero decía que era una ridiculez. ¿Para quién has trabajado?

—Eh, bueno, en realidad para nadie. He trabajado en restaurantes y en comedores de hotel, pero...

—¿Nunca para un famoso?

—No.

—¿Ninguno? ¿Ni siquiera uno de tercera, como uno de los hermanos de Alec Baldwin o algo por el estilo?

—No...

—Dios. ¿Dónde te ha encontrado Oliver, en Yelp?

—Casi —dije con una risita—. En un bar.

—No puedes hablar en serio —contestó. Parpadeé, perpleja, y ella ahogó un grito—. Oh, Dios mío, hablas en serio. —Cam frunció los labios—. ¿De verdad eres chef?

—Sí. Más o menos.

—¿Más o menos? —Me miró como si tuviera un cuerno en la frente antes de apartarse de mí y gritar—: ¿A qué escuela fuiste?

—Bueno, la verdad es que no terminé los estudios. Pero ya sabes lo que dicen: «¿Todos los chefs necesitan haber estudiado para preparar grandes platos?». —Aunque el único que lo había dicho era Oliver.

Cam me miró fijamente con aspecto horrorizado.

—¡Sí, en efecto! ¡Oliver! —rugió mientras se alejaba. Mi mano, que no había estrechado, se quedó extendida—. ¡Hay una desconocida en nuestra casa!

12

Emery

Ay, Dios.

Odiaba a Cam Jones.

No tardé mucho en darme cuenta de que no era la persona encantadora que había visto por internet. «Cruella de Vil» parecía un apodo más acertado para ella. No me habría sorprendido si se dedicase a patear cachorritos en su tiempo libre. Cada día me venía con una petición más extraña. Si le preparaba unos huevos, me decía que no los quería revueltos. Cuando se los preparaba duros a petición suya, los rechazaba y me ordenaba que los hiciera revueltos.

Cada vez que probaba mi comida, hacía una mueca de asco y solo daba unos cuantos bocados.

—Es por esto que no hay que contratar a cualquiera que te encuentres por la calle —masculló una vez después de escupir mi ensalada de pollo con lima y chili, que, por cierto, estaba estupenda. Simplemente era demasiado gilipollas como para admitir que había preparado algo delicioso.

Oliver, por otra parte, devoraba todo lo que cocinaba y me halagaba a su manera escueta. «Fantástico». «Maravilloso». «Buenísimo». «¿Hay más?».

La pregunta con la que cualquier chef soñaba: «¿Hay más?».

Lo que más me molestaba de Cam no era cómo me trataba a mí, sino a Oliver. Yo ya estaba curtida después de haberme criado con mis padres; no me ofendía con facilidad, sobre todo si venía de ella, no era personal. No podía serlo porque no me conocía. Su odio y sus comentarios mezquinos decían más de ella que de mí. Pero con Oliver la cosa era diferente. Ellos se conocían o, al menos, deberían. Llevaban años juntos.

Oliver parecía muy ajeno a ella, pero cada vez que Cam interactuaba con él, era como si lo despreciara y fuera la roña pegada en la suela de sus zapatos. Hacía comentarios sobre su apariencia, sobre su voz o sobre su talento. Juzgaba la manera en que bebía agua, cómo escribía o la forma en que arrugaba la nariz cuando se disgustaba. Parecía dispuesta a criticar cualquier cosa que él hiciera. Me sorprendía que no mencionara lo molesta que era su forma de respirar.

O cómo movía las manos cuando estaba nervioso.

O lo perdidos que estaban sus ojos al parpadear.

O la manera en que su alma parecía rebosar desesperación.

Yo todavía no conocía a Oliver a nivel personal, pero me fijaba en todas esas cosas. Además, no me parecían ni remotamente molestas. Lo único que quería hacer cuando veía a ese hombre perdido delante de mí era estrecharlo entre mis brazos y decirle que todo iría bien.

Puede que fuera mi instinto maternal, esa voluntad de proteger a todas las almas rotas y hacerles saber que alguien las quería. Así lo intenté con Sammie. En aquella ocasión la cosa no había salido bien, por lo que decidí mantener la distancia con Oliver.

Oliver nunca cuestionaba los comentarios bruscos ni las críticas de Cam. Simplemente las aceptaba como si lo mereciera. O tal vez había llegado a un punto en que desconectaba tanto de ella que los comentarios no le afectaban. Fuera como fuera, no estaba bien, en especial después de lo que había vivido en los últimos meses. En cualquier caso, ella debería apoyarlo cuando la vida lo superaba.

También lo humillaba delante de mí, lo que me parecía aún más degradante. Por suerte, siempre que me faltaba al respeto estábamos solas. Aunque una parte de mí se preguntaba cómo reaccionaría Oliver si lo presenciase.

—¿Por qué no me lo dijiste? —pregunté a Kelly una tarde mientras estaba sentada en el salón repasando unos papeles.

—¿Decirte qué?

—Lo de Cam —gruñí, asqueada por tener que pronunciar su nombre.

Kelly dejó de trabajar y levantó la vista con los ojos relucientes.

—¿Que es una persona horrible?

—¡Ay, Dios! ¡Sí! ¿Lo sabías?

—Oh, por supuesto. Pero pensaba que se debía a que yo era muy sensible, de modo que no dije nada. Además, parecías tan emocionada por conocerla que no quería romperte el sueño.

—Considéralo roto. Es el diablo.

—Sí. Sin duda, no es una de mis personas preferidas.

—Entonces, ¿siempre es así, de verdad? ¿Maldad pura? También me sorprende cómo trata a Oliver. Y él se limita a aguantarla.

—El Oliver de antes habría plantado cara ante algunos de sus últimos comentarios. Creo que se está aferrando a una versión de Cam que ya no existe. Además, ahora, después de perder a su hermano… —Sus palabras se desvanecieron de nuevo tras mencionar a Alex. Parecía que cada vez que Kelly hablaba de él, una parte de su alma comenzaba a quebrarse—. Ya no es él mismo. Es como si ni siquiera estuviera aquí del todo, así que los comentarios de Cam apenas le afectan.

—Eso no está bien. Nadie debería complicarle la vida en este momento.

—Sin duda, no se la está haciendo más fácil.

—¿A ti también te falta el respeto?

—Todo el tiempo. Pero no me trata mal delante de Oliver. No es tan estúpida. Porque, aunque Oliver no se defienda de ella, sí lo haría por otros. Él es así, nada más. Así que Cam es muy furtiva en sus ataques. Sabe perfectamente lo que está haciendo.

Lo que, a mi entender, la hacía mucho más peligrosa.

13

Emery

Con el paso de los días, la actitud de Cam no hizo más que empeorar. Su prepotencia me resultaba inconcebible.

—Lo cierto es que resulta vergonzoso lo mal que se te da esto —recalcó un viernes por la tarde justo antes de que me marchase a recoger a Reese del campamento. Dios, qué ganas tenía de no verla en todo el fin de semana—. ¡Este zumo sabe a tierra!

«Bueno, es que me has pedido que solo lo haga de remolacha y apio, pero vale».

Forcé una sonrisa falsa.

—Lamento oír eso. ¿Quieres que te prepare otro? ¿Tal vez uno con manzanas y sandía?

Se estremeció de pensarlo.

—No. Son demasiados hidratos de carbono. No puedo creer que lo hayas estropeado. Son, literalmente, dos ingredientes.

—He hecho lo que me has pedido.

—Y aun así has fracasado. De verdad, qué difícil es encontrar buen servicio hoy en día. Debería hacer que Oliver te despidiera.

Se me encogió el pecho ante aquello, pero no tenía miedo. No obstante, me molestaba que no dejara de amenazarme con hacer que Oliver me echara. Llevaba diciéndolo desde mi primer día. Kelly me aseguró que era porque se sentía intimidada por mi belleza, lo que para mí no tenía lógica, dado que

Cam era una de las mujeres más hermosas que había visto en mi vida.

Al menos por fuera. Por dentro se parecía más bien al demonio.

—Toma. —Me tendió el vaso mientras fruncía el ceño con cara de asco—. Tira esta porquería.

Vaya. Para no haber estado nunca nominada a un Grammy, se comportaba como si hubiera ganado uno.

«Muérdete la lengua, Emery. Muérdete la lengua, que si no...».

Mantuve en los labios la misma sonrisa falsa mientras caminaba hacia ella. En el instante en que alargué la mano para cogerle el vaso, me tiró el zumo encima, cubriéndome de pies a cabeza con el brebaje rojo.

—¿Estás de puta coña, tía? —grité y mi voz llenó el espacio. No era propio de mí saltar de esa manera, pero, Dios, me estaba sacando de mis casillas.

—Uy, lo siento —canturreó con una sonrisa inocente—. Parece que lo has pringado todo.

—¿Yo? ¡No he sido yo!

—Sí, has sido tú. Te lo has tirado encima cuando he intentado darte el vaso. La verdad es que tendrías que ir con más cuidado. Quizá tampoco deberías llevar una camisa blanca si trabajas como chef. Parece un trabajo bastante sucio.

La alegría en su cara hizo que me cabreara aún más.

—Eres una, una, una, una...

Se puso en pie y se me acercó más, erguida al máximo en sus Louboutin.

—¿Una qué?

—¡Una zorra! —espeté cuando mi rabia se desbordó y se me escapó por la boca.

—¿Qué está pasando aquí? —preguntó Oliver, que justo entraba en la sala, al encontrarnos en mitad de la pelea. El zumo me goteaba por la barbilla mientras la rabia hacía temblar todo mi cuerpo.

—¿Has oído eso, Oliver? —comentó Cam—. ¡Me ha llamado zorra! ¡Despídela, ahora mismo!

Oliver miró a Cam y luego a mí, pero no medió palabra.

Ella caminó hacia él como una prima donna, entre pucheros.

—¿Me has oído, Oliver? Échala.

Oliver se acercó a mí y el corazón comenzó a latirme deprisa mientras una mueca se asentaba en su cara. Parecía irritado sobremanera por la situación y, como resultaba imposible leerle la mente, mis pensamientos comenzaron a migrar hacia el peor escenario posible. No podía perder mi trabajo. No por culpa de esa famosilla de tres al cuarto.

«Despídeme porque se me quemaron las tostadas la semana pasada o porque el guiso me quedó un poco seco hace unos días, pero, por favor, no por culpa de esta».

Ser capaz de presenciar mi dolor la habría complacido demasiado.

El ceño de Oliver se frunció mientras me estudiaba y observaba la porquería que me goteaba de la ropa. Su frente se arrugó más. Cogió el trapo que colgaba de la puerta del horno, se acercó más a mí, y comenzó a limpiar los restos de zumo de mi cara.

—¿Se puede saber qué diablos estás haciendo? —rugió Cam. Rugir parecía uno de sus pasatiempos favoritos—. No toques esa cosa.

Oliver la ignoró y mantuvo sus ojos clavados en los míos.

—¿Necesitas ropa para cambiarte? —preguntó con suavidad, en voz baja y calmada.

—Por favor.

Asintió una vez, se dio la vuelta para salir de la sala, y yo lo seguí, dejando a Cam sola con su berrinche.

—¿Me estás tomando el pelo? —chilló, pero Oliver no se volvió para mirarla ni un segundo. Yo tampoco. Mis ojos estaban clavados en él.

Me llevó hasta su cuarto y caminó hacia el armario. Me quedé lo más quieta posible para no manchar la moqueta. En pocos segundos volvió con un chándal y una camiseta lisa.

—¿Esto te sirve? —preguntó.

—Sí, gracias.

—Puedes cambiarte en el baño. —Abrió la boca para decir algo más, pero ninguna palabra salió de sus labios, de manera que volvió a cerrarla.

—¿Qué sucede? —pregunté. Quería saber qué le pasaba por la cabeza.

—Nada. Quiero decir, bueno… —Tomó aliento—. ¿Ha sido ella? ¿Te ha tirado la bebida?

—Sí.

—¿Ya te había tratado mal antes de hoy?

—Desde el primer día.

La expresión de dolor en su rostro casi me hizo fruncir el ceño.

—Hablaré con ella.

—No te disculpes por ella. Es una mujer adulta responsable de sus decisiones.

—Da igual. Tú trabajas para mí, y ella no debería tratar así a los empleados.

—Es que no lo entiendo, de verdad. ¿Es así con todo el mundo? No le hecho nada en absoluto. Sinceramente, me he esforzado para ser amable y darle lo que me pedía. Como un puñetero zumo de remolacha. —«¿Quién bebe zumo de remolacha?».

—Está celosa de ti.

—No sé por qué lo estaría.

—Porque eres una buena persona —señaló con tono suave—. Eso la hace sentir incómoda, pone en evidencia sus defectos.

Me quedé estupefacta ante el comentario, porque para mí no tenía ningún sentido.

—Espera, entonces, ¿sabes que no es una buena persona? —Además, ¿acababa de decir que yo sí lo era?

—Sí.

—Entonces ¿por qué la aguantas? He visto cómo te trata. Es mala, Oliver.

—No siempre ha sido así —confesó—. Antes era diferente.

—La gente cambia y a veces no es para bien. —Eso era algo que había aprendido con Sammie—. Sé que el amor puede volver loca a la gente, pero…

—Ya no la quiero —confesó.

Eran las palabras que Oliver había pronunciado con mayor facilidad desde que lo conocía. Lo dijo sin un atisbo de vacilación.

—Entonces, ¿por qué sigues con ella? ¿Por qué estás con alguien así?

Se frotó la nariz con el pulgar.

—No lo entenderías.

—A ver, ponme a prueba.

—Si no estuviera aquí, me quedaría solo.

—¿Y eso qué tiene de malo?

Permaneció callado un momento y se retorció las manos antes de metérselas en los bolsillos.

—No me sienta bien la soledad.

Lo entendía. Es verdad, no podía comprenderlo del todo, pero me daba cuenta de cuánto lo sentía. Oliver Smith tenía miedo de estar solo, porque, entonces, su mente se hundía. Solía pasarme cuando Reese era un bebé y me quedaba despierta hasta tarde mientras ella dormía. Me derrumbaba, pero, en realidad, en esos momentos aprendí a encontrarme.

—Prefiero estar sola de verdad antes que sentirme así con alguien que en realidad no se preocupa por mí. ¿Tanto miedo tienes de quedarte a solas con tu mente?

Se frotó la nuca mientras me confesaba su verdad más profunda.

—No sabes lo oscuros que pueden llegar a ser mis pensamientos.

El lunes, después del episodio de la remolacha, me presenté en casa de Oliver y lo encontré en medio de un concurso de gritos con Cam. Bueno, solo Cam gritaba. Él se limitaba a estar allí, en el salón, con los brazos cruzados.

—Hablo en serio, Oliver, si no te deshaces de esa cocinera de pacotilla hoy mismo, ¡juro que convertiré tu vida en un infierno! —aulló, al parecer ajena a mi llegada. Me quedé inmóvil sin saber qué hacer.

¿Debía darme la vuelta y alejarme de puntillas como si no me hubieran visto?

Antes de que pudiera intentarlo, Oliver se percató de mi presencia. Estaba tan quieta como podía, quería ser invisible.

—Buenos días, Emery —me saludó, lo que hizo que Cam se volviera de golpe y me mirara. El odio que brillaba en sus ojos era tan intenso que casi cortaba. Yo permanecí inmóvil. Sentía como si cualquier movimiento pudiera darle un motivo para saltar sobre mi cuello.

En vez de eso, volvió a mirar a Oliver, que tampoco se había movido. Se acercó más a él, alargó el dedo y se lo clavó en el pecho.

—Hazlo, o te vas a enterar.

Oliver no hizo nada. Se frotó la barbilla con la palma de la mano y volvió a mirarme. Sus ojos parecían cargados de disculpa, y por un momento no supe por qué. No sabía si me había topado con una conversación que iba a llevar a mi despido.

Entonces, se aclaró la garganta y fijó sus ojos color caramelo en los míos.

—Emery… —Cerró un momento los ojos y tomó aliento antes de volver a mirarme—. ¿Podrías hacerme una tortilla?

La presión en mi pecho menguó cuando aquellas palabras salieron de sus labios.

—Sí, por supuesto —murmuré en un breve susurro.

—Increíble —escupió Cam al tiempo que sacudía la cabeza—. Llámame cuando te crezcan los cojones, Oliver. Me voy de viaje con mis amigas.

Y, acto seguido, cogió su bolso del sofá y enfiló hacia mí, golpeándome con el hombro al pasar, lo que me llevó a tambalearme un poco, pero no me caí.

Oliver todavía tenía los ojos clavados en los míos. Ambos abrimos la boca para decir algo, pero nos detuvimos al ver que el otro estaba a punto de hablar.

Me reí, nerviosa.

—Empieza tú.

—Te pido perdón... por Cam.

—Como he dicho, no tienes que disculparte por ella. Yo sí que quiero pedirte disculpas, si te he causado algún problema. De verdad que no pretendo interponerme entre vosotros. Al fin y al cabo, solo soy la chef.

Entrecerró los ojos, como si mis palabras lo hubieran confundido, pero no dijo nada. Asintió una vez y volvió a hablar.

—Estaré en el estudio. Puedes llevarme el desayuno allí.

—Lo haré. ¿Quieres que añada algún ingrediente concreto a la tortilla?

Sus labios se curvaron ligeramente y casi sonrió.

—Cualquier cosa que hagas me gustará.

Mi corazón dio ese vuelco que daba a veces cuando me encontraba cerca de Oliver. Era una persona muy curiosa. Tenía el don de expresar mucho sin decir gran cosa.

—Vale. —Giré sobre mí misma mientras Oliver comenzaba a alejarse y, sin pensarlo, lo llamé para formular al fin la pregunta que me había estado rondando la cabeza cada día desde que había comenzado a trabajar para él.

Alzó una ceja, a la espera de mi pregunta, así que respiré hondo y dije:

—¿Estás bien?

Su boca se torció un instante antes de responder:

—No.

14

Oliver

Sentía como si me hubiera pasado los últimos meses existiendo sin estar realmente vivo. Por lo general, solo podía concentrarme en la música, que era mi salvavidas. Sin ella, lo más probable es que me hubiera ahogado.

Pero, ahora, tras haber presenciado lo ocurrido entre Emery y Cam, no paraba de pensar en cuántas cosas se me habrían pasado por alto los últimos meses. Me sentía como si hubiera estado ciego ante las acciones de Cam durante los últimos años.

Por esa razón, necesitaba que Kelly me dijera la verdad. Como cada semana, estábamos reunidos en mi despacho para revisar nuevas ofertas de patrocinio, pero mi mente no conseguía concentrarse por completo en nada de lo que ella decía.

Me eché hacia atrás en la silla e hice una mueca.

—¿Te ha faltado al respeto?

Kelly arqueó una ceja.

—¿Cómo?

—¿Cam te falta al respeto? ¿Te trata mal? —El titubeo de Kelly y el destello de preocupación que invadió sus ojos respondieron a mi pregunta. Me pellizqué el puente de la nariz—. ¿Por qué no me has dicho nada?

—Pensaba que no me correspondía. Ella estaba aquí antes de que me contrataras. No me parecía que tuviera derecho a hablar sobre vuestra relación, solo soy tu asistente.

Eso tenía sentido, aunque, desde entonces, Kelly se había convertido en mucho más que mi asistente. Era como de mi familia y el hecho de que Cam la tratase así me ponía enfermo.

—Ya sabes que eres como una hermana para mí, Kelly —señalé.

Ella frunció el ceño.

—Hubo un momento en el que creí que llegaría a ser verdad... —masculló, refiriéndose a su relación con Alex. Mierda, estaba empeorando las cosas. Se sacudió para controlar sus emociones, esas que casi nunca me mostraba, y sonrió—. No pasa nada. En serio, Oliver. Si tú eres feliz con Cam...

—No lo soy —confesé. No recordaba la última vez que lo habíamos sido. Incluso antes de la muerte de Alex, sentía cómo mi novia y yo nos convertíamos en extraños. Me estaba aferrando a una Cam Jones que ya no existía.

—Entonces, ¿por qué sigues con ella?

Era la misma pregunta que me hacía una y otra vez los últimos días.

Me encogí de hombros.

—Confianza.

—¿De verdad te hace sentir eso, Oliver? ¿O es que sigues esperando que vuelva la vieja Cam?

Fruncí el ceño mientras juntaba las manos.

—Siento que ya he perdido demasiado este año.

—Sí, lo sé. No estoy aquí para decirte qué hacer. Pero si no eres feliz con ella, es algo que vale la pena explorar. No siempre tienes que quedarte con lo que conoces. A veces la mejor manera de avanzar es dejar cosas atrás.

Asentí y agradecí que me hubiera dado su opinión con sinceridad. Seguimos hablando de negocios y, entretanto, Kelly nombraba todas las personas que trabajaban para mí, de modo que Emery salió en la conversación.

—¿Y qué te parece Emery? —preguntó—. Personalmente, la adoro, así que si la despidieras me quedaría destrozada. Pero ¿qué opinas tú? ¿Crees que está funcionando?

—Sí —contesté mientras me recostaba en la silla—. Es buena.

—¿De qué quieres hablar? Tengo cita para la manicura en una hora, así que date prisa —dijo Cam aquella tarde mientras estábamos sentados en el salón. Cuanto más la observaba, más me daba cuenta de que apenas me miraba. Siempre estaba pegada al móvil o dándome órdenes.

—¿Te hago feliz? —dije sin rodeos.

Alzó una ceja.

—¿Disculpa? —Creo que la pregunta era bastante sencilla, pero Cam parecía estupefacta—. ¿A qué te refieres con eso de hacerme feliz?

—Quiero decir exactamente eso. ¿Eres feliz conmigo?

—Estamos bien. Cuando saques tus nuevas canciones, estoy segura de que podremos volver a mostrar nuestra relación en público y eso nos beneficiaría a ambos. Además, si hiciéramos una canción juntos, la prensa se volvería loca.

¿Cómo había recibido esa respuesta a una pregunta tan sencilla? No tenía absolutamente nada que ver con nuestra relación. La miré y entendí que ya no sabía quién era esa persona. Si percibí algo de la vieja Cam, por insignificante que fuera, era pura fachada.

—Cam —mascullé mientras sacudía la cabeza—. ¿Te hago feliz?

—¿Por qué sigues preguntándome eso?

—No me contestas. Joder, no nos comportamos como una pareja.

—Porque estás lidiando con lo que sea que estás lidiando…

—Lo que me lleva al siguiente punto… Nunca me preguntas cómo estoy. No es que te culpe, yo tampoco te lo pregunto. No hablamos, Cam. Joder, ni siquiera nos acostamos. No tengo la menor idea de qué sacamos de esta relación, si es que podemos llamarla así.

—¿De qué hablas, Oliver? Estamos construyendo un imperio juntos. Somos los próximos Beyoncé y Jay-Z. Si tan solo quisieras…

—Eso no es lo que quiero.

—Sí, lo sé, pero yo sí. Así que vamos a hacer que suceda porque sé que puede ayudarnos a ambos. Mi carrera… —Se detuvo al darse cuenta de lo que decía—. Nuestras carreras se dispararán después de esto, gracias a esta relación.

—No puedo.

—¿Con qué?

—Esto. Tú, yo. Esta relación, Cam. No somos felices. No estamos enamorados.

Sus ojos centellearon cargados de emociones y, por una milésima de segundo, la vi. Detrás de esa mirada triste, vi a la chica que una vez conocí. Pero, antes de poder atraparla, la rabia se apoderó de ella.

La nueva Cam había vuelto y con fuerza.

—¿De verdad vas a romper conmigo porque no estamos enamorados?

«Eh… ¿Sí?».

—Creo que es una razón lo bastante buena, sí —confirmé.

—¿Qué tiene que ver el amor con esto? —insistió—. Es que, de verdad, Oliver. ¡Se trata de Hollywood! ¡Nadie se enamora!

Sentí lástima por ella. Había visto lo que sucedía a muchos famosos en la industria. La fama se apoderaba de ellos hasta consumirles el alma. Sin embargo, nunca pensé que le ocurriría a Cam. Hace años, sus ojos brillaban. Soñaba con actuar para un público de cien personas. Le importaba la música, el arte. Ahora solo se centraba en el dinero y la fama.

—Lo siento, Cam. Espero de verdad que encuentres lo que estás buscando, pero no podrá ser conmigo.

Abrió la boca, estupefacta, y luego sacudió la cabeza. Cuando la sorpresa se hubo desvanecido de su mirada, la frialdad se apoderó de ella a la vez que soltaba un pesado suspiro.

—Pagarás por esto, Oliver. Ya lo verás. Te arrepentirás de esta decisión, créeme.

Acto seguido, me dio la espalda y salió de la sala, llevándose aquel lastre de relación que había estado cargando, sin darme cuenta, durante demasiado tiempo.

15

Emery

No había visto a Cam desde el lunes anterior, cuando se marchó hecha una furia. Imaginé que estaría manteniendo las distancias hasta que terminara mi jornada. Oliver no la había mencionado, aunque tampoco solía hacerlo. Simplemente, me daba las gracias por las comidas, luego volvía a ponerse los cascos y regresaba a su trabajo. A veces le preguntaba si estaba bien y me contestaba que no. En otras ocasiones, a mis palabras las seguía la pregunta de si había algo que pudiera hacer para que se sintiese mejor, pero él volvía a decir que no. Hasta ahí llegaban nuestras conversaciones.

Me sorprendía a mí misma pensando en él cada vez más a menudo. Cuando cerraba los ojos, veía su mirada triste y, al abrirlos, su ceño fruncido.

—Toc, toc —dije mientras entraba en el estudio de Oliver.

Levantó la vista de la libreta que tenía en las manos.

—¿Has terminado por hoy?

—Sí. La cena está en la nevera. Solo tienes que meterla en el horno durante cuarenta y cinco minutos a doscientos veinte grados.

—Gracias, Emery. Me gustaría pedirte un favor. Se acerca el 4 de julio, y mis padres van a venir de visita. Kelly estará por aquí y Tyler también, con su mujer y sus dos hijos. Tal vez podríamos hacer una pequeña fiesta, si estás libre para cocinar. Por supuesto, estás invitada y Reese es más que bienvenida. Puede usar la piscina y me aseguraré de tener algún tipo de entretenimiento para ella y los hijos de Tyler, que tienen más o menos su edad. —Sus gestos nerviosos regresaron y apartó la mirada—. Claro que, si ya has hecho planes…

—No tengo planes, y suena muy divertido. Nunca he celebrado una fiesta el 4 de julio. ¡Me muero de ganas por ponerme creativa! —exclamé, tal vez demasiado emocionada. En cuanto llegase a casa, me metería en Pinterest a buscar ideas. Además, estaba segura de que a Reese le encantaría lo de hacer una fiesta, aunque fuera con personas que no conocía, siempre que hubiera una piscina—. Ay, Dios, puedo preparar minipostres y todo tipo de aperitivos. —Estaba exultante.

Juro que por una milésima de segundo Oliver también sonrió.

—Me alegro. Gracias, Emery.

—A ti. Va a ser divertidísimo. —Me mordí el labio—. ¿Va a venir Cam, tal vez con su familia? Es para saber cuántas personas seremos.

Oliver bajó la vista hacia su libreta y luego me miró otra vez.

—No creo que Cam vuelva por aquí.

—¿Oh? ¿Habéis…, habéis cortado?

—Sí, ya no estamos juntos.

—Ay, Dios, Oliver. Lo siento mucho. Espero que no fuera por mi culpa…

—La verdad es que fue por ti.

La culpa me golpeó como una ola.

—Lo siento mucho, Oliver. No pretendía causarte ningún problema y…

—Emery. No he dicho que sea algo malo. Es una decisión que debería haber tomado hace mucho tiempo. Simplemente, me ayudaste a verlo con más claridad. Además, tenías razón. Debería aprender a estar solo durante un tiempo.

—Si alguna vez la soledad te supera, cuenta conmigo —ofrecí sin pensar. Oliver frunció el ceño al oír mi comentario y yo quise abofetearme por haber dicho algo así. No contestó, así que me lo tomé como un «ni de coña». Carraspeé porque parecía que tenía una rana alojada en la garganta—. En fin, que pases una buena noche. —Me di la vuelta para salir de la habitación.

—Emery, espera.

—¿Sí?

—Antes has dicho algo que no me ha sentado bien.

—¿Oh?

—Que solo eras la chef. —Una sensación de bienestar le iluminó los ojos—. Eres muchísimo más que eso.

Esas mariposas que Oliver despertaba en mí de vez en cuando regresaron en bandada. Abrí la boca, pero no conseguí pronunciar palabra.

—Buenas noches, Emery.

—Buenas noches, Oliver.

Más tarde, esa misma noche, recibí un mensaje de un número desconocido.

> Desconocido: ¿Qué cosas le gustan a Reese?

Al leer el nombre de Reese me erguí en el sofá.

> Emery: ¿Quién eres?
> Desconocido: Perdona. Soy Oliver. Kelly me ha dado tu número.

Dejé escapar un largo suspiro de alivio.

> Emery: Oh, disculpa. Me imagino que lo dices por la fiesta. Le encantan todas las superheroínas y las princesas Disney.
> Oliver: Suena bien. Gracias.
> Emery: ¡A ti!

Regresé a mi libreta, donde estaba esbozando un menú para el 4 de julio. Para mi sorpresa, el móvil volvió a sonar.

Oliver: ¿Cómo estás?

Me sorprendía que hubiera vuelto a escribirme y que, además, preguntase cómo estaba. La mayoría de nuestras conversaciones no conducían a ninguna parte y no recordaba la última vez que me había preguntado cómo estaba. Sobre todo, a las nueve de la noche.

Emery: Estoy bien. ¿Qué tal tú?

Pasó un rato antes de que respondiera. Me imaginé que vivir en el cerebro de Oliver debía de ser así: todo requería darle muchas vueltas.

Oliver: ¿Se te han ocurrido ideas para el menú de la fiesta?
Emery: ¿Estás evitando mi pregunta?
Oliver: Sí.
Emery: ¿Por qué?
...
...
...
Oliver: Porque no quiero que la conversación se vuelva deprimente.
Emery: Es tu primera noche sin Cam, ¿verdad?
Oliver: Sí.
Emery: ¿Y te sientes solo?
Oliver: Comentaste que podía contar contigo si lo necesitaba.

En vez de contestar al mensaje, marqué el número de Oliver con la esperanza de que respondiera. Conociéndolo, las posibilidades eran del cincuenta por ciento. Nunca sabía hacia dónde iba a decantarse.

—¿Hola? —dijo. Por teléfono, su voz parecía más grave que en persona.

Ahí estaban de nuevo las mariposas.

—Hola, Oliver. He pensado que sería más fácil llamarte y charlar en vez de estar escribiéndonos. ¿Estás bien?

Carraspeó.

—¿Por qué me lo preguntas tan a menudo?

—Porque quiero saberlo.

—Pero la respuesta es siempre la misma.

—Sí —dije mientras asentía como si pudiera verme—. Ya cambiará. Algún día estarás bien.

—¿Qué te hace pensar eso?

—Tengo la sensación de que encontrarás... tu final feliz. Tu tristeza es solo temporal.

—He estado triste toda mi vida, Emery.

Oír eso hizo que el corazón se me quebrara un poco y me entraron unas ganas inmensas de abrazarlo.

—¿Y por qué?

Guardó silencio durante un momento, tal vez porque estaba pensando. Podía imaginármelo con esa expresión tan seria en el rostro.

—Creo que hay personas que simplemente nacen con más tristeza que otras.

Esperaba que no fuera verdad. Guardaba la esperanza de que Oliver encontrara la felicidad, que hallara el lugar que lo liberase de toda esa melancolía.

—¿Podemos hablar de otra cosa? —preguntó.

—Claro. ¿De qué te gustaría hablar?

—De lo que sea menos de mí. Háblame de ti. O de Reese. Quiero saber más sobre ti. —Me mordí el labio, aunque no se me ocurría nada, pero, por suerte, Oliver me hizo una pregunta para continuar la conversación—. ¿Qué hizo que quisieras ser chef?

—Mis padres, más o menos. Durante la semana no solían estar en casa, porque trabajaban en la iglesia de mi pequeña ciudad, y pasaban allí la mayor parte del tiempo, estudiando la Biblia desde muy temprano hasta muy tarde. Vengo de una ciudad muy religiosa, donde todo giraba en torno a Jesús, todo el día, cada día. No es que tenga nada de malo, pero habría estado bien si mis padres se hubieran pasado por casa un poco más a menudo. Así que, mientras no estaban, yo me encargaba de preparar la comida para mi hermana pequeña y para mí. De esa forma, descubrí que me encanta cocinar.

—¿Qué edad tenías?

—Siete años.

—¿Tus padres te dejaban sola con siete años a cargo de tu hermana?

—Digamos que sus valores estaban un poco trastocados.

—¿Todavía sigues en contacto con ellos?

—Dios, no. No hemos hablado desde hace cinco años.

—¿Desde que nació Reese?

—Sí.

—¿No aprobaban que hubieras tenido una hija al ser tan joven? —Carraspeó—. Si hago preguntas muy personales, dime que pare.

—No, no pasa nada. La verdad es que mis padres no aprobaban nada de lo que hacía. Nunca entendí por qué me trataban con más dureza que a mi hermana, pero así son las cosas.

—¿Eran muy religiosos?

—Extremadamente. —Reí al recordar la cantidad de crucifijos que había en la casa de mis padres. Luego eché un vistazo a mi apartamento, que estaba igual de lleno de cruces.

—¿Eso te hizo ser menos religiosa?

—Aunque parezca sorprendente, no. Me rebelé contra casi todas las creencias de mis padres como expresión de mi angustia adolescente. Pero no en lo referente a Dios. Mi fe siempre permaneció intacta. ¿Y tú? ¿Eres creyente?

—Me gustaría —confesó—. El problema es que no me resulta fácil creer en algo que parece estar tan lejos.

Lo entendía. Si bien, en mi caso, cuando sentía que Dios estaba lejos, significaba que me estaba distanciando de mí misma.

Hablamos durante horas. Hablamos de todo y de nada. Hablamos de la vida. En esas horas, la dura coraza de Oliver comenzaba a ablandarse. Incluso se rio al escuchar un chiste malo. Cuando llegó el momento de que nos fuéramos a dormir, me dio las gracias por la llamada, a lo que contesté:

—Llámame mañana otra vez.

Y así lo hizo.

16

Oliver

Llamaba a Emery todas las noches. Cuando no lo hacía, porque me sentía demasiado desconectado de la realidad, ella marcaba mi número para asegurarse de que estaba bien. A través de nuestras conversaciones nocturnas iba sabiendo más y más sobre ella. En cambio, cuando aparecía en casa a la mañana siguiente, me bloqueaba. Era como si no supiera hablar con ella en persona, de modo que me volvía más vulnerable que durante nuestras llamadas.

Lo odiaba. Odiaba lo torpe que parecía a veces, cuando no sabía cómo comunicarme con ella cada vez que entraba en la habitación. Sobre todo porque me dejaba sin aliento. Todo en ella me resultaba excepcional. Desde cómo cocinaba hasta cómo se vestía o amaba a su hija, pasando por la intensidad con la que hablaba. Estar cerca me incomodaba, porque una parte de mí no quería que se marchase. Con ella me sentía a salvo, y nunca había encontrado eso en una mujer. Aparte de mi familia, nadie se quedaba hasta tarde hablando conmigo por teléfono solo para asegurarse de que estaba bien.

Además, Emery lo hacía con muchísimo cariño. No parecía que se cansara nunca de nuestras conversaciones, y juro que casi podía sentir su luz a través del teléfono cuando me hablaba de su vida.

En cuanto colgaba, echaba de menos su voz.

Sin embargo, al verla, me quedaba bloqueado. Aunque a Emery nunca parecía importarle. Seguía siendo la persona amable y alegre que era, y me preparaba algunas de las comidas más deliciosas que había probado en mi vida. Estaba muy agradecido por eso. Por su habilidad de hacer que mi incomodidad resultara menos... incómoda.

—Te has quedado embobado —comentó Kelly mientras almorzábamos en la mesa del salón. Cuantas más veces pudiera hacer que se sentara a comer conmigo, mejor. Últimamente, tenía buen aspecto. Las ojeras en su rostro se iban desvaneciendo y se reía mucho más. Aquello también era mérito de Emery. Desde que ella y Kelly habían conectado, se habían convertido en grandes amigas. Me alegraba que contase con alguien en quien apoyarse, y sabía que yo no podía ayudarla en eso.

Cada día sonreía más, lo que era algo bueno. Emery tenía ese efecto en la gente. Hacía que las almas más tristes quisieran sentirse un poco mejor.

—¿Embobado con qué? —gruñí mientras bajaba la vista a mi ensalada. Por el rabillo del ojo, vi que Kelly sonreía de oreja a oreja.

—¡Ya sabes con qué! —susurró mientras se inclinaba hacia mí—. Ay, Dios. ¿Te gusta Emery?

—¿Emery? ¿Gustarme? —Forcé una risa sarcástica—. Ni siquiera la conozco. —Era mentira: cada día la conocía mejor. Le gustaba el Scrabble y odiaba el Monopoly. Disfrutaba de toda la música excepto del *heavy metal.* Tuvo un pececillo llamado Moo que su madre tiró por el retrete cuando ella tenía diez años, y, desde entonces, no comía pescado. Odiaba a las amigas del campamento de Reese. Su color favorito era el amarillo y su estación preferida, el otoño. Y cuando sonreía le salía un pequeño hoyuelo en la mejilla izquierda.

De eso último me había dado cuenta yo solo.

—Entonces, ¿por qué te has puesto colorado? —preguntó Kelly.

—No me he puesto colorado. Los hombres no se ponen colorados.

—Ah, ¡cuántas mentiras!

—Es verdad. Además, incluso aunque me gustara Emery, que no me gusta, sería demasiado pronto. Acabo de salir de una relación larga.

Kelly resopló.

—¿De verdad llamas relación a lo tuyo con Cam? He tenido relaciones mejores con gatos abandonados que encuentro por la calle.

Touché.

—Venga, sé sincero. ¿Te gusta Emery? —preguntó. Su absoluta incapacidad de susurrar me ponía nervioso al pensar que Emery podía oírnos—. No se lo diré. Será nuestro secretito.

—No hay ningún secreto porque no es cierto.

—Vale. Entonces me imagino que no te importará si invito a Emery a comer con nosotros —dijo. Se comportaba como una hermana pequeña molesta. Antes de que pudiera oponerme, Kelly ya estaba llamando a Emery—. ¿Has comido ya, Emery? —preguntó.

Ella asomó la cabeza por la puerta del salón y se me formó un nudo en el estómago. Luego, sonrió y un segundo nudo se sumó al primero.

—No, todavía no.

—¡Genial! Ven a comer con nosotros. —Kelly me miró con una sonrisita culpable.

—¿Estás segura? No quiero entrometerme —comentó.

—No, en absoluto. Ven a sentarte aquí, entre Oliver y yo. —Kelly dio unas palmaditas a la silla contigua a la mía y, en unos segundos, Emery estaba en la habitación, sentándose a comer. Justo a mi lado. Con su ensalada. Y su sonrisa. La que me estaba dedicando.

Ah, joder.

Tal vez los hombres sí se ponen colorados.

Volví a clavar mi atención en el plato y comencé a comer con grandes bocados.

Kelly miró su reloj.

—¡Ay, vaya! Había olvidado que tengo que enviar unos correos electrónicos. Vuelvo enseguida.

Me erguí en la silla.

—¿No deberías terminar primero?

—No, no. Luego me lo acabo. Vosotros dos id comiendo y disfrutad de vuestra compañía. Yo ahora vuelvo. —Comenzó a alejarse. Emery estaba de espaldas a ella cuando le lancé una mirada asesina. «¡Habla con ella!», gesticuló antes de desaparecer.

El silencio llenó el espacio y no supe qué hacer. No paraba de darle demasiadas vueltas a cualquier tema que se me ocurría, así que comencé a engullir de nuevo mientras Emery comía como un ser humano normal.

Levanté la vista hacia la cocina y vi a Kelly, que nos espiaba desde la puerta. Volvió a gesticular «¡Habla!», así que me tragué un trozo de pollo demasiado grande y, como un completo idiota, comencé a atragantarme.

—¡Ay, Dios! —exclamó Emery—. ¿Estás bien?

—Sí, es solo… —Tosí mientras notaba el trozo de carne encajado en mi garganta—. Estoy… —La tos fue a peor—… bien. —Escupí la última palabra antes de que la tos se apoderara de mí por completo. La leche. Me estaba ahogando.

—¡Ay, Dios, espera! —exclamó mientras se ponía en pie. Se colocó detrás de mí, me levantó de la silla y me dio unas palmadas en la espalda antes de rodearme con los brazos y comenzar a hacerme la maniobra de Heimlich. Su cuerpecito me elevó en medio de la sala como si fuera una levantadora de pesas olímpica.

—Vale, vale, espera —dijo. Y entonces comenzó a cantar, sí, a cantar, «Stayin' Alive» de los Bee Gees a la par que me golpeaba en el estómago. Lo hizo varias veces mientras yo intentaba respirar y, con un último golpe, el trozo de pollo atascado salió disparado y aterrizó al otro lado de la mesa.

Y, con él, todo mi orgullo.

—Ay, Dios, Oliver, ¿estás bien? —preguntó Emery mientras me acariciaba la espalda en círculos, y, curiosamente, sentí que no quería que parase nunca.

—Estoy bien, sí. Perdona el follón.

—No te preocupes. Dios, qué susto me has dado. Espera, voy a traerte un poco de agua. —Emery fue rápido hacia la cocina, y Kelly ya había llegado al salón, boquiabierta ante lo ocurrido en tan solo cinco minutos.

—Vaya, sí que se ha liado la cosa —señaló con una sonrisita.

—¿Te hace gracia?

—Un poco, sí. Lo único que quería era que hablaras con ella y, bueno..., digamos que eso no ha pasado. Te has bloqueado de verdad, eh. —Se acercó a mí y me dio unas palmaditas en la espalda—. ¿Estás bien?

—Sí.

—Vale, me alegro. —Una sonrisa pícara se extendió por su cara—. ¿Te acuerdas de aquella vez que intenté que hablaras con ella y te quedaste sin aliento, en sentido literal y figurado? —bromeó.

—¿Kelly?

—¿Sí?

—Cierra el pico.

Huelga decir que el intento de celestina de Kelly no fue como había planeado, y me escapé a mi estudio para evitar más bochorno. Seguí lamiéndome las heridas después de que Emery se marchara aquella tarde, dándole vueltas sin parar a lo estúpido que debí de parecer mientras Emery me bamboleaba como un saco de patatas.

Lo único que interrumpió mis pensamientos fue la llegada de Tyler en medio de un torbellino de emociones.

—¿Has visto esto? —aulló Tyler al entrar en mi salón. Me tendió su móvil mientras se limpiaba el sudor de la frente—. No me lo puedo creer, coño. ¡Es una puta víbora! Siempre he sabido que lo era, pero esto ya roza otro nivel.

Se le dilató la nariz mientras cogía el móvil y leía el titular. «Cam Jones lo cuenta todo sobre su vida con Oliver Smith».

Ah, joder.

—¿Lo has leído? No lo hagas —dijo Tyler mientras me quitaba el teléfono de la mano—. Es una porquería, y Cam es una cerda, pero ¿por qué haría algo así? ¿Qué motivo tendría para dar una entrevista como esta?

—Rompí con ella hace unos días.

Tyler me miró y sus ojos brillaron de júbilo.

—¿Lo habéis dejado? ¡Dios existe! ¡Has roto con ella! —repitió mientras saltaba extasiado. Entonces su alegría pareció disiparse cuando tomó consciencia de otra realidad—. Oh no… oh no, oh no, oh no…

—¿Qué pasa?

—¿Qué pasa? Tío, Cam está loca. Y ahora está ahí fuera haciéndose famosa gracias a vuestra ruptura. ¿Quién sabe qué dirá?

Antes de que pudiera contestar, mi teléfono comenzó a sonar. El nombre de Kelly apareció en la pantalla y respondí.

—Hola, ¿qué pasa?

—Ay, Dios mío, ¡está loca! —exclamó, y asumí que se refería a Cam.

—Sí, he visto el artículo.

—¿El artículo? No. Está en el canal cinco ahora mismo dando una entrevista.

En cuestión de segundos, Tyler había encendido el televisor, y allí estaba ella, con un pañuelo en la mano hablando entre sollozos con el entrevistador. A la mierda la música: Cam debería haber sido actriz.

—Así que, ¿quieres decir que vivir con él era como convivir con la oscuridad? —preguntó el entrevistador.

—Sí. No siempre fue así. Sabía que Oliver sufría una depresión, pero nunca pensé que llegaría al nivel de humillarme como lo ha hecho. Cada día me insultaba con crueldad, me decía que era una inútil y me trataba con desprecio.

—Qué horror —señaló el entrevistador a la vez que alargaba el brazo y le colocaba una mano en la rodilla para consolarla.

—Sí, es… —Cam hizo una pausa y apartó la mirada, aparentemente conmovida—. Lo siento, es tan difícil hablar de esto… Hice todo lo que pude por él. Todos estábamos muy afectados por la pérdida de Alex. Me habría gustado tener a alguien en quien apoyarme durante todo esto, pero Oliver fue muy cruel.

—¿Alguna vez te pegó?

—¿Qué mierda de pregunta es esa? —gritó Tyler haciendo un gesto de frustración hacia la tele.

Cam levantó la vista del pañuelo, y la expresión de dolor en sus ojos mostró exactamente lo que pretendía: que yo era un maltratador. Como si fuera un monstruo huraño que había convertido su vida en un infierno.

No respondió a la pregunta con palabras, pero, de algún modo, su silencio dio a los espectadores justo lo que ella quería que recibieran. Pensarían que yo era un monstruo. Un monstruo maltratador.

Tyler apagó la televisión y siguió soltando tacos entre dientes.

—Mierda, mierda, mierda, mierda —masculló mientras caminaba de un lado a otro—. Todo esto no son más que trolas.

No dije nada porque, ¿qué se podía decir exactamente? Mi mente estaba conjurando a toda velocidad las opiniones que se estaban formando sobre mí. Sentí el peso de toda la situación. Sentí el asco de los demás al creer que algo de lo que había dicho Cam era cierto. Pensaban que era un maltratador. Pensaban que era cruel. Pensaban que yo era el monstruo cuando, en realidad, acababa de librarme de la bestia.

«No quiero estar aquí».

—¡Es el puto diablo! —siseó Tyler—. ¿Cómo puede decir todo eso? Voy a llamar al equipo de relaciones públicas y ver cómo podemos darle la vuelta a esta mierda. Joder. Va a volverse viral. Joder, joder, joder. Tengo que ponerme a trabajar. ¿Estás bien, Oliver?

«No».

Pero, por supuesto, mentí.

—Estoy bien.

—Vale. Me voy a hacer un control de daños. Ten el móvil cerca y no te metas en internet, ¿vale? No leas nada de esa mierda.

Después de que Tyler se marchara, intenté perderme en la música para acallar mis pensamientos, pero no funcionó. Me estaba hundiendo en el abismo de mi mente, así que recurrí al siguiente parche: el alcohol. En ese momento de mi vida, utilizaba el alcohol con la intención de huir de la realidad de forma temporal. Había comenzado a beber solo para dejar de sentir, porque mis pensamientos estaban cada vez más descontrolados. Pero en vez de ser un borracho inteligente, era un idiota.

Me metí en internet y busqué artículos sobre Alex y Oliver. Leí los comentarios de la gente sobre las entrevistas de Cam. Miré viejos vídeos de nuestros conciertos en YouTube. Vi a Alex hacer algunos de los mejores solos de guitarra en la historia de la humanidad y, joder, cómo me dolió.

Aquella noche el alcohol no enterró mis emociones, sino que, por el contrario, las liberó como un río de tristeza. Sentí el dolor de la pérdida de Alex multiplicado por diez y, luego, encontré comentarios en Twitter que me consideraban responsable de su muerte. Se me culpaba de ser un capullo maltratador. De ser quien era.

Todo era mentira. No me conocían. ¿Cómo se atrevían a juzgarme desde detrás de sus teclados como si fueran santos? ¿Cómo se atrevían a reducir la relación más importante de mi vida a rumores y mentiras? ¿Cómo se atrevían a hacerme daño sin tener la menor idea del dolor que las palabras podían causar?

Si los humanos supieran lo perjudiciales que pueden resultar las palabras para la salud y estabilidad mental de una persona, entonces tal vez las escogerían con más cuidado.

Por otra parte, tal vez les gustaban las consecuencias. Quizá algunos putos enfermos disfrutaban hiriendo a otros para sentirse mejor con sus vidas de mierda.

Emery trató de llamarme unas cuantas veces, pero no cogí el teléfono. No estaba en condiciones de hablar con ella. Me habría consolado, y aquella tarde no pensaba que fuera algo que mereciera. No fue hasta alrededor de las diez de la noche cuando sonó el timbre. Fui tambaleándome a abrir y, al echar un vistazo para comprobar quién era, me sorprendí al ver a Emery.

Mierda.

¿Qué hacía ahí?

No podía verme en este estado. Estaba borracho y no tenía ánimos para enfrentarme a ella. Emery no se merecía el peso de mi mente esa noche.

—¿Oliver? Te he oído moverte. ¿Puedes abrir, por favor? —preguntó.

Suspiré mientras me alejaba un poco de la puerta. Me alisé la camiseta negra y también me pasé la mano por la cara, como si eso me hiciera parecer menos borracho.

Abrí la puerta y allí estaba. La pequeña Miss Sunshine, con una botella de vino en la mano. En cuanto me vio, su sonrisa se desvaneció.

—Hola —dijo.

—¿Qué haces aquí?

—Como no respondías a mis llamadas, quería asegurarme de que estabas bien. He visto las noticias sobre… —Sus palabras se apagaron, pero sabía a qué se refería. A esas alturas, el mundo entero lo sabía.

—He pensado que estaría bien traer un vino, pero parece que ya te has tomado algo para calmar los nervios.

No me sentía orgulloso. La última vez que había bebido fue cuando me desperté en una cama de princesas Disney. Por suerte, todavía no había llegado a eso. Si Emery no hubiera aparecido en ese momento, podría haber acabado igual de borracho que aquella vez.

—¿Puedo entrar? —preguntó.

Hice una mueca.

—No soy muy buena compañía en este momento.

—No pasa nada. Ni siquiera tenemos que hablar, de verdad. Simplemente no quiero que te quedes solo esta noche.

—¿Y qué hay de Reese?

—Está con mi vecina. Así que… ¿puedo? —preguntó otra vez. Me hice a un lado y entró—. Tal vez sería mejor agua que vino, ¿eh?

—La verdad es que no me apetece agua —admití. Quería *whisky.*

—Bueno, podemos tomar agua con gas y añadirle unos toques. ¿Sabes que si le pones MiO al agua con gas sabe igual que una Dr Pepper *light?* El truquito del día —dijo, como si fuera tan normal. Como si ese día Cam no hubiera hecho unas declaraciones horribles sobre mí y estuvieran en todo internet y en la televisión.

Sentí que se me encogía la garganta mientras Emery entraba en la cocina y volvía con dos botellas de agua con gas. ¿Qué pensaba ella de mí? ¿Qué opinaba sobre los rumores?

—Emery…

—¿Sí?

—Yo… —Me miré las manos mientras me las frotaba—. Nunca le he pegado a Cam. Nunca haría algo así. Jamás le pondría la mano encima a una mujer. —Las palabras me quemaban la boca mientras salían de ella. No se me ocurría un rumor peor que hacer correr sobre mí. La idea de que la gente pensara semejantes cosas, tuiteando ese tipo de comentarios, me daba náuseas.

—Lo sé —dijo al tiempo que asentía, como si ni siquiera necesitara que le confesara la verdad.

—Me parecía necesario aclarar que todo lo que ha dicho es…

—Mentira. —Emery apoyó la mano libre en mi antebrazo y sacudió la cabeza—. Oliver, lo sé. No ha dicho más que mentiras. La vi mentirte a la cara cuando me tiró aquella bebida.

Fui testigo de su crueldad día tras día. Sé la clase de persona que es, no tienes que darme ninguna explicación. Conozco tu corazón. Al menos estoy comenzando a conocerlo poco a poco gracias a lo que me vas mostrando.

—No es así como me ve la gente en internet. Están diciendo todo lo contrario, juzgando cada parte de mí. Incluso han vuelto a mencionar la idea de que la muerte de mi hermano fue culpa mía.

—Y todo son mentiras. Lo sabes, ¿verdad?

No contesté, porque parecía que a mi cerebro le encantaba revolver mis pensamientos hasta que ya no sabía qué creía en realidad.

Entonces, Emery dejó las botellas en la mesita y volvió a acercarse a mí. Tomó mis manos y las apretó.

—Oliver, las personas que más te juzgan son aquellas que nunca han estado lo bastante cerca de ti como para oír tus latidos. Sus opiniones no importan. Ellos, con sus mentiras, no definen quién eres. Y, cada vez que sientas que eso te afecta, estaré ahí para recordarte la verdad.

—Eso no está en tu contrato laboral.

—Tienes razón. No está en mi contrato laboral, está en mi contrato humano. Es lo que se supone que tenemos que hacer, cuidar los unos de los otros.

Me pregunté si Emery sabría que era demasiado buena para este mundo. No había muchas personas como Emery Taylor. Sobre todo, en mi mundo. La industria del espectáculo estaba construida alrededor del individualismo absoluto.

—No creerás en serio que la muerte de Alex fue culpa tuya, ¿verdad? —preguntó.

Ladeé un poco la cabeza para mirarla y supe que lo vio, porque soltó un suave jadeo. Vio mi dolor, los demonios sentados en mis ojos, en primera fila. Entonces se colocó delante de mí, cruzó las piernas y tomó mis manos entre las suyas. Nuestros dedos se entrelazaron y su calor derritió las partes de mí que se habían congelado.

—Oliver, no fue culpa tuya —susurró. Como si conociera la historia que me había contado a mí mismo desde hacía siete meses. Como si viera mi alma cargada de culpa y supiera cuáles eran las palabras que necesitaba oír.

Estaba a punto de derrumbarme, pero no quería hacerlo delante de ella. No seguiría interpretando el papel de idiota patético delante de la primera mujer que me había hecho sentir cosas que no conocía.

—Si quieres, puedo darte el nombre de mi amiga. Ahora está jubilada, pero es psicóloga, y me ayudó en los momentos más difíciles de mi vida. Si no hubiera podido hablar con ella, me habría hundido por completo.

Tragué saliva y carraspeé.

—¿Te ayudó?

—Sí.

—¿Confías en ella?

—Le confiaría mi vida. —Me dio un ligero apretón—. Pero ¿cómo puedo ayudarte ahora?

Cada vez que Emery hablaba, llegaba una oleada de consuelo. Cada vez que me tocaba, me sentía un poco mejor.

—¿Puedes quedarte conmigo un rato? —pregunté, aunque me sentí un estúpido al pedirlo. Como si estuviera loco por desear algo que necesitaba.

—Por supuesto, pero ¿puedo preguntarte una cosa?

—Sí.

—¿Por qué no hablas conmigo durante el día? Sé que hemos estado llamándonos por las noches, aunque todo parece diferente durante el día. Casi como si quisieras mantener la distancia.

—A veces no sé actuar cuando estás en la misma sala que yo —confesé—. Me pones nervioso.

—¿Por qué?

—Porque de alguna manera me haces sentir mejor, y no estoy seguro de si tengo derecho a sentirme mejor.

—Oh, Oliver —suspiró—. Si hay una persona en este planeta que merece sentirse mejor, ese eres tú.

Le dediqué una leve sonrisa, sin saber bien qué decir. Así que, como un idiota, solté lo primero que se me pasó por la cabeza.

—Se supone que es «War», de Edwin Starr.

Me miró con una ceja arqueada y semblante confuso. Era normal que no entendiese mis palabras sin sentido.

—Cantaste la canción de los Bee Gees mientras me hacías la maniobra de Heimlich. Creo que se supone que hay que cantar «War» de Edwin Starr y golpear cuando dice «Huh».

Su sonrisa se multiplicó por diez a la vez que se cubría la cara avergonzada.

—¡Ay, Dios, ya decía yo que algo no encajaba!

—Creo que la de los Bee Gees se utiliza para la reanimación cardiopulmonar.

—Lo tendré en cuenta la próxima vez que tenga que hacerte el boca a boca —bromeó.

Aunque solo era una broma, la idea se instaló en mi mente mientras mi mirada caía sobre sus labios. Esos labios carnosos…

—Vale, eh, tal vez deberíamos pasar al sofá. ¿Quieres que veamos la tele un rato o algo similar? —pregunté mientras apartaba mis pensamientos y mi mirada de sus labios. Emery asintió y nos sentamos.

Se puso cerca de mí y, a medida que pasaba el tiempo, me pareció que se aproximaba cada vez más. Vimos unas cuantas películas. Bueno, yo la miraba a ella; cuando se reía, sentía una explosión de luz.

No me di cuenta de en qué momento se apoyó en mí. No calculé cuánto tiempo permanecimos pegados y mis brazos descansaron contra los suyos, o los suyos me rodearon, pero sabía que me gustaba. Me atraía el tacto de su piel suave. Me gustaba el olor a madreselva de su pelo. Y la manera en que me abrazaba como si no planeara soltarme.

Me gustaba que se quedara.

17

Oliver

La doctora Preston no era como había imaginado. Cuando apareció en mi casa, yo esperaba a una mujer vestida de traje con un maletín. En vez de eso, me encontré con una persona dinámica ataviada con una ropa increíblemente llamativa. Llevaba gafas de montura gruesa y casi podía sentir la energía que emanaba de su ser.

—Hola, ¿Oliver? —preguntó mientras me tendía la mano—. Me alegro mucho de conocerte.

Le estreché la mano.

—Sí, doctora Preston, lo mismo digo.

Agitó mi mano mientras decía:

—Oh, no. Nada de doctora ni de tratarme de usted, de verdad. Llámame Abigail. ¿Puedo entrar?

Me hice a un lado y la invité a pasar. No sabía qué esperar de la experiencia. Tenía mis dudas sobre si Abigail sería capaz de ayudarme a resolver el desastre que era mi mente.

—¿Quieres que trabajemos en mi oficina, o…? —comencé.

Ella me ofreció una sonrisa muy cálida y negó con la cabeza.

—Oh, podemos ir a donde tú quieras, yo me adapto. Donde tú te sientas más cómodo. Aquí lo que importa eres tú, no yo.

Escogí el salón. Abigail se sentó en un sillón amplio y yo en el sofá. Mi ansiedad comenzó a aumentar y estaba casi seguro de que ella tenía una especie de sexto sentido, porque sacudió la cabeza.

—No te preocupes, es normal.

—¿Qué es normal?

—Que sientas que no sabes lo que va a pasar.

Solté una risita y me pellizqué el puente de la nariz.

—Eso es justo lo que siento. Perdona, soy nuevo en esto. Lo probé una vez y, bueno, los *paparazzi* me arruinaron la experiencia. A decir verdad, ni siquiera sé por qué me decidí a llamarte. Lo cierto es que hay muchas cosas que desconozco.

—Bien, yo lo sé —dijo con realismo mientras cruzaba las piernas y se inclinaba hacia mí—. ¿Sabes por qué me has llamado, Oliver?

—Dímelo.

—Porque has llegado a un punto en el que estás cansado de estar cansado. Te encuentras al borde de la desesperación y buscas la luz. Y, cuando empiezas, es bueno saber que la luz siempre está allí, esperándote. Mi trabajo es ayudarte a alcanzarla lo antes posible. Ahora, permíteme que te sea sincera: algunos días pensarás que soy tu mejor amiga; otros, seré el enemigo público número uno. Pero, en cualquier caso, estoy de tu lado. Estoy aquí para ayudar de cualquier manera que pueda. No hay una ruta directa que nos lleve a sentirnos mejor, es un camino complicado. Estoy convencida de que en los días oscuros avanzamos tanto como en los claros. No todo son arcoíris. A veces, curarse significa abrir de nuevo las heridas que tanto te han dolido y examinarlas para comprenderte plenamente. ¿Por qué dolió el corte en el pasado? ¿Cómo te cambió y te convirtió en la persona que eres hoy? ¿Qué podemos aprender del dolor del ayer para que el mañana sea mejor?

—Parece mucho trabajo —confesé.

—Lo es. Pero, por suerte, no hay ninguna prisa. Podemos ir abordando cada paso con tanta lentitud y cuidado como queramos. El ritmo lo marcas tú, Oliver, no el mundo.

Eso me produjo un consuelo que ni siquiera sabía que necesitaba.

Abigail se puso cómoda y se recolocó las gafas.

—Bien, eres músico, ¿correcto?

—Sí, lo soy.

—¿De éxito?

—Sí.

—¿Eso te ha hecho más feliz? —preguntó.

—No.

Asintió.

—Entonces lo que quieres decir es que el éxito exterior no define la felicidad de una persona.

—Exacto. —Durante mucho tiempo, creí que el dinero y la fama lo arreglarían todo. La realidad era que no había ninguna cifra que pudiera hacer feliz a una persona si su alma estaba afligida.

—Así que ya conoces la verdad que se le escapa a tanta gente. El verdadero éxito surge del interior. Proviene de ser capaz de despertarte y sentirte agradecido. Ahora bien, con eso no pretendo defender que todo sea perfecto cuando uno es feliz. Eso no es la felicidad. La felicidad, la gratitud, es la habilidad de despertarse y decir: sí, ahora mismo hay cosas en mi vida que son difíciles, pero todavía cuento con una o dos cosas que me hacen sentir bien. Puedes elegir la alegría, incluso en los momentos difíciles. Ahí es a donde vamos a llegar.

—Suena demasiado bueno para ser verdad.

—Al principio siempre es así. Bien, veamos —dijo a la vez que abría su libreta colorida. Cogió el boli que llevaba en la oreja y comenzó a anotar—. Dime tu verdad.

—¿Mi verdad?

—Sí. Dime aquello en lo que piensas más a menudo. No importa lo bueno o malo que sea.

Abrí la boca y sentí vergüenza ante el pensamiento que se acurrucaba en mi lengua. El pensamiento que me perseguía desde hacía meses.

—No quiero estar aquí.

—¿Aquí en la Tierra?

Asentí.

—A ver, tampoco es que quiera morirme. Pero tengo esa clase de pensamientos. A veces ni siquiera parece que sean míos.

—No todos los pensamientos que tenemos nos pertenecen. Vivimos en un mundo donde el ruido de fuera contamina nuestras mentes. Y, como eres famoso, estoy segura de que la gente proyecta en ti pensamientos y comentarios de manera constante.

—Sí, exacto. Tengo la cabeza llena de ruido y no sé qué me pertenece.

—Vamos a averiguarlo, no te preocupes. En cualquier caso, es un buen pensamiento para trabajar. Me alegro de que lo hayas compartido. Decirlo en voz alta le da menos poder. Y vamos a trabajar sobre ese pensamiento en las próximas semanas, ¿de acuerdo?

Asentí y ella sonrió. Estaba seguro de que desconocía el efecto que su sonrisa tenía, pero era poderosa. La manera en que me sonreía me transmitía que no estaba tan roto.

—Bueno, ahora quiero que me hables de tu cinta —continuó.

—¿Mi qué?

—Tu cinta. He pensado que, dado que eres músico, sería la mejor manera de conocer tu historia. Todas las personas del mundo tienen una cinta, un casete, una colección de canciones que define sus vidas. Cada recuerdo es una canción, y todas se juntan para crear una obra maestra. Así que cuéntame tu historia. ¿Qué letras, qué melodías forman tu cinta?

En ese momento, supe que estaba en buenas manos.

Tomé aliento y comencé a hablar de la canción más importante de mi cinta. Las palabras me quemaban en la garganta, pero conseguí sacarlas. Logré compartir esa canción tan dolorosa.

—Tuve un hermano gemelo llamado Alex que falleció hace casi siete meses.

—Lamento oír eso, Oliver. —Abigail me miró con ojos sinceros y, con voz reconfortante, añadió—: Adelante, háblame un poco de él.

18

Emery

Cada día me sentía más cerca de Oliver. No solo gracias a nuestras llamadas nocturnas, sino porque durante el día también nos sentábamos a comer juntos con Kelly. Oliver me preguntaba sobre mi vida, y yo sobre la suya. Nunca hablábamos de su hermano. Además, no lo presionaba para que lo hiciera. Me imaginaba que lo de Alex saldría cuando estuviera listo. Sin embargo, me contó un millón de cosas más.

Me habló de sus problemas con la fama. De cuál había sido su libro favorito de pequeño. Admitió sus miedos, pensaba que su música no iba a ser lo bastante buena y dudaba de que sus fans quisieran escucharla.

Cada día se abría más a mí y, cada vez que revelaba una nueva pieza de su historia, mi corazón se prendaba más de él. Era un hombre bello con el alma llena de hermosas cicatrices, y lo mejor de todo era que ni siquiera reparaba en su belleza. Precisamente, las piezas rotas de su historia lo hacían brillar.

—Mamá, ¿de verdad que voy a poder nadar en la piscina del señor Mith? —preguntó Reese mientras íbamos en coche a casa de Oliver a celebrar el 4 de julio. Tenía toda la comida preparada y lista para cocinarla aquella tarde, pero había decidido estar ahí antes de que llegaran los invitados para poder ultimar detalles.

Aunque íbamos a ser menos de diez personas en la fiesta, tenía comida suficiente para un regimiento. No sabía por qué todo aquello me ponía tan nerviosa. Tal vez porque iba a conocer a los padres de Oliver, aunque eso no significaba nada, dado que no había nada entre nosotros. Pero, aun así, no conseguía quitarme de la cabeza la idea de conocerlos.

En cambio, en la cabeza de Reese solo había una cosa: la piscina. Estuvo hablando sobre ella sin parar desde que se la había mencionado.

—Sí, pero solo cuando termine de cocinar. No puedes ir sola, porque estaré trabajando.

—¡Pero mamá! —gritó.

—Ni peros ni peras, Reese. Esas son las reglas, y si no las seguimos no habrá piscina.

Estuvo gruñendo y lloriqueando todo el trayecto hasta que aparcamos delante de la casa de Oliver. A esas alturas, sus ojos se abrieron con sorpresa y se quedó boquiabierta

—Ay, Dios —susurró con la vista clavada en la mansión—. ¿Podemos mudarnos aquí? —preguntó, lo cual me hizo reír.

—Me parece que no. —Apagué el motor y me volví para mirarla—. Reese, recuerda lo que hemos hablado. Hoy vas a conocer a algunos amigos nuevos, vas a pintar un poco, a ayudarme a preparar unos cuantos platos, ¿y qué más?

Reese suspiró y se apoyó la mano en la cara con dramatismo.

—Y no le preguntaré al señor Mith por qué tiene los espejos de la casa tapados y no le diré al señor Mith que su música es una porquería, aunque sea una porquería, porque decirle a alguien que su música es una porquería no es de buena educación.

Sonreí.

—Exacto. Ahora venga, entremos.

Se desabrochó el cinturón de seguridad en un santiamén, salió del coche de un salto y básicamente corrió hasta la puerta. En cuanto Oliver la abrió, miró a Reese con seriedad.

—¿Has venido a tocarme las narices, pequeña? —preguntó con astucia y una expresión muy muy seductora.

Reese se puso las manos en las caderas.

—Depende. ¿Vas a tocarme las narices tú a mí, señor Mith?

—Es Smith.

—Eso-he-dicho —lo vaciló Reese, y, ay, Dios, esos dos acabarían conmigo.

—Lo que tú digas, pequeña. ¿Qué te parece si vas a la cocina a ver qué tiene mi asistente, Kelly, para ti? Te está esperando allí.

—¿Me has preparado una sorpresa? —preguntó Reese mientras entrecerraba los ojos.

—Supongo que tendrás que verlo por ti misma —contestó Oliver.

De pronto, Reese desapareció por el pasillo en dirección a la cocina. En cuanto llegó, ahogó un grito.

—¡Ay, Dios, señor Mith! ¡Qué guay! ¡Mamá, tienes que ver esto! —gritó.

Sonreí a Oliver.

—De verdad que no tenías por qué molestarte.

—No tiene importancia. Imaginé que no le vendría mal un poco de entretenimiento. —Se metió las manos en los bolsillos y me dedicó su media sonrisa—. Estás muy guapa.

Bajé la vista hacia mi vestido verde azulado sin mangas y sonreí. Luego volví a mirarlo a él, con sus pantalones oscuros y una camiseta negra de cuello redondo que le marcaba todos los músculos.

—Tú tampoco estás nada mal.

Nos quedamos allí unos segundos mientras nos estudiábamos el uno al otro, y me pregunté si él también sentiría mariposas en el estómago. Me pregunté si su corazón también latía a la velocidad de la luz como hacía el mío cada vez que estábamos cerca.

—¡Mamá! —chilló Reese para captar mi atención en ese preciso instante.

Entramos en la cocina y nos recibió una impresionante exposición de muñecas y figuras de acción de superheroínas, junto con una capa con el nombre de Reese. Kelly ya la estaba ayudando a ponérsela.

Sobre la mesa había dónuts que también tenían pequeñas capas dibujadas.

—¡Mira, mamá! ¡Soy una superheroína! —proclamó Reese adoptando pose de guerrera.

Me reí por lo bajo al verla dar saltos de alegría.

—Esto es demasiado —dije a Oliver.

—¡No, solo es suficiente! —exclamó Reese mientras cogía dos de las figuras de acción—. ¡Mira, es Wonder Woman y la Capitana Marvel! ¡Incluso está Gamora!

—Guau, menuda pasada. ¿Y qué se dice?

Reese levantó la vista con cierta timidez. No era habitual que mi niña energética y ruidosa se calmara. Caminó hasta Oliver y le rodeó las piernas con los brazos para estrecharlo contra ella.

—Gracias señor Mith por ser tan amable conmigo a pesar de que la otra vez te dije que tu música era una porquería.

—¡Reese! —la regañé.

Me miró con sus inocentes ojos abiertos de par en par.

—¡Pero mamá! No le he vuelto a decir que es una porquería, aunque en realidad sigue siéndolo —explicó. No sabía qué era peor, si sus palabras o la confusión sincera en su mirada.

Oliver soltó una risita y se agachó para hacerle cosquillas.

—Oh, así que en realidad piensas que es una porquería, ¿eh?

Reese se reía sin parar mientras se picaban. Y, aunque parezca extraño, la imagen de ambos mientras interactuaban y ver cómo Oliver jugaba y hacía el tonto con mi hija me puso un montón.

«Y así, niños, es como conocí a vuestro padre».

Me quedé preñada ahí mismo.

Kelly se llevó a Reese al salón para que disfrutara de sus dónuts y jugara con las figuras de acción mientras yo comenzaba a sacar algunas de las cosas que había preparado el día anterior.

—Espera, no puedes cocinar sin tu regalo —señaló Oliver mientras alargaba la mano para coger algo que colgaba del respaldo de un taburete. Lo sostuvo en alto y de inmediato comencé a reírme a carcajadas viendo el delantal que tenía en las manos.

—¿Un delantal de superheroína?

—Me pareció adecuado. —Se acercó e hizo un pequeño gesto—. ¿Puedo?

—Adelante.

Me lo pasó por la cabeza y luego me di la vuelta para que lo atara, pero las mariposas comenzaron a hacer piruetas en mi estómago cuando me rodeó la cintura con las tiras del delantal. Sus dedos se apoyaron sobre la parte baja de mi espalda. Cerré los ojos y contuve el aliento al sentir su proximidad. Juro que noté cómo su respiración me acariciaba el cuello. Cómo su cuerpo se estrechaba contra el mío de forma sutil. Quería más…

—Ya está —dijo mientras ataba el delantal y daba un paso hacia atrás.

Entonces, exhalé el aire que había estado conteniendo.

—Gracias. —Alisé el delantal y me di la vuelta para mirarlo con la esperanza de que no notara cuánto me había turbado.

Metió las manos en los bolsillos y se irguió. Ese día tenía un aspecto distinto. Seguía siendo guapo, de ensueño, si bien, tal vez…, ¿parecía más feliz? Había algo en él que resultaba diferente, aunque no podía precisar qué.

—Los demás deberían llegar en unas tres horas. Así que ¿cómo puedo ayudarte? —preguntó al tiempo que se frotaba las manos.

Arqueé una ceja.

—¿Ayudarme? ¿En la cocina?

—Sí.

—¿Tú cocinas?

—Hago unos sándwiches de queso tostados que están de muerte. Sé que tú debes usar un queso pijo y cosas así, y ponerle aguacate y beicon pijo, pero mis sándwiches de queso son los mejores.

—¿Ah sí?

—Sí. Me suplicarás que te haga otro.

Me reí.

—Entonces tendrás que prepararme uno algún día.

—Muero de ganas. Bueno, ¿qué puedo hacer mientras tanto para ayudar?

—Eh, nada.

—¿Cómo?

—Lo siento, Oliver. No pienso dejar que te acerques a la comida que estoy preparando para hoy. Es demasiado importante para mí que todo salga perfecto.

—No tiene que ser perfecto. Solo son unos cuantos amigos íntimos.

—Y tus padres —añadí.

Alzó una ceja.

—¿Intentas impresionarlos?

—Puede.

—¿Por qué?

—Veamos, no lo sé..., ¿tal vez porque son tus padres?

Me sonrió con picardía, y había estado exhibiendo esa sonrisa tan a menudo en los últimos días que me dieron ganas de abrazarlo con fuerza. Tal vez eso era lo que había cambiado. Estaba sonriendo.

—Últimamente sonríes más —comenté, de manera que dejé salir mis pensamientos.

—¿Ah sí?

—Sí.

—Será que me encuentro rodeado de buena compañía.

«Ay, Oliver. No hagas que me ponga colorada».

—¿Por qué estás soltera? —preguntó y me quedé de piedra.

Me volví para mirarlo y alcé una ceja.

—¿Cómo dices?

—Lo siento. Es solo que le he estado dando vueltas. Eres una buena mujer. Quiero decir, no es que estar soltera signifique lo contrario. Me refiero a… ¿Sales?

—¿Si salgo a dónde?

—Si sales con alguien.

«Oh».

—Bueno, después de Reese apenas me quedaba tiempo para vestirme por las mañanas. Luego, a medida que se fue haciendo mayor, siempre tenía al menos dos trabajos. La verdad es que no disponía de mucho tiempo para citas. Además, no me crie entre relaciones decentes, más bien al contrario. Así que no ha sido una de mis prioridades.

—¿Entonces no te interesa?

—¿Salir con alguien? Si fuera con la persona adecuada, supongo que sí.

—¿Y qué hace que una persona sea la adecuada?

Me sorprendía la cantidad de preguntas que me estaba lanzando. Parecía que las palabras brotaran de Oliver con más facilidad a medida que pasaban los días. Como si estuviera dejando de ser un obstáculo para sus propios pensamientos.

—Oh, no lo sé, alguien que se preocupe por mí. Y que sea romántico. Y bueno. Que le encanten los niños, claro. Alguien… —«Como tú»—. Alguien así. Que me haga sentir como en casa.

—Ya veo. —Frunció el ceño—. Alguien que te haga sentir segura.

—Exacto. Con quien tenga la sensación de haber encontrado mi sitio.

—Así me siento cuando estoy contigo —confesó—. Como si hubiera encontrado mi sitio. Nadie me había hecho sentir así aparte de mi hermano.

Su hermano.

Al fin mencionaba a Alex.

Antes de que pudiera preguntarle nada sobre el tema, nuestra conversación se vio interrumpida por una voz que invadió la cocina.

—¡Oliver, tenemos que hablar antes de la fiesta de esta noche! —exclamó Tyler, que irrumpió en la estancia—. Mi mujer me ha dicho que tengo prohibido hablar de trabajo en la fiesta, así que he venido pronto para que nos quitemos de encima estos temas. —Calló un momento al darse cuenta de lo cerca que estábamos—. Eh, ¿interrumpo algo?

—¡Mamá, se me ha caído el dónut y me he ensuciado la camiseta! —exclamó Reese, que entró en la cocina tan deprisa como Tyler—. ¿Puedo comerme otro dónut?

—¿Qué te parece si primero vamos a limpiarte? —pregunté mientras la cogía de la mano. Luego volví la vista hacia Oliver, que me estaba mirando. Una sonrisa triste cruzó su rostro mientras se daba la vuelta para hablar con Tyler, y nuestra conversación terminó en la parte más importante.

19

Oliver

—¿De verdad tenemos que hacer esto justo hoy? —pregunté. Estábamos sentados en mi despacho con la puerta cerrada.

—Por supuesto. He estado trabajando con el equipo de relaciones públicas durante los últimos días para encontrar la manera de salir del pozo en el que Cam nos ha metido. Y lo mejor que se nos ha ocurrido es que hagas una entrevista en una de las cadenas más importantes. Sabes que todo el mundo querrá hablar contigo. No has concedido ninguna desde… —Sus palabras se desvanecieron. Desde la muerte de Alex. Tyler se removió en su asiento—. En fin, tienes que lanzarte y dar la cara. De lo contrario, vas a quedar fatal.

—No concedo entrevistas —sentencié. Las odiaba. Había metido la pata en la mayoría de las que había hecho. El único motivo de que parecieran mínimamente decentes era porque a Alex se le daban genial. Ante cada uno de mis defectos, él mostraba sus talentos.

—Debes hacerlo, tío. Ese tipo de acusaciones pueden arruinar tu carrera, e incluso tu vida. No permitas que alguien como Cam consiga eso. Mereces contar tu versión.

—Aunque diga la verdad, ¿quién me va a creer?

—No lo sé. —Sacudió la cabeza—. Pero si no dices nada, entonces seguro que ella gana. Tú reflexiona, ¿vale? Sé que estamos en una fiesta y no volveré a mencionarlo, no obstante, menudo follón, Oliver. Tenemos que encargarnos lo antes posible. Sobre todo, si estás planeando publicar un nuevo disco.

Sabía que tenía razón, pero eso no hizo que mi ansiedad disminuyera. No sería la primera vez que un entrevistador retorciera mis palabras y sacara las cosas de contexto. Tenía la certeza de que, si hablaba, algunas preguntas echarían leña al fuego de mi mente ansiosa y no contaría con mi otra mitad para cubrirme las espaldas.

Tyler se marchó a recoger a su familia y unas horas más tarde mi casa estaba llena de niños que corrían por todas partes y se tiraban a la piscina. Kelly los supervisaba mientras Emery daba los últimos toques a la mesa. Todo olía de maravilla y no me sorprendía en absoluto.

Lo único que faltaba era cocinar la carne en la barbacoa, algo que Emery tenía prohibido. La regla de mi padre era que solo él podía preparar la carne, ya que era tejano y experto en conseguir que quedara tierna.

Cuando por fin llegaron mis padres del aeropuerto, fui a recibirlos en la entrada. El rostro de mamá se iluminó de emoción al verme.

—¡Ollie! ¡Ven aquí! ¡Ay, te he echado de menos! —exclamó mientras me abrazaba fuerte—. ¿Cómo está mi bebé?

—Estoy bien, mamá. Pensaba que llegaríais antes, envié al chófer hace rato.

—Bueno, ya sabes cómo es el tráfico en Los Ángeles. Una mierda —declaró papá.

—¡Richard! ¿Tienes que hablar así delante de nuestro hijo?

—Oh, calla, mujer. Oliver escribe canciones sobre sexo oral; opino que es lo bastante mayorcito como para oírme decir «mierda».

—¡No escribe canciones sobre eso!

—¿De qué crees que va la de «The Falls»? —preguntó papá. Joder, solo habían pasado unos minutos y mis padres ya estaban hablando sobre las letras sexuales de las canciones de Alex y Oliver. Mi hermano tenía suerte de estar perdiéndose ese momento.

—¡De las cataratas del Niágara! —exclamó mamá y la idea me hizo reír porque su respuesta era demasiado sincera e inocente.

—Mujer, es un doble sentido —explicó papá mientras sacudía la cabeza con incredulidad. Se había dejado barba desde la última vez que lo había visto, y le favorecía. Además, había engordado un poco, y también le sentaba bien.

—¿Cómo va a ser eso un doble sentido? —preguntó mamá.

—¿De verdad quieres saberlo? —continuó papá.

—Sí, de verdad.

—Vale, bueno, ¿te acuerdas cuando estábamos en la universidad y viniste a verme para estudiar, y yo te hice eso con los dedos en el...?

—Vale, vale, vale, demasiada información, chicos —grité. Sabía con exactitud de qué hablaba mi padre y quería borrar la imagen que se había grabado para siempre en mi cerebro.

Mamá se quedó boquiabierta y asintió despacio.

—¡Oooh, las cataratas del Niágara! —Sonrió de oreja a oreja y se contoneó un poquito—. Me encantan las cataratas del Niágara. Deberíamos ir de visita esta noche, Richard.

Dios bendito.

—Si pudierais dejar de hablar, sería maravilloso —rogué.

—No te hagas el inocente, Oliver. Después de todo, fuiste tú el que escribió la canción. —Mi padre se acercó y me dio unas palmaditas en la espalda—. Feliz 4 de julio, campeón. Por favor, dime que hay comida dentro, porque me estoy muriendo de hambre.

—Solo falta que empieces con la barbacoa, pero hay suficiente comida para un equipo de fútbol —indiqué.

—O para la panza de tu papaíto —añadió mientras se frotaba la barriga—. El lunes empiezo la dieta.

—La semana pasada dijo lo mismo —intervino mamá—. Y después pedimos una *pizza.*

—Con masa gruesa, y deliciosa. Pero de verdad que empiezo la semana que viene, palabra de honor.

—Sí, ya, ya veremos cuando sea martes de tacos y quieras unas margaritas —dijo mamá mientras le daba una palmada en la barriga.

—Tienes razón, debería empezar el miércoles —asintió papá—. Ahora, venga, pongámonos en marcha con la barbacoa.

Entramos en la casa y mis padres saludaron a todo el mundo con un abrazo, eran ese tipo de personas. Estoy seguro de que, si pudieran, saludarían así a cualquiera que pasa por la calle. Después entramos en la cocina, donde Emery estaba terminando el festín. Levantó la vista con una gran sonrisa.

—Dios mío, esto parece una cena de acción de gracias —exclamó mamá.

—Y huele igual —dijo papá con una sonrisa—. Tú debes de ser Emery.

Mamá ya estaba rodeando la esquina para darle un abrazo, y ella cayó en sus brazos sin pensárselo dos veces.

—Soy Michelle, y este es Richard. Somos los padres de Oliver.

—Un placer. Me alegro mucho de que hayáis podido venir.

—Yo también. ¡Oliver nos ha hablado muchísimo de ti! —exclamó mamá.

Emery me miró con una sonrisa vergonzosa.

—¿De verdad?

—No tanto —repliqué—. Puede que te haya mencionado de pasada.

—¿Me tomas el pelo? —exclamó mamá mientras sacudía la cabeza—. Oliver estuvo hablando sin parar de que le has preparado algunos de los mejores platos que ha comido nunca. Mira, justo anoche me lo estaba contando todo sobre ti y cómo…

—Mamá —gruñí, y lancé una mirada seria.

Ella se sonrojó.

—Oh, no. Ya estoy hablando demasiado. Me alegro de conocerte Emery, mejor lo dejo aquí.

—¡Mamiii! —chilló Reese a la vez que entraba a toda prisa en la cocina desde el patio de atrás, envuelta en una toalla y salpicándolo todo con agua de la piscina—. ¡Mami! ¡Mami! He hecho dos amigos nuevos que se llaman Catie y Garrett y son mucho más guais que Mia y Randy y, y, y su mamá ha dicho que puedo ir a su casa alguna vez a hacer galletas y, y, y, ¿quiénes sois vosotros? —preguntó Reese sin aliento con los ojos clavados en mis padres después de soltar un millón de palabras por segundo.

Mi madre le dedicó una sonrisa a la pequeña y se agachó para mirarla a los ojos.

—Yo soy Michelle, y este es mi marido, Richard. Somos los padres de Oliver.

Reese abrió los ojos como platos.

—¿Lo hicisteis a él?

—Así es —señaló mamá.

—Entonces, ¿estuvo en tu tripa?

—Sí, sí.

—¿Cómo? —preguntó Reese—. Es muy grande. —Todos nos reímos y ella nos miró confusa sin saber qué era tan gracioso—. Esta de aquí también es mi mamá, y también estuve en su tripa cuando era un bebé —dijo Reese con naturalidad.

Un destello de desesperación cruzó el rostro de Emery cuando esas palabras salieron de la boca de su hija, pero nadie más lo vio, porque no la estaban mirando. Desapareció tan deprisa como había aparecido.

—¡Bueno, mamá! ¿Puedo ir alguna vez a casa de Catie y Garrett? —preguntó Reese, centrada de nuevo en lo que le interesaba.

—Ya veremos, cariño. Pero ahora vuelve fuera, anda. Estás mojando toda la casa.

—Vale, mami, gracias. —Salió disparada de la cocina tan rápido como había entrado mientras gritaba—: ¡Chicos! ¡Mi mamá ha dicho que sííííí!

—Y esa de ahí es mi hija, Reese —señaló Emery—. El conejito de Duracell.

—Es adorable, y es igualita a ti —comentó mamá.

Emery se limitó a sonreír y no dijo nada más.

Papá se frotó las manos.

—Bueno, será mejor que coma algo rápido antes de que Oliver y yo nos pongamos con la barbacoa. —Sin vacilar atacó directo los bocadillos de albóndigas y gimió de placer al morder uno—. Ay la leche, qué bueno que está. No bromeabas, hijo. Es una pasada.

—Una pasada, ¿eh? —preguntó Emery con una sonrisita—. Así que crees que soy una pasada.

—Sí, así es. Dijiste que es una auténtica pasada. A mi memoria no se le escapa nada —comentó papá.

—Bueno, a ver, ¿qué tal si vosotros dos vais saliendo y encendéis la barbacoa? Ya estáis hablando demasiado —ordené mientras ahuyentaba a mis padres.

—Ya veo que no nos quieren aquí. Muy bien, nos vamos. Ha sido un placer conocerte, Emery. Espero que luego podamos tener una charla de chicas —dijo mamá, y le guiñó.

«¿Y el guiño por qué, mamá?».

Mis padres se cogieron de la mano y salieron al patio bailando como siempre hacían cuando estaban juntos: bailaban, hacían bromas y se querían.

La única vez que habían dejado de bailar fue cuando Alex falleció. Me alegraba que hubieran vuelto a encontrar su ritmo.

Emery todavía me miraba con una sonrisa pícara y las manos en las caderas.

—¿Qué? —pregunté.

—Así que crees que soy una auténtica pasada, ¿eh?

—Oh, Dios. No dejes que se te suba a la cabeza. —Puse los ojos en blanco con dramatismo mientras me metía en la boca uno de sus aperitivos.

—Demasiado tarde. Mi ego ya se ha inflado. Soy una pasada, y nadie puede convencerme de lo contrario.

Me encogí de hombros.

—Como mucho eres normalilla.

Emery se quedó boquiabierta.

—Estás mintiendo.

—Estoy mintiendo.

Sonrió.

Sonreí.

Dios, empezaba a enamorarme de la sonrisa de esa mujer.

—Debería salir a ayudar a mi padre con la barbacoa. Pero sí. —Me mecí hacia delante y atrás—. Luego hablamos.

—Espera, antes de que te vayas. —Se inclinó y se apoyó sobre la encimera—. ¿Puedes decirme que soy una pasada?

20

Oliver

—Te diré una cosa, esa chica sabe cocinar de verdad —indicó papá mientras nos sentábamos en el estudio. Los demás estaban fuera, a la espera de que empezaran los fuegos artificiales, aunque todavía faltaban unas horas. Habíamos pasado la tarde de celebración en el patio, y quería mostrarle un poco de mi nueva música a mi padre para que me diera su opinión.

—También es una chica muy agradable —añadió.

—Es difícil que no te caiga bien.

—Basándome en sus habilidades culinarias, ya veo por qué te gusta —bromeó—. Entonces, ¿lo es?

—¿Si es qué?

—Tu novia.

—¿Qué? No. Solo somos… —¿Qué éramos? ¿Socios? ¿Amigos? ¿Emery y yo éramos amigos? —No. No lo es.

—Pero te gustaría que lo fuera, y no trates de mentirme diciéndome que no. Soy tu padre, y sé cuándo estás mintiendo. Durante todos los años que estuviste saliendo con Cam, nunca te vi mirarla igual que a Emery. Debe de significar mucho para ti.

Estaba de acuerdo. Sabía que solo habían pasado unas semanas desde que la había conocido, pero era la primera mujer con quien me imaginaba en una relación. Sabía que si pretendía ser suyo tendría que descubrir todas las capas de mí mismo que solía mantener ocultas.

—Apareció en un momento en que me sentía terriblemente solo.

—Te creo —asintió papá; luego juntó las manos y se aclaró la garganta—. Lo que me lleva al siguiente punto, uno que quiero dejarte muy claro. No fue culpa tuya, hijo.

—¿Cómo?

—Me refiero a lo que le pasó a Alex. No fue culpa tuya.

Quise responder, pero papá negó con la cabeza y me puso la mano en el hombro.

—Te conozco, hijo. Sé cómo funcionas, y sé que te has estado culpando de lo que pasó. También me he enterado de que los medios han retorcido la historia y quizá te haya golpeado más de lo que debería, pero estoy aquí para decirte que no es culpa tuya.

Junté las manos y bajé la vista.

—Sé que es cierto. Ha sido duro. No sé cómo explicarlo. Si no hubiera sido por mí, no habría estado en ese coche.

—No puedes pensar así. La causa del accidente fueron esos idiotas que aceleraron como psicópatas. Es a ellos a quienes culpo de lo que le pasó a tu hermano, no a ti.

—¿No me culpas?

Papá suspiró mientras se pellizcaba el puente de la nariz.

—Jamás. Estoy aquí para decirte que esa idea nunca se nos ha pasado por la cabeza, ni por un instante. Y también que tienes que contar con nosotros cuando lo estás pasando mal. Para tu madre y para mí nunca eres una carga. Siempre puedes contar con nosotros, en especial en los días de mierda. Es fácil encontrar gente que te acompañe en los buenos momentos, pero queremos que sepas que también estamos a tu lado en los malos. Sobre todo en los malos.

Volví a juntar las manos y bajé la vista mientras mi mente procesaba lo que mi padre quería decir exactamente.

—¿No fue culpa mía? —pregunté con voz ronca.

—No fue culpa tuya.

En ese momento, me inundó un alivio que no creía que mereciese. Poco a poco, comencé a soltar la culpa a la que me había estado aferrando desde el día en que Alex se marchó de mi lado.

Me limpié la nariz con la mano y carraspeé.

—Gracias, papá.

—De nada. Ahora tócame algo de tu nueva música y deja que yo la mejore.

Había pasado mucho tiempo desde que mi padre no me ayudaba con lo que hacía en el estudio, pero no olvidaba que, gracias a él, Alex y yo nos enamoramos de la música. Nos enseñó a los mejores artistas de todos los tiempos cuando éramos niños, y se aseguró de que los clásicos estuvieran en nuestras vidas, desde Sam Cooke a Frank Sinatra. La música de los grandes siempre nos iluminó.

Papá había trabajado durante un tiempo en la industria de la música como técnico, y fue él quien nos construyó a Alex y a mí nuestro primer estudio cuando éramos adolescentes.

Sin su apoyo, ninguno de nuestros sueños se habría cumplido.

Le toqué las canciones, y me escuchó con atención. Por lo general, no me daba su opinión hasta que la canción terminaba, y entonces se solía recostar en la silla, fruncía la boca y asentía.

—Es buena, es buena.

—¿Pero?

Al principio nunca entraba en los peros. Mi padre no era alguien que criticara sin señalar primero las cosas buenas. Hacía lo mismo con todas y cada una de las canciones. Decía que cada obra de arte contenía belleza.

Yo se lo agradecía. Necesitaba opiniones positivas.

—¿Pero…? —repetí después de recibir los cumplidos.

—¿Y si probáramos esto? —preguntó mientras se ponía de pie y comenzaba a ajustar el equipo. Nos quedamos ahí dentro durante horas, creando. Tomamos piezas que habíamos compuesto, las fragmentamos y las volvimos a unir. Y… nos divertimos.

Cuando terminamos una canción, cuando se convirtió en algo que me hacía sentir orgulloso, nos quedamos en silencio durante un momento, casi en estado de *shock*.

Papá me dio unas palmaditas en la espalda y sonrió.

—A Alex le habría encantado.

Le devolví la sonrisa porque sabía que tenía razón.

—Tócala una vez más —pidió papá—. Es demasiado buena para no volverla a oír. —Así que hice lo que me pedía.

—¡Señor Mith, señor Mith! —coreó Reese para captar mi atención mientras entraba en el estudio a toda velocidad. Estaba sin aliento cuando con la mano me indicó que me acercara—. ¡Ven, date prisa!

—¿Prisa por qué? —pregunté.

—Pues por los fuegos artificiales, claro.

Entonces salimos al patio, desde donde se veía el espectáculo de pirotecnia. Todo el mundo estaba sentado en el suelo alrededor de la piscina con la vista puesta en el cielo de colores, completamente embelesados por su belleza. Las tres criaturas daban saltos de emoción mientras gritaban «Oooh» y «Aaah», a la vez que se reían de lo enormes, brillantes y ruidosos que eran los fuegos.

Me senté en el suelo junto a Emery, y Kelly no tardó demasiado en mirarme con una sonrisita estúpida por ello. Hice todo lo que pude por ignorarla. Emery se volvió hacia mí con los brazos alrededor de las rodillas. Después levantó la vista al cielo.

—Qué bonito, ¿verdad?

—Sí. Es precioso.

«Dile algo».

«Pero algo que tenga sentido».

«Y que también sea trascendente».

«Habla y ya está».

«¡Di algo!».

—Lo siento —tartamudeé.

—¿Qué es lo que sientes?

—Haberte hecho cocinar un día de fiesta. Le he estado dando vueltas desde que te lo pedí. Debería haberte invitado y haber contratado a un *catering*. Fue una grosería pedírtelo. A veces no pienso bien las cosas hasta que les doy más vueltas y…

Me apoyó la mano en el antebrazo.

—No le des más vueltas a eso, Oliver. Hoy me lo he pasado muy bien, y he tenido la oportunidad de hacer lo que más me gusta. Poder cocinar para vosotros me ha hecho recordar de verdad quién quiero ser. Esta es mi pasión, y gracias a ti puedo hacerla realidad.

Suspiré, aliviado.

—Bien. Me alegro.

—¿Estás bien? —dijo, repitiendo su pregunta habitual.

—Hoy estoy bastante bien.

Sus ojos brillaron y su mano, que seguía sobre mi brazo, me apretó con suavidad.

—¿De verdad? —preguntó emocionada. Parecía que le hubiera dicho que había sido el mejor día de toda mi vida.

—Sí, de verdad. Hoy ha sido un buen día. —Las lágrimas que habían estado alojadas en sus ojos comenzaron a caer, y solté una risita—. No llores, Em.

—Ay, perdón, es por todo el vino que me ha estado dando tu madre, te lo juro —se rio mientras apartaba la mano para limpiarse las lágrimas. Desde el instante en que su mano abandonó mi piel, eché en falta su tacto—. Es solo que… desde que empecé a preguntarte cómo estabas, nunca habías respondido así. Me hace muy feliz, Oliver. —La vi tan conmovida que me sentí culpable porque se sintiera así.

—No pretendía hacerte llorar.

—Son lágrimas de felicidad —indicó con una leve sonrisa—. Solo lágrimas de felicidad. Me alegro mucho por ti. Te mereces días buenos.

—¿Emery?

—¿Sí?

—¿Somos amigos?

Sus ojos castaños sonrieron aún más que sus labios.

—Por supuesto que sí.

—Vale, bien. —Sentí que comenzaba a incomodarme. Me sentía estúpido por haberle hecho esa pregunta, pero desde que mi padre me había preguntado qué había entre ella y yo, quería asegurarme. Porque yo pensaba que éramos amigos, pero a veces mi mente me engañaba.

—Me gusta eso de ti, ¿sabes? —comentó.

—¿El qué?

—Cómo a veces te pones tímido y todas las vueltas que le das a las cosas. Aunque, seamos sinceros, es posible que estés pensando lo justo y que el resto del mundo no piense lo suficiente. Una cuestión de perspectiva —bromeó.

Esbocé una media sonrisa y ella compuso feliz la otra.

—También me gusta cuando sonríes.

Lo hacía con mayor frecuencia desde que Emery había llegado a mi vida.

Poco después, Reese vino trotando hasta mí.

—¡Señor Mith! ¿Puedo sentarme en tu regazo a mirar los fuegos artificiales?

Me acomodé y le tendí los brazos. La pequeña saltó y se apoyó en mí mientras miraba el cielo. Me fijé en que Catie y Garrett estaban sentados con Tyler, y no tuve duda de que Reese había sacado la idea de ahí.

La abracé cuando apoyó la cabeza en mi hombro. Era evidente que estaba cansada, lo cual no me sorprendió después de un día tan activo con sus nuevos amigos. Tenía los ojos entreabiertos mientras se esforzaba por mirar los fuegos artificiales en el cielo. Bostezó con la boca muy abierta antes de acurrucarse contra mí.

—¿Señor Mith? —susurró.

—¿Sí, pequeña?

—La música que te he oído tocar con tu padre no era una porquería.

Al instante se quedó dormida en mis brazos, sin saber cuánto me habían conmovido sus palabras. Esa niñita era adorable en todos los sentidos. Desde su pelo oscuro a su sonrisa radiante. Juro que también tenía los ojos de Emery, y su naricita respingona. Y su corazón. No me cabía duda de que Reese tenía los latidos de su madre.

Cuando el espectáculo de fuegos artificiales terminó, dejé a Reese, que seguía dormida, en una de las habitaciones vacías de mi casa. Kelly y Tyler se marcharon, agotados, pero con una sonrisa en la cara. Mamá y papá todavía estaban fuera, bebiendo y bailando, porque así eran ellos, y habrían bailado toda la noche si se lo hubieran permitido los pies.

Emery, por otro lado, estaba en la cocina intentando limpiar el desastre que se había ido acumulando a lo largo de la noche. Me acerqué hasta el fregadero y le puse la mano en el hombro.

—No hace falta que lo hagas. Yo me encargaré por la mañana.

—No, no, ni hablar. Puedo limpiarlo, no pasa nada.

—Ha sido un día largo. Estoy seguro de que estás agotada.

—Mañana dormiré hasta tarde. De verdad que no importa.

—Déjame que te ayude —ofrecí.

—No me digáis que estáis aquí limpiando, chicos —dijo mamá mientras entraba en la cocina con una copa vacía—. ¡Deberíais estar fuera con nosotros bebiendo vino y bailando! Venga —nos animó, y cogió otra botella mientras nos hacía un gesto con la mano para que la siguiéramos.

—Oh, me encantaría, pero todavía estoy un poco borracha, y tengo que estar sobria para llevar a Reese a casa.

—Tonterías, quédate aquí esta noche. Oliver tiene espacio más que de sobra para vosotras dos. ¿A que sí, Ollie?

—Por supuesto. También tengo un pijama que te puedo prestar. Además, mejor que no conduzcas tan tarde en un día de fiesta. Estás más que invitada.

Ella se frotó el labio mientras vacilaba un momento.

—Venga, Emery. Solo se vive una vez. ¿Por qué no aprovecharla para crear grandes recuerdos? —preguntó mamá, muy *carpe diem.* Debía de ser el vino el que hablaba.

—Bueno, de acuerdo. Si me quedo podré limpiar un poco mejor por la mañana cuando esté sobria —señaló antes de volverse hacia mí—. ¿Estás seguro de que no te importa?

—Pues claro que está seguro —dijo mamá al tiempo que hacía un gesto con una mano y tomaba la de Emery con la otra—. Venga, ahora vamos, salgamos fuera y bailemos. Así Richard y yo podemos enseñaros la buena música de los viejos tiempos.

Cuando ambas salieron, me quedé allí con una sensación extraña en el pecho.

Por primera vez desde hacía tiempo, mi corazón estaba colmado.

21

Emery

El día tenía una energía maravillosa. Me sentía cansada, pero era un cansancio reconfortante. Un agotamiento fruto de un día espectacular. Ver a Reese hacerse amiga de dos niños que no eran unos abusones había sido lo mejor del día para mí. Lo segundo, escuchar que Oliver estaba teniendo un buen día. Y, lo tercero, sus padres.

Parecían una vieja película romántica. Sus padres eran las personas más cariñosas y atentas del mundo, y la manera en que cuidaban el uno del otro y se reían juntos era de ensueño. Yo también quería algo así: un amor que perdurara a través de las décadas.

Ambos se amaban de una manera que dejaba embelesado a cualquiera.

Los cuatro estábamos en el patio trasero, escuchando clásicos antiguos: no me había reído tanto en mi vida. Nunca había visto a Oliver comportarse con esa naturalidad, y estaba claro que sus padres significaban mucho para él.

—Os lo juro, Oliver tiene en el móvil la lista de favoritos más larga del mundo —comentó Richard mientras sacudía la cabeza—. ¿Por cuántas vas ya?

—Seiscientas sesenta y ocho —concretó Oliver.

—¡Seiscientas sesenta y ocho! —repitió Richard—. Eso no son canciones favoritas, ¡son solo canciones! Una lista de favoritos debería tener un máximo de diez. De lo contrario, es una lista de canciones.

Saqué el móvil y abrí la aplicación de música.

—Pues yo tengo ochocientas diez en mi lista de favoritos —señalé. Le lancé una sonrisita a Oliver y arqueé una ceja—. Ponte a mi nivel.

—Deberíais intercambiar las listas a ver si tenéis algunos favoritos en común —propuso Michelle—. Aunque puede que tardéis días en escucharlas todas.

—Yo todavía no he superado lo de los ochocientos favoritos. —Richard abrió la boca con incredulidad—. Los jóvenes os pasáis. Yo podría escuchar las mismas diez canciones todos los días y sería feliz.

—Es que ya lo haces —gimió Michelle con los ojos en blanco.

—Será que no te gustan tanto como a mí, mujer. A propósito del tema, Oliver, ven a ayudarme a poner la lista de reproducción. Os voy a enseñar lo que es la buena música en menos de diez canciones. —Ambos fueron hasta el equipo de música a enchufar el móvil de Richard.

—Tenéis una relación preciosa —confesé a Michelle cuando su marido empezaba a bailar al son de Biggie Smalls mientras buscaba en su lista con Oliver.

—Somos un par de chiflados. Así es como nos mantenemos cuerdos. Juro que si no hubiera tenido a Richard a mi lado estos últimos meses, me habría hundido sin remedio.

—No puedo imaginarme lo duro que habrá sido todo después de vuestra pérdida. Lo siento muchísimo. Me alegro de que tuvieras a Richard.

—Yo también. Él es mi áncora, mi áncora rara y excéntrica. ¿Qué hay de ti? ¿Tienes buena relación con tu familia?

Mi actitud cambió de repente, y a Michelle no le pasó desapercibido. Negué con la cabeza.

—No. La relación con mis padres es de todo menos buena. Y con mi hermana… nos hemos distanciado. —La verdad es que Sammie me había escrito aquella mañana. Me había deseado un feliz 4 de julio, y yo no había respondido al mensaje.

Era la primera vez que me escribía después de colgarme en mi momento de desesperación. Por mucho que lo intentara, no tenía ganas de contestar. Aún me dolía que me hubiera dado la espalda. Y ahora tenía la cara dura de escribirme como si nada.

Así funcionaban las cosas con Sammie: desaparecía y volvía cuando le daba la gana. Pero eso no era justo para mí.

Michelle frunció el ceño.

—Lamento oír eso. Yo también vengo de una familia desconectada, así que sé lo difícil que puede ser.

—Sí, es duro. Pero al menos tengo a mi pequeña. Es la única familia que necesito de verdad.

—Es preciosa. Realmente sois idénticas. Me ha conmovido ver cómo han conectado Reese y Oliver. Ay, qué feliz me hace verlo así, con una sonrisa.

—¿Verdad? Te seré sincera, ha tardado un tiempo en compartirlas conmigo.

—¿Por qué sospecho que debes de ser la responsable de algunas de ellas? —preguntó, y un escalofrío me subió por los brazos—. Eres una persona maravillosa, lo noto. Se me da bien leer a la gente.

—Ojalá mi madre pensara lo mismo —murmuré. No hacía ni ocho horas que nos conocíamos y Michelle ya me había hecho más cumplidos que mi madre en toda su vida—. La verdad es que me da mucha envidia veros a ti y a Richard con Oliver. Mis padres y yo no somos así para nada.

—Conozco ese sentimiento. Yo tampoco me llevaba bien con mis padres —admitió Michelle mientras tomaba un sorbo de vino—. Bueno, al principio sí, pero en cuanto les presenté a Richard se opusieron de pleno porque su familia no tenía dinero. Yo crecí rodeada de riqueza, mi madre y mi padre eran abogados de éxito. Sin embargo, la familia de Richard era todo lo contrario, vivían gracias a las ayudas. Mis padres odiaban que saliera con alguien inferior a mí.

—Lo siento mucho. Me imagino lo difícil que debió de ser verte dividida entre dos mundos.

—Sí, lo fue. Solo tenía dieciséis años cuando conocí a Richard, y me enamoré de inmediato. Mi padre me amenazó con desheredarme si seguía saliendo con él, y mi madre me aseguró que me quedaría sola para siempre, porque no tenía dudas de que Richard nunca sería capaz de mantenerme. Me obligaron a decidirme entre él o mi familia.

—¿Querían que tomaras una decisión así con dieciséis años?

—Sí. O dejaba a Richard, o tendría que despedirme de ellos.

—¿Qué dijo tu marido al respecto?

Michelle sonrió con tristeza y sacudió la cabeza mientras los recuerdos volvían a ella.

—El bueno de Richard dijo: «Ni se te ocurra dejar a tu familia». —Unas lágrimas danzaron en sus mejillas mientras se las secaba y me miraba a los ojos—. Y fue justo por eso por lo que me quedé con él.

—Él era tu familia.

—La que se elige con el corazón. La única que importa de verdad. Ni por un instante me dijo que lo escogiera a él. Sacrificó su propia felicidad para proteger la mía. Si eso no es un hombre que vale la pena, no sé qué lo es. Fue entonces cuando aprendí que el amor de verdad es incondicional. No impone pautas de cómo debes comportarte para ser amada. Su madre y su padre me acogieron en su casa sin dudarlo. Me criaron; aunque tenían poco, hicieron espacio para que pudiera vivir en su hogar. Si pienso en mis padres, me acuerdo de ellos.

—Me quedé destrozada cuando mi familia me dio la espalda. Para ser sincera, todavía me siento así.

—Sí, y ese sentimiento nunca desaparece del todo. Pero ahora tienes una hija preciosa con la que volver a empezar. Puedes construir los cimientos de una familia basada en tus valores. Desde nuevas tradiciones a historias de amor. Y puedes romper las maldiciones generacionales con la manera en que os queréis.

Las maldiciones generacionales eran algo en lo que había pensado durante muchos años. Nunca conocí a mis abuelos; mi madre se había peleado con sus padres, y mi padre no conoció a los suyos. Ahora sentía como si estuviera repitiendo el mismo patrón de desconexión, porque Reese tampoco sabía de sus abuelos.

Si hacía las cosas a mi manera, los hijos de mis hijos llegarían a conocerme y experimentarían mi amor. Nunca se sentirían desconectados del amor, porque siempre arroparía sus almas. Algún día, la maldición familiar que pesaba sobre los Taylor se rompería. Estaba más decidida que nunca a lograr que así fuera.

—A veces, la familia no está en el lugar donde nacemos, sino en las personas que escogemos —explicó Michelle.

Esas palabras significaron mucho para mí. Era cierto, tal vez nunca tendría la conexión que deseaba con mis padres, pero eso no quería decir que no pudiera crear algo aún más poderoso.

—¿Cuántos años tiene tu hija? —preguntó.

—Casi seis, y más descaro que nunca. Oliver y ella no paran de chincharse, pero comparten una conexión innegable.

Michelle sonrió radiante.

—Siempre pensé que sería Alex quien formara una familia. Oliver parecía muy lejos de sentar cabeza. Siempre me dio la impresión de que Alex conectaba muy bien con los niños. —Su sonrisa se desvaneció poco a poco mientras su mirada se perdía en la distancia.

A veces el mundo no tenía sentido. Ningún padre debería enterrar a su hijo. No podía imaginarme el dolor que atravesaba sus latidos cada día. Si solo pudiera rezar por una cosa durante lo que me quedaba de vida, sería por los padres que han tenido que decir adiós demasiado pronto a uno de los suyos.

Para mí, esos corazones siempre latirían un poco más lento.

—Lo siento mucho, Michelle.

—Gracias, cariño. —Alargó el brazo para darme unas palmaditas en la mano, y supe que era porque necesitaba una mano amiga. Así que envolví la suya con las mías—. El dolor no se vuelve más fácil, solo menos visible. Todavía hay días en que no puedo salir de la cama, pero me siento afortunada. Porque Richard se queda ahí, conmigo y con mi silencio. Luego, cuando es hora de levantarse, me coge de las manos y me pone en pie. Y bailamos. Un consejo: búscate a un hombre que baile contigo aunque tengas el corazón roto. —Las lágrimas brillaron en sus ojos y me apretó más las manos—. ¿Quieres que te cuente un secreto?

—Sí.

—Creí que también iba a perder a Oliver. Se alejó muchísimo de todo el mundo, incluso de Tyler y Kelly. Por eso, cuando vinimos me preparé para lo peor. Pensé que me lo encontraría borracho perdido o peor…, mucho peor. La última vez que vinimos, hace unas semanas, no estaba muy bien. Pero esta vez, lo he encontrado sonriendo cuando he vuelto.

—Cuánto me alegro.

Esbozó una sonrisa radiante mientras las lágrimas caían libremente por sus pómulos.

—Así que gracias.

—Yo no he hecho nada —aseguré.

—Tú eres la única diferencia en su vida desde la última vez que lo vi. Además, cuando no te das cuenta, te mira de una forma especial. Escucha, cariño, no sé qué has hecho, pero estoy bastante segura de que has ayudado a devolver a mi hijo a la vida después de que ya le hubiera dado la mano a la muerte. Llámalo intuición materna. Así que gracias por ayudarlo. Incluso si es solo como una amiga.

Ahora era yo la que lloraba, así que la abracé con fuerza.

—Eres una madre maravillosa —susurré, y Michelle comenzó a llorar.

—No tienes ni idea de lo difícil que es creer eso cada día.

Probablemente todas las madres pensaban lo mismo. Aquellas que dudaban de sus dotes maternas eran a veces las que más se esforzaban, día sí, día también. No esperaba que la conversación con Michelle tomara el rumbo que había tomado, pero me alegraba que hubiéramos seguido por ese camino, porque estaba claro que ambas teníamos en nuestros corazones algunos rincones que necesitaban sanar y que se habían conmovido esa noche.

—Oh, no me digas que os ha subido el vino y os habéis puesto ñoñas —interrumpió Richard mientras avanzaba hacia nosotras—. Nos despistamos dos segundos para escoger una canción y os encuentro aquí llorando a moco tendido.

—Oh, cierra el pico, Richard. ¿Es que las chicas no podemos tener un momento emotivo de vez en cuando? —preguntó Michelle.

—Sí, pero por ahora, bailemos al son de los Spinners, mi doncella. —Richard le tendió la mano a su mujer y la cogió entre sus brazos mientras comenzaban a mecerse al son de «Could It Be I'm Falling in Love». Richard cantaba a Michelle mientras ella sonreía y se fundía contra su cuerpo como dos piezas de un puzle que encajaban a la perfección.

Entonces, Oliver se puso a mi lado y juntos observamos a sus padres enamorarse más y más el uno del otro.

—Esta fue la canción de su boda —dijo Oliver—. Papá la grabó, y fue la primera que bailaron juntos.

—Ay, Dios, qué tierno —observé maravillada. Eso sí que era amor.

—La bailan cada noche. En los días buenos y en los malos. Aunque sobre todo en los malos.

—Así es como quiero que sea mi amor —confesé. Oliver sonrió con timidez, pero no dijo nada. Me removí unos instantes antes de volverme hacia él una vez más—. ¿Quieres bailar conmigo?

El estómago se me llenó de mariposas, y tal vez era el coraje líquido lo que me había llevado a pedirle a Oliver que bailara conmigo. Todo lo que sabía sobre él me indicaba que lo más probable era que la respuesta fuese no. Desde su timidez a su incomodidad en ciertas situaciones. Pero, para mi sorpresa, me cogió de la mano y me abrazó contra su pecho.

Mis latidos se aceleraron cuando me apoyé de igual modo que Michelle con Richard. Como si fuéramos la pieza que le faltaba al otro.

Apoyé la cabeza contra su hombro mientras él se mecía conmigo y me abrazaba fuerte. Olía muy bien, como a humo y a madera de roble. Fue en ese preciso instante en que me di cuenta de que una de mis cosas preferidas en el mundo era estar muy cerca de Oliver. Me abrazaba como si no fuera a soltarme nunca. Y, tras balancearnos unos segundos más, comenzó a cantar la canción que había escuchado durante toda su infancia de manera distraída. Era mi músico favorito por una razón en concreto: cantaba con una facilidad increíble. A veces cuando hablaba se le enredaban las palabras, pero eso nunca le pasaba al cantar; como si fuera su primer idioma, y hablar el segundo.

Mientras cantaba la canción de los Spinners, me apretó más contra su cuerpo musculoso.

Y yo, en secreto, fingí que me la estaba cantando a mí.

22

Oliver

—Espero que esto te sirva —dije a Emery cuando le ofrecí un chándal y una camiseta de pijama. Estábamos en el pasillo, justo delante de la habitación donde iba a pasar la noche, en la que Reese estaba durmiendo. Mis padres ya se habían retirado y era más de medianoche.

—Es la segunda vez que me pongo tu ropa —bromeó mientras cogía las prendas—. Pronto empezaré a ir de compras a tu armario. Pero gracias, de verdad que te lo agradezco. Y te juro que por la mañana dejaré la cocina impecable.

—Eso no me preocupa en absoluto. Solo espero que hayas pasado una buena noche.

—Ha sido fantástica. Tus padres son maravillosos. Son la envidia de cualquier pareja. De verdad, me han animado tanto que ni siquiera me siento cansada todavía.

—Yo estoy igual. —Me metí las manos en los bolsillos y me balanceé—. ¿Quieres que intercambiemos canciones hasta que nos entre el sueño? A menos que te apetezca estar sola. Simplemente, me genera curiosidad conocer tus canciones favoritas.

—Me encantaría. Me voy a cambiar y te veo abajo.

—Hecho.

Fui al salón y reuní una serie de cosas para la sesión de música improvisada, entre ellas, algunas bebidas y un mazo de cartas. Me senté frente a la mesita de café y, en cuanto Emery apareció por la esquina, se me aceleró el corazón. Aunque parecía que estuviera nadando en mi ropa, de algún modo le sentaba a la perfección.

—Tu ropa es más cómoda que la mía —dijo mientras se acomodaba en la tela de mi camiseta.

Llevaba los rizos recogidos en un moño alto, grande y descuidado, excepto por dos mechones que le colgaban a ambos lados de la cara. Se había desmaquillado por completo y, de algún modo, estaba más hermosa que al llegar esa mañana.

Se sentó a mi lado y, cuando su pierna tocó la mía, pensé en cómo sería que sus labios rozaran los míos.

Luego se removió un poco mientras cruzaba las piernas y se ponía cómoda, miró el mazo de cartas y alzó una ceja.

—¿Vamos a jugar?

—Algo así. —Cogí el mazo y comencé a barajar—. Solía hacer esto con Alex cuando íbamos de gira y pasábamos horas en el bus. Sacábamos un mazo de cartas y cada símbolo correspondía a un tema. Luego teníamos que escoger una canción para dicho tema según la carta que hubiéramos sacado. Podemos escoger la canción de nuestras listas de favoritos. Lo único que necesitamos son cuatro temas. Pero si te sale el *joker,* es el comodín, y puedes poner cualquiera que te apetezca.

—Oh, esto va a ser genial. Vale. ¿Puedo escoger los temas?

—Adelante.

Se frotó las manos con una sonrisa pícara.

—Bien, los corazones serán canciones de amor. Los tréboles, canciones que te ponen a tope. Los rombos, canciones que te emocionan. Y las picas, deseos y esperanzas. ¿Qué te parece?

—Perfecto. —Terminé de barajar y dejé el mazo sobre la mesa.

—Pero voy a añadir una regla al juego. Tenemos que explicar un poco por qué hemos escogido la canción, y cuando acabemos de jugar cada uno puede hacer una pregunta. Puede ser de cualquier tipo, todo vale.

Mi ansiedad comenzó a dispararse ante esa idea, pero la mayor parte de mi cerebro quería formularle la pregunta que había estado rondando por mi mente durante las últimas semanas.

—Hecho. Las damas primero.

Emery alargó la mano hacia el mazo y sacó una carta. Rombos.

—Directa a los sentimientos —dijo riendo, y, Dios, cuánto me gustaba ese sonido. Cogió el móvil y comenzó a buscar en la lista mientras se mecía de un lado a otro y sonreía a las canciones que tenía delante.

—Vale, ¡lo tengo! —La canción comenzó a sonar y la reconocí al instante, quizá porque también estaba en mi lista. «Trying My Best», de Anson Seabra—. Esta es para todas las veces que siento que le estoy fallando a Reese como madre. Ella me mira como si fuera la mejor persona del mundo, pero le he fallado demasiado. Aunque, al fin y al cabo, de verdad estoy haciendo todo lo que puedo.

—Eres una madre genial. Y, créeme, sé bastante de padres geniales.

—Ojalá pudiera ser la mitad de buena que los tuyos.

—Pues lo eres. El amor de mis padres suena fuerte cuando el mío propio está callado. Así es como quieres tú a Reese. La quieres más fuerte que nadie.

Emery sonrió, y pensé en besarla. Inclinarme sobre ella, rodearla con mis brazos, y probar el sabor de sus labios contra los míos.

—Vale, ahora estás intentando hacerme llorar, ¿a que sí? —bromeó mientras me acercaba el mazo—. Te toca, antes de que las lágrimas empiecen a correr.

Saqué una pica. La primera canción que me llamó la atención de la lista: «Tha Crossroads», de Bone Thugs-n-Harmony. No podía escucharla sin mover el cuerpo. Resultaba evidente que a Emery le pasaba lo mismo, porque levantó las manos y se puso a bailar.

—Mi padre nos hizo escuchar a Bone Thugs cuando teníamos unos diez años. Esta fue la primera canción que nos puso, y todavía me puede.

—Dios, sin duda es un clásico. Aunque mis padres nunca me habrían dejado escuchar esta música. Sinceramente, si me hubieran pillado con esto, habrían puesto el grito en el cielo y sacado el agua bendita. Es curioso lo diferentes que fueron nuestras infancias.

—Mi padre siempre ha creído que la música es una forma de enseñar. Cada canción tenía una historia, buena o mala, y él pensaba que era una buena manera de que aprendiéramos sobre la naturaleza humana.

—Es oficial, tienes el padre más guay del mundo.

No se equivocaba.

Sacamos más cartas, y nos fuimos dando cuenta de que muchas de nuestras canciones favoritas coincidían. Y me encantaba que me mostrara las que no conocía. «Two Ghosts», de Harry Styles, por ejemplo. Digna de oír. Cuando puso a Jhené Aiko y HER, supe que me atraía más de lo que podía expresar en palabras. Lo que más me gustaba de Emery era lo diversa que era su lista de canciones. Pasaba de Frank Sinatra a Erykah Badu sin un instante de vacilación. No se podía encasillar a Emery Taylor porque, cuando lo intentabas, te rompía los esquemas.

Una personalidad genial y un gusto musical impecable.

—Picas —suspiró mientras dejaba la carta delante de mí—. Deseos y esperanzas, ¿verdad? Voy a darle caña y a seguir a mi corazón *country.* «My Wish», de Rascal Flatts.

—¿Y eso qué es?

Abrió la boca y me golpeó el brazo.

—¿Estás de coña? Ni más ni menos que una de las mejores bandas de *country* de principios de los dos mil. Mi hermana estaba enamorada de ellos. Cuando nos escondíamos para escuchar música, siempre ponía esta canción o «God Bless the Broken Road».

Arrugué la nariz.

—Creo que es demasiado *country* para mí.

—Te acabará gustando, espera y verás. —Bostezó, y estaba claro que nos acercábamos al final del juego porque el agotamiento comenzaba a apoderarse de ambos.

—Una más, y luego las preguntas —dije mientras alargaba la mano para coger una carta. Rombos. Había tenido la suerte de esquivar la de los sentimientos durante casi todo el juego, pero ahí estaba, en la última canción de la noche.

Emery se irguió un poco mientras escuchaba los primeros acordes de la canción.

—Oh, ¿qué es?

—Se llama «Godspeed», de James Blake. —Me froté la nuca y traté de mantener mis emociones bajo control—. Mi hermano y yo nos enviábamos una canción cada día, pasara lo que pasase. Esta fue la última canción que compartió conmigo.

Los ojos de Emery se empañaron y ni siquiera intentó contener las lágrimas. Me apretó la mano con suavidad.

—Lo siento, Oliver. Sé que te lo dicen a menudo, pero lo siento muchísimo.

Compuse una sonrisa tensa y me encogí de hombros.

—No pasa nada.

—Sí. Sí que pasa.

Tenía razón.

Escuchó la canción con los ojos cerrados y las lágrimas seguían rodando por sus mejillas. Vi cómo sucedía: no solo escuchaba la letra, sino que la sentía. Estaba dejando una huella en su alma, de la misma manera que ella hacía conmigo.

Cuando la canción llegó a su fin, abrió sus hermosos ojos y tomó mis manos entre las suyas.

—¿Puedes ponerla otra vez?

Y lo hice.

La vida es extraña. Durante los últimos meses no había sido capaz de poner esa canción sin sentir que me estaban arrancando el corazón del pecho. Sin embargo, tener a alguien con quien escucharla, tener a Emery allí, que sintiese la canción, la letra, la historia detrás de ella, lo que significaba para mí... hacía que doliera menos. Como si estuviera compartiendo la carga conmigo.

Cuando estaba con ella, me sentía menos confundido, triste y solo.

—Gracias por compartir esto, Oliver. Significa mucho para mí.

—Gracias por escuchar.

Se enjugó las lágrimas de los ojos y se aclaró la garganta.

—Bueno, es la hora de las preguntas. ¿Empiezo yo?

—Sí.

—¿Por qué tapas los espejos?

Hice una mueca y me removí un poco, pero no le solté las manos. No me habría atrevido a abandonar su caricia.

—Resulta difícil mirarme al espejo. Es como si estuviera mirando a mi hermano.

—Me imaginé que se trataba de eso. Lo entiendo, pero... y no pretendo ofenderte ni nada por el estilo, pero pienso que podría ser una especie de regalo, ¿sabes? Ver a tu hermano cada vez que te miras a los ojos. Como si una parte de él siguiera viva dentro de ti.

—Nunca lo había pensado de esa manera.

—Sí. Tal vez sea una estupidez, pero mi mente funciona así.

—Pues me gusta.

Le apreté las manos con suavidad.

Ella ladeó la cabeza y no apartó la mirada.

—Vale, ahora te toca preguntar.

—¿Reese no conoce a su padre? ¿No forma parte de la familia?

Al instante, Emery se enderezó y una mirada lúgubre llenó sus ojos. Sus manos se apartaron de las mías, y me di cuenta de que tal vez esa era la única pregunta que no debería haber formulado.

—Lo siento, no pretendía...

—No, no. No pasa nada. He dicho que podíamos preguntar cualquier cosa —dijo con una sonrisa—. Sí que me ha salido el tiro por la culata...

—No hace falta que contestes.

—No, no pasa nada. Es solo que no hablo mucho del tema, así que me cuesta bastante. Pero, no. No conoce a su padre. Y yo tampoco lo conozco. No tengo la menor idea de quién es.

Sentí que se me encogía el pecho y entrecerré los ojos.

—¿Fue un rollo de una noche o algo?

Emery negó con la cabeza.

—No. Quiero decir que nunca lo he visto. No tengo la menor idea de quién es, qué aspecto tiene, ni nada sobre él.

¿Cómo era eso posible? ¿Qué se me escapaba?

Emery debió de ver la confusión en mis ojos, porque me miró con el gesto más triste que nunca había esbozado.

—Reese no es mi hija biológica, sino de mi hermana.

23

Emery

Hace cinco años

Iban a repudiarla antes de que pudiera abrir la boca. Lo supe desde que Sammie me confesó que estaba embarazada. Ella también lo sabía. Ese era el verdadero rostro de nuestros padres. Formaban y consolidaban su juicio antes de ofrecer compasión, sin importar el contexto. Theo y Harper Taylor no tenían nada de *millenials,* pero eran expertos en la cultura de la cancelación. Dieron la espalda a mi tía Judy por divorciarse. Rechazaron al director del coro de góspel por publicar en internet fotos suyas en un concierto de Drake.

Mostraban su desprecio a los niños que celebraban Halloween.

Nunca había conocido a dos personas que juzgaran tanto como rezaban: cada mañana y cada noche.

Sammie estaba a mi lado en el sofá, en el salón de mis padres, completamente petrificada. Yo me había marchado dos años antes para asistir a la escuela de cocina en Los Ángeles. El día que me fui de casa tenía demasiados conflictos internos. Aquella noche, ya en la residencia, lloré por dos motivos. Primero, porque mamá no podría seguir atacándome cada día con sus palabras de decepción por cualquier motivo, y papá no alzaría esa mano reprobatoria ante mí.

El segundo llanto fue por Sammie. Con mi partida, se quedó sola y sin refugio al que escapar cuando necesitara esconderse. En el pasado, las veces que nuestros padres eran demasiado duros, Sammie se escabullía en mi habitación y nos poníamos música en el portátil y compartíamos los auriculares. A mamá no le gustaba que escucháramos nada que no fuera góspel, por eso siempre nos asegurábamos de hacerlo solo por la noche, cuando ellos ya se habían quedado dormidos.

En aquella época, nuestros artistas favoritos eran Alex y Oliver. Hacían música *soul* mezclada con pop que huía de cualquier cliché. Era cierto que solo habían sacado dos discos, pero esos discos sanaban cada uno de los pedazos rotos de nuestros corazones.

No sabía por lo que iba a pasar mi hermana sin tenerme en casa con ella. A diferencia de mí, Sammie era muy sensible. Mientras que los juicios de nuestros padres no me afectaban, porque ya estaba curtida, sabía el impacto que sus palabras tenían en mi hermana y cómo infectaban su mente.

Desde pequeña comprendí la manera en que esos malos pensamientos actuaban, así que me esforcé al máximo para mantener la mente despejada. Pero Sammie no era así. Se preocupaba por lo que los demás pensaban de ella. Lo que más le importaba era complacer a la gente y hacía lo necesario para conseguir que todo el mundo la quisiera, en especial nuestros padres.

Lo peor era que ansiaba ser querida y aceptada por dos personas incapaces de darle lo que ella buscaba. Mis padres eran dos narcisistas que escondían su verdadero rostro cruel detrás de la religión. Se esforzaban por condenar a la gente con sus creencias religiosas en vez de mostrarles amor.

La expresión de papá cuando mi hermana les contó la verdad fue lúgubre. En un primer momento, Sammie había acudido a mí para pedirme que estuviera a su lado, por lo que conduje desde California hasta Oregón para acompañarla.

Se había quedado embarazada con dieciocho años. Aunque la considerasen mayor de edad, no era más que una niña. Para un mundo tan cruel como el nuestro, resultaba inocente y delicada en exceso.

Esperó una semana antes de contarle a nuestros padres lo del embarazo. Pasaron siete días hasta que se sintió preparada para compartir la noticia de su vida. Me daba rabia que lo hubiera contado con la esperanza de que nuestros padres le dieran el consuelo que su alma pedía a gritos. En su lugar, solo recibió asco.

—Eres una estadística —comentó mamá—. Te educamos bien y te motivamos para que te convirtieras justamente en lo contrario de esto. Ibas de camino a una de las mejores universidades y lo has echado por la borda. ¿Por qué? ¿Por este error?

—Mamá, cálmate… —comencé, pero me interrumpió de inmediato.

—No te metas en esto, Emery. Dios sabe que seguro que has sido tú quien ha influenciado a tu hermana para que actúe de esta manera.

—Espera, ¿qué?

—¿Crees que no encontré el paquete de cigarrillos bajo tu colchón después de que te fueras a la universidad? No has dado más que problemas desde el principio, y la pobre Sammie debe de haber imitado algunas de tus actitudes pecaminosas.

—Esto no tiene nada que ver con Emery, mamá. De verdad —me defendió Sammie, pero estaba perdiendo el tiempo. No era ningún secreto que mis padres me consideraban la niña problemática y a Sammie, la santa. Hacía muchas lunas que lo había aceptado.

—¿Es de Devin? —preguntó mamá. Papá estaba de pie detrás de ella con los brazos cruzados y una mirada gélida en los ojos. La mayoría de la gente temía a sus padres cuando hablaban, pero a mí me pasaba todo lo contrario. Su silencio me aterraba más que ninguna palabra. Mi padre podía hacer que una persona se sintiera miserable solo con un parpadeo.

Y, para él, yo siempre había sido insignificante.

Sammie no contestó a la pregunta de mamá, pero lo único que tenía sentido era que el bebé fuera de Devin.

El chico era el hijo del pastor, el que algún día se haría cargo de la iglesia, y él y Sammie eran novios desde el instituto. De todos los chicos del mundo, Devin era el único que nuestros padres aceptaron para salir con Sammie. A mí no me permitieron salir con nadie en el instituto, pero a Sammie sí, porque había encontrado a ese buen chico beato.

Si había alguien a quien el embarazo pudiera afectar más que a nuestros padres, era a los de Devin; la perfecta definición de lo estricto. Me habría sorprendido que el pobre supiera siquiera lo que era el sexo. Seguro que la reacción de mis padres era sosegada en comparación con la de los suyos.

—¿Sabes lo que significará esto para la vida de ese muchacho? Vas a arruinarle el futuro —la regañó mamá. En ese momento, la odié un poco. Mis padres eran más leales a la Iglesia que a sus propias hijas—. ¿Qué pensará la gente de nosotros?

—N-no es de Devin —admitió Sammie con voz temblorosa.

Todos abrimos los ojos, impactados. Era, cuanto menos, una sorpresa.

Mamá alzó una ceja.

—Entonces, ¿quién es el padre?

Sammie bajó la cabeza y no dijo nada.

Su actitud solo empeoró las cosas.

Mamá compuso una mueca de asco en silencio.

—No lo sabes, ¿verdad? Has estado yendo por la ciudad como una fulana…

—¡Mamá! —grité asqueada.

—No te metas en esto, Emery. Ni siquiera sé qué haces aquí. No queremos que formes parte de esta conversación —dijo con una frialdad extrema—. Hace mucho que no queremos que estés aquí.

El aire se escapó de mis pulmones. Aquello me había dolido. Sentí como si mamá me hubiera propinado un puñetazo en mitad del pecho.

Mientras que papá nos maltrataba con la mirada, el poder de mamá residía en sus palabras. Había pasado toda la vida trabajando en una biblioteca y sabía cómo usar las palabras para hacer daño. Si tan solo hubiese aprendido algo de su Biblia, entonces, tal vez, las cosas serían un poco diferentes.

Llamar fulana a su hija y decir a la otra que no la querían me parecía bastante impío, pero ¿quién era yo para juzgar algo como eso?

—No le hables así —espeté.

—Vigila tu tono, Emery Rose —ordenó mi madre de inmediato.

—Vigila tus palabras —respondí mientras apoyaba la mano sobre el antebrazo tembloroso de Sammie. Quería que sintiera que me tenía cerca y que no estaba sola.

Los ojos de mamá, negros como el carbón, se clavaron en los míos. Odiaba lo mucho que me parecía a esa mujer. Desde los ojos de cierva hasta los labios gruesos y el pelo crespo, éramos idénticas. Además, envejecía muy despacio y, a menudo, podía parecer mi hermana mayor. Odiaba ver su rostro cuando me miraba al espejo. Ese rostro nos había despreciado a mi hermana y a mí durante demasiado tiempo, hasta el punto en que su mohín desataba algo trágico en mi pecho.

Mamá entornó los ojos.

—No vengas a hacerte la listilla con tus ademanes de universitaria, Emery. Puede que ya no vivas bajo mi techo, pero no permitiré que pongas los pies en esta casa y te comportes como si fueras no sé qué mujer independiente que estuviera conquistando el mundo. No te olvides de quién está pagando tu vida de libertades en California.

Me disponía a discutir con ella porque, a diferencia de Sammie, no me daba miedo plantarle cara a mi madre, pero, antes de que las palabras pudieran salir de mi boca, mi padre alzó una mano severa hacia mí y me hizo callar.

Enmudecí al instante. Aunque mamá no me daba miedo, mi padre tenía la capacidad de intimidarme con un simple gesto. Ni siquiera hacía falta que dijera nada. Le bastaba con levantar la mano para acallar la situación y hacer que los escalofríos me recorrieran la columna de manera perturbadora.

A mi padre nunca le caí bien. Sammie siempre me llevaba la contraria cuando lo decía, pero solo intentaba ser amable. Para mí estaba claro como el día que mi padre no sentía una pizca de amor por mí, pero sí quería a mi hermana.

Mientras yo me parecía a mamá, Sammie era idéntica a papá. Tenían la misma nariz, las mismas orejas y los mismos hoyuelos. Ambos eran altos y delgados. Su piel morena era bastante más clara que la mía y la de mamá. Además, no solo tenían en común el aspecto físico, también compartían muchas aficiones. Les encantaba ver deportes juntos. Estaba casi segura de que Sammie se había apuntado al equipo de baloncesto solo para complacer a mi padre.

Una noche, después de ganar un partido en el que había marcado más tantos que nadie, Sammie me confesó que ni siquiera le gustaba jugar. Cuando la animé a dejarlo, se rio, y me aseguró que papá nunca la perdonaría si abandonaba la cancha.

Mi hermana estaba tan obsesionada con complacer a nuestros padres que no dedicaba ni un instante a complacerse a sí misma.

Excepto cuatro meses atrás, cuando por fin se soltó la melena y se permitió ser libre.

Y fue entonces cuando todo se torció.

—Explícate —ordenó mi padre a Sammie.

Entonces, Sammie levantó los ojos de la alfombra que había estado mirando fijamente durante los últimos diez minutos. Sus labios se separaron para hablar, y odié la manera en que mis padres la miraron, parecía que no fuera su hija.

¿Cómo podíamos haber nacido de dos personas tan crueles?

Me quedé de pie cerca de Sammie y le apreté la mano, para que no olvidara que no estaba sola.

—Estoy aquí, Sammie —susurré. Me devolvió el apretón con suavidad, y entonces comenzó a hablar mientras todos la escuchábamos con atención.

—Fui a una fiesta con unas cuantas chicas del equipo de baloncesto. Sé que no debería haber ido, pero quería sentirme como una persona normal durante una noche. Así que me relajé. Había…, había un chico… —susurró en voz muy baja y temblorosa.

Me erguí más y ladeé la cabeza.

—¿Qué pasó?

—Me preguntó si quería acostarme con él. Le dije que no. Sé que no me estaba comportando como siempre, pero mi respuesta fue que no. Una y otra vez, se lo repetí mientras me sujetaba…, me desnudaba…, me…

¿Violaba…?

«No. Sammie no. Mi hermanita, no».

—¿Sabes quién es, Sammie? —pregunté, la sangre me hervía de rabia.

—No…, era un universitario. Por eso empezamos a hablar. Me contó que era de los mejores en su universidad, que le encantaba vivir lejos de casa y que a mí también me gustaría. N-nunca pensé que…, pensé…

Sus palabras flaquearon y el dolor en sus ojos castaños se hizo más profundo que el océano.

—¿Te hiciste pruebas por si tenía alguna enfermedad? —pregunté—. ¿Fuiste al hospital?

Ella negó con la cabeza.

—No. No…, no pretendía que pasara…

—¿Te estabas exhibiendo? —preguntó mamá.

—¡Mamá! —salté mientras la rabia atravesaba el cuerpo. Toda mi mente se retorció por completo ante la pregunta de mi madre. ¿Qué demonios tenía eso que ver con nada de lo que Sammie nos estaba contando?

—Contéstale —ordenó papá.

Sammie negó de nuevo con la cabeza.

—No, solo estaba pasando el rato con mis amigas, Susie y Ruby.

Mamá resopló.

—Esas pecadoras que no hacen nada más que jugar con el móvil durante el servicio. Por supuesto. ¿Estuviste bebiendo en la fiesta? ¿Qué diablos te hizo pensar que tenías que estar siquiera en una fiesta? ¿Tienes idea de en qué lugar dejará todo esto a Devin? ¿Cómo nos hará quedar a nosotros? Señor, dudo que podamos volver a poner un pie en esa iglesia.

—¿Estás de coña? —salté—. ¿No habéis oído lo que le ha pasado a Sammie? ¿Lo que acaba de contarnos?

Ambos me ignoraron. Me miraron como si no existiera. En vez de preocuparse por la iglesia, deberían haberse sentido horrorizados por el trauma que sufría su hija.

—Yo..., yo... —Sammie respiró hondo mientras yo entrelazaba mis dedos con los suyos y le apretaba la mano con suavidad. «Sigo aquí, Sammie. No estás sola»—. Las chicas del equipo de baloncesto me organizaron una fiesta por mi decimoctavo cumpleaños. Fue una sorpresa. Ni siquiera lo sabía hasta que llegué.

—¿Bebiste? —preguntó mamá.

—No, señora.

—¿Tomaste drogas?

—No, señora.

—Pero fuiste lo bastante estúpida como para dejar que un chico se aprovechara de ti porque estabas corriendo por ahí como una fresca con las zorras de tus amigas. Es que de verdad, Samantha Grace, ¿qué esperabas que pasara? Básicamente estabas invitando a esos hombres...

—Cállate, Harper —la cortó papá, que regañó a su propia esposa. No me sorprendió que le dijera que cerrara la boca, porque mi padre era un profesional en humillar a mi madre. La menospreciaba cada vez que tenía oportunidad. Si la disfuncionalidad fuera una historia de amor, habría sido la de Theo y Harper Taylor—. Ya me estoy cansando de tus monólogos.

Mamá no abrió la boca. La vergüenza cubrió su rostro. La única persona en el mundo que conseguía que se sintiera insignificante era papá, y se aseguraba de hacerlo cada vez que tenía ocasión. Ella también soportaba sus palizas verbales. Casi como si no conociera alternativa. Parecía una persona que no le temía a nadie. Juro que a veces pensé que podría encararse con el mismísimo diablo sin inmutarse. Pero ante papá siempre caía de rodillas, sumisa.

El paradigma de la toxicidad.

Al menos había conseguido que dejara de maltratar a Sammie. Parecía que estaba haciendo lo correcto hasta que volvió a hablar.

—Tienes que marcharte —dijo papá con la mirada clavada en mí.

Alcé una ceja, confundida.

—Creo que Sammie me necesita aquí.

—No estaba hablando contigo, Emery, sino con tu hermana. Samantha, tienes que hacer las maletas y marcharte.

—Qué…, pero, papi… —Los ojos de Sammie se llenaron de lágrimas. Siempre lo llamaba «papi», porque era su princesita.

—No me llames así —espetó. Los ojos de mi padre, que tan a menudo la miraban con puro amor, estaban ahora llenos de repulsión—. Haz las maletas y márchate. No pienso quedarme aquí sentado mientras exhibes tus errores delante de mí, por toda la ciudad, y arruinas nuestra reputación. Vete.

Los ojos de mamá se suavizaron durante una milésima de segundo antes de volverse de hielo como los de papá.

¿Cuándo había ocurrido?

¿En qué año se habían convertido mis padres en unos monstruos que repudiaban a sus hijas?

¿Cuándo se habían entregado a la oscuridad mientras fingían alabar a Dios?

—¿A dónde…, a dónde iré? —preguntó Sammie con la voz quebraba por el miedo.

—¿Qué tal a casa del chico que hizo esto? Eso no es asunto nuestro, ¿no crees? —espetó mamá con palabras que estaban cargadas de asco. Le dio la espalda a Sammie, como si el simple hecho de mirar a la hija que había traído a este mundo fuera demasiado para su alma.

Papá no tardó en hacer lo mismo. Sin pensarlo, Sammie corrió junto a él y se derrumbó. Se arrojó a sus pies y le abrazó las piernas, rogando, suplicando que lo reconsiderase. Rezando para que cambiase de opinión y no renegase de la única hija que al parecer no lo había decepcionado.

—Papi, por favor, no lo entiendes. Lo siento. Lo siento, es solo que…

—Suéltame, Samantha —ordenó con voz ronca y cruel. Mi padre no había fumado ni un solo cigarrillo en su vida, pero su voz tenía la aspereza de alguien que hubiera gastado un paquete al día desde hacía cuarenta años.

—No. No pienso soltarte. Por favor, papi. Lo siento. Te quiero, papi, y podemos arreglar esto. Haremos lo que haga falta. Por favor. Por favor —lloró Sammie y, con cada ruego, mi corazón se partía más por ella.

Papá no mostró ninguna señal de compasión, solo asco.

Caminé hasta ella y apoyé mi mano en su brazo.

—Suéltalo, Sammie. Venga. Vámonos.

—No. No pienso soltarlo. Mírame, papi. Por favor —suplicó, sin embargo, él no se movió. ¿Qué clase de monstruo podía ser tan cruel?

—Levántate, Sammie, por favor. —Tiré de su brazo—. No tienes por qué rogar por el amor de nadie. Ni siquiera por el suyo.

—Tú también deberías marcharte —dijo papá.

—Créeme, pienso hacerlo. Ni siquiera quiero estar aquí.

Cuando conseguí que Sammie le soltara la pierna y se pusiera de pie, papá por fin reunió el coraje suficiente para mirarla.

—Esto te lo has ganado tú sola. —Y, con eso, mamá y él salieron de la habitación.

Había algo profundamente repugnante y vil en los dos seres humanos que nos criaron.

Todo el cuerpo de Sammie estalló en temblores incontrolables. Un llanto pesado escapó de entre sus labios mientras se tapaba la boca desesperada. Si yo no hubiera estado allí, se habría derrumbado en el suelo y desintegrado en mil pedazos. De no ser por mí, habría tocado fondo antes siquiera de asimilar que estaba cayendo.

Pero me encontraba ahí mismo, y cayó en mis brazos.

—Te tengo, Sammie. Te tengo —prometí. Se agarró a mi camisa y comenzó a sollozar.

—¿A dónde voy a ir? —lloró. Era tan joven, tan inocente, apenas estaba empezando a vivir. Se suponía que tenía que ir a la universidad en otoño y respirar un poco de libertad lejos de nuestros padres. Se suponía que iba a ser médico. Se suponía que iba a triunfar como yo jamás lo haría.

Sammie había logrado complacer a mamá y a papá haciendo justo lo que esperaban de ella. Iba a la iglesia cada domingo y los miércoles a estudiar la Biblia. Era voluntaria en comedores benéficos los fines de semana y durante todos sus estudios siempre había sacado excelentes. Además, en verano, participaba en misiones. Mi hermana era excepcional en todos los aspectos posibles. Aunque fuese la pequeña, admiraba a Sammie y su habilidad de triunfar con una sonrisa en los labios. Siempre fue la definición del éxito. Era la hija perfecta y, cuando más necesitaba a nuestros padres, ellos se deshicieron de ella como si no valiera nada.

—Conmigo —prometí mientras la abrazaba con fuerza y la consolaba como deberían haberlo hecho nuestros padres—. Te quedarás conmigo en la residencia. Luego, en cuanto podamos, alquilaremos un piso juntas. No te preocupes, Sammie. No estás sola en esto. Nunca lo vas a estar.

No respondió, porque sus lágrimas requerían toda su atención. Su cuerpo temblaba mientras la acompañé al dormitorio de su infancia para recoger las cosas esenciales que nos íbamos a llevar. Hice sus maletas, porque estaba demasiado conmocionada para ponerse con eso.

Cuando terminé de guardar sus cosas, la acompañé hasta el coche y la senté en el asiento del conductor.

—Voy a buscar la última maleta. Ahora mismo vuelvo —dije.

No contestó, tenía la mirada fija en el cielo que se oscurecía ante nosotras.

Regresé al interior de las cuatro paredes que me habían visto crecer y me detuve en la entrada cuando vi a mamá, que arrastraba la maleta hasta la puerta. Tenía una mueca de desagrado en los labios que la hacía parecer diez años más vieja de lo que era.

—Toma —dijo mientras me arrojaba la maleta.

No dije nada, porque sabía que si hablaba no saldría una palabra decente de mis labios. Estaba frente a una mujer que no tenía amor en su corazón. Sabía que sería inútil discutir con ella.

—Sabes, tú le has hecho esto —declaró mamá, lo que hizo que me diese la vuelta para mirarla.

—¿Disculpa?

—Esto es culpa tuya. Eres un mal ejemplo para tu hermana. Siempre has sido una niña problemática, y ella ha tenido que verte crecer. Tus pecados la han infectado.

Entrecerré los ojos, estupefacta por sus palabras.

—Perdona… ¿Estás encontrando de algún modo la manera de culparme de que Sammie se haya quedado embarazada?

—Cuando el río suena… Si no hubiera sido por ti, ni siquiera habría sabido de este tipo de cosas.

Me reí.

—¿Te refieres a las fiestas? Lo siento, madre, estoy bastante segura de que habría descubierto lo que son las fiestas sin mí.

—Tus pecados la han conducido hasta aquí. Es culpa tuya. Estoy segura de que la ropa que llevaba esa noche la encontró en tu armario.

Abrí la boca mientras el *shock* me atravesaba.

—¿Qué tiene eso que ver?

—Si estaba exhibiéndose de manera provocativa, eso hizo que los chicos…

—¿Pero a ti qué te pasa? —espeté, interrumpiéndola. No soportaba las ideas extremistas de mamá. ¿Intentaba humillar a la víctima? ¿Culpaba a mi hermana del acto espantoso que le había sucedido a su cuerpo, a su alma?

¿Cómo se atrevía?

—En realidad, aunque Sammie hubiera entrado en aquella fiesta en cueros, ese animal no habría tenido motivos suficientes para ponerle la mano encima. La violó, mamá. Un chico repugnante se aprovechó de mi hermana, y violó su alma. Violó su corazón. Y por algún motivo dices que ella tiene la culpa de lo que le sucedió, ¿por la ropa que llevaba? ¿Estás loca?

—No fue solo la ropa. Ella se puso en esa situación al asistir a una fiesta. Se convirtió en una presa. Si no hubiera…

—¿Si no hubiera qué, exactamente? ¿Existido? ¿Preferirías que viviera en una burbuja? ¿Preferirías que fuera vestida con un saco de patatas? Estás como una puta cabra y…

Paf.

La palma de mamá me cruzó la mejilla e hizo que me tambaleara hacia atrás. El corazón se me aceleró a la vez que la conmoción me inundaba. Aunque mi madre era una persona cruel, nunca me había puesto la mano encima. No había cruzado esa línea jamás.

—Mamá —dije con voz ahogada mientras las lágrimas me llenaban los ojos.

—Ni se te ocurra venir a mi casa a maldecir como si hubieras perdido el juicio. ¿Cómo te atreves, Emery? Este es un hogar devoto.

Estaba loca de atar. Ajena por completo a las verdades que la rodeaban.

—Espero no volver a verte nunca —susurré antes de alejarme con la mano todavía apoyada en la mejilla, que me ardía. No podía seguir escuchándola, joder, ni siquiera mirarla. Además, Sammie me necesitaba. No tenía tiempo para lidiar con la maltratadora de mi madre.

Condujimos hasta California en completo silencio, porque no tenía las palabras que mi hermana necesitaba. Ya era muy tarde cuando llegamos a la residencia, y Sammie se negó a comer nada. Yo tampoco cené. En ese sentido, nos parecíamos; si tenía un nudo en el estómago, a mí también me dolía.

Nos tumbamos en la cama individual, la una junto a la otra, con la mirada clavada en el techo y sin mediar palabra. Alargué la mano para coger el móvil y los auriculares, y le tendí uno a Sammie mientras me colocaba el otro en la oreja. Sin decir nada, puse el primer disco de Alex y Oliver, el que me había ayudado a superar muchos de los momentos más difíciles de mi vida. De algún modo, las voces de Alex y Oliver Smith tenían el poder de curarte a través de los auriculares. Sus palabras sanaban partes de mi alma que ni siquiera sabía que estuvieran rotas.

Seguimos calladas, pero las lágrimas rodaban por las mejillas de Sammie mientras sus ojos permanecían cerrados y el poderoso dúo iba tranquilizándola.

Se quedó dormida en mis brazos, pero yo no pude hacer lo mismo. No después de saber lo que le había pasado a mi inocente hermana. El aliento de Sammie se escapaba por sus labios entreabiertos. Estudié las ojeras bajo sus ojos, hinchados de tanto llorar.

En ese momento, me prometí a mí misma que nunca la abandonaría como habían hecho nuestros padres.

Estaría a su lado en cada tormenta, pasara lo que pasase.

24

Emery

Presente

Nunca había compartido con nadie la verdad sobre Reese, aparte de con Abigail. Mientras le contaba a Oliver la historia de lo ocurrido con Sammie, sentía que una llamarada me incendiaba el pecho. Me escuchó con atención, en sus ojos no había juicio alguno.

Cuando la narración me conmovía, cuando necesitaba consuelo, él me lo daba envolviéndome en un abrazo. Sentía que en ese preciso instante era el lugar más seguro en el que descansar.

—Sammie no ha sido la misma desde que se fue. Hablamos de vez en cuando, pero sé que las cosas han cambiado. Se marchó para encontrarse a sí misma, y no la culpo. Yo también habría querido huir. Pero lo odio. Odio que se encierre en sí misma cuando la necesito. Y, después, igual que hoy, me habla como si no hubiera pasado nada o tuviera que fingir que todo va genial cuando no es así. Lo odio.

—Es un peso enorme para responsabilizarte sola.

—Estoy bien —aseguré con una sonrisa a la vez que me secaba la cara—. Dios, no esperaba acabar llorando tanto esta noche.

—No pasa nada. No me importa.

—Seguro que se debe al vino. Y, por cierto, será mejor que duerma un poco antes de que te cuente toda la historia de mi vida. —Me levanté del suelo y Oliver me imitó.

—Te acompaño a tu habitación —ofreció.

Asentí, pues no quería desaprovechar la oportunidad. Cuando llegamos al dormitorio, me detuve y me volví hacia él.

—Reese no sabe que no soy su madre biológica. De modo que, si pudiera quedar entre nosotros…

—Tus secretos están a salvo conmigo, Emery.

Sus palabras calmaron el dolor.

Entonces, se metió las manos en los bolsillos del pantalón y me miró con una arruga en el ceño.

—¿Estás bien?

Debería haber mentido, pero al parecer no era algo que hiciéramos entre nosotros.

—No.

—¿Puedo abrazarte otra vez?

Suspiré y susurré:

—Por favor.

Entonces, cuando sus grandes brazos envolvieron mi cuerpo, me relajé y aspiré su aroma. Nos quedamos así durante unos minutos, tal vez cinco, tal vez diez. El tiempo suficiente como para recomponerme. El tiempo suficiente como para enamorarme de la idea de estar entre sus brazos.

Mientras me abrazaba, su boca se acercó hasta el borde de mi oreja, y pronunció unas palabras que me dieron escalofríos:

—Eres la mejor madre que Reese podría tener.

Eso hizo que lo abrazara aún más fuerte.

Cuando nos separamos, me ofreció su sonrisa rota y yo, la mía.

—Buenas noches, Em. Espero que duermas bien.

Después, cuando giró sobre sí mismo y comenzó a alejarse, separé los labios levemente y murmuré:

—Buenas noches.

Me desperté con un rayo de sol que me sacó de mi descanso nocturno. Al abrir los ojos, recordé que no estaba en mi cama, sino en la habitación de invitados de la casa de Oliver. Me giré, con la esperanza de encontrar a Reese todavía dormida a mi lado, pero en cuanto vi que no estaba, me levanté de un salto mientras la ansiedad me invadía.

Salí corriendo de la habitación con la misión de encontrar a mi hija.

—¡Señor Mith! ¡Necesitamos más pepitas de chocolate! —exclamó una voz familiar y, al instante, sentí alivio mientras me dirigía a la cocina. Allí, de pie delante de mí, vi a Oliver y a Reese con un bol y cubiertos de harina.

—¡Hola, mamá! —gritó Reese, que me saludaba con la mano y se metía pepitas de chocolate en la boca en vez de ponerlas en el bol.

—Buenos días —sonreí ante una cocina impecable que, en principio, tendría que haber limpiado yo esa misma mañana. Bueno, casi impecable, excepto por la harina y los huevos cascados fruto de sus hazañas culinarias matutinas—. ¿Qué estáis tramando vosotros dos?

—El señor Mith quería preparar tu desayuno favorito, ¡así que estamos haciendo tortitas con chocolate!

—Vaya, qué tierno. —Olfateé el aire—. Pero me parece que algo se está quemando.

—¡Ay, mierda! —exclamó Oliver mientras corría hacia el horno. Al abrirlo, una nube de humo llenó el espacio. Se puso un guante de tela y sacó la bandeja de beicon, crujiente, negro y quemado por completo.

—¡Tienes que meter otra moneda en el bote! —contestó Reese—. Puaj, señor Mith, eso apesta.

Oliver dejó la bandeja sobre el fogón y me sonrió con humor.

—Reese dijo que te encanta el beicon, sin embargo, dudo que te guste esto.

Me reí y me acerqué a ellos.

—Dejadme que os ayude.

—¡No! —exclamaron al unísono mientras agitaban las manos.

—¡Mamá! Queríamos prepararte el desayuno y llevártelo a la habitación. ¡Así que vuelve a la cama!

—Pero...

—¡A la cama! —ordenó Oliver indicando la dirección por donde había venido.

—Vale, vale —claudiqué y levanté las manos en señal de derrota—. Está bien. Pero no pienso comerme ese beicon.

Oliver cogió un trozo y lo mordió para dar su veredicto. Su mueca al masticar me hizo reír.

—Prepararé más beicon.

Volví al dormitorio y esperé otros veinte minutos a que llegara el desayuno. Cuando estuvo listo, ambos chefs entraron en la habitación con una bandeja adornada en la que encontré un jarrón con flores, una taza de café y un plato con las tortitas más extrañas que había visto en mi vida. El bote de sirope estaba junto a un bol de fruta.

—Toma, mamá. —Reese ayudó a Oliver a sostener la bandeja y luego me la colocó en la falda.

—¡Oh, vaya! Tiene una pinta estupenda —dije, radiante—. Nunca me habían traído el desayuno a la cama.

—¡Yo he recogido las flores de fuera! Y el señor Mith te ha hecho un beicon riquísimo.

—Ya lo veo. —Cogí un trozo y lo mordí—. Perfecto. Está supercrujiente.

Oliver se dio unas palmaditas en la espalda.

—A la tercera va la vencida.

—¿La tercera?

—No hace falta entrar en detalles —bromeó.

—Señor Mith, voy a comerme mis tortitas con tus padres y contarles que has quemado el beicon —dijo Reese mientras salía a toda prisa de la habitación. Esa niña solo sabía correr.

—¿El desayuno en la cama? ¿Qué he hecho para merecer esto?

—Mereces mucho más. Aunque te advierto de que, si encuentras cáscaras de huevo en las tortitas, es culpa mía.

Me reí.

—Deberías haberme preparado un sándwich de queso tostado.

—Lo haré la próxima vez.

Se acercó más y se sentó en el borde de la cama.

—¿Estás bien?

—Sí, dormir me ha ayudado. Gracias por lo de anoche. No sabes cuánto lo necesitaba.

—Siempre estoy aquí para escucharte. —Se frotó la nariz con el pulgar, y yo estaba llegando al punto de identificar cuándo los pensamientos llenaban su cabeza sin que los exteriorizara.

—¿Qué ocurre?

—No es asunto mío, pero anoche mencionaste que tu hermana te había escrito y no habías contestado. Después de lo que me contaste, estoy seguro de que es efecto del trauma. No puedo imaginar por lo que ha pasado, y tampoco es algo que me corresponda. Sin embargo, sé que, si tuviera la oportunidad de volver a hablar con mi hermano, aunque fuera para discutir, la aprovecharía. La vida es corta, nada nos asegura que sigamos aquí mañana. Así que, si tienes la oportunidad de arreglar algo que está roto, no la dejes escapar.

Sus palabras impactaron en mi corazón mientras las asimilaba. Tenía razón. No hay ninguna garantía de que vayamos a seguir aquí mañana y Sammie había pasado por una situación trágica. No me correspondía juzgarla, sino quererla, aunque fuera desde la distancia.

Al terminar el desayuno, di las gracias a Oliver y, luego, fui al baño. Para mi sorpresa, descubrí que el espejo no estaba cubierto con una sábana. También comprobé el resto de las habitaciones y me di cuenta de que todos los espejos estaban destapados.

Como las olas, los progresos de Oliver iban y venían, no obstante, daba la impresión de que iba aprendiendo a surcarlas. Supuse que yo podría hacer lo mismo con Sammie y decidí llamarla.

Cogí el móvil y marqué su número.

—¿Hola?

—Hola, Sammie. Perdona, no vi tu llamada.

Se oyó un pequeño suspiro al otro lado de la línea y su voz sonó cargada de emoción cuando habló.

—Gracias por llamar.

Esa tarde conduje de vuelta, Reese estaba muy contenta porque había dejado que se llevara tres figuritas de acción de casa de Oliver. Cuando la acosté, cumplimos con nuestra rutina nocturna de oraciones.

Cuando terminamos, me incliné y le di un beso en la mejilla.

—Duerme un poco.

—Vale, mamá. —Apoyó la mano sobre mi corazón para copiar los latidos y yo hice lo mismo—. Te quiero —dijo en un bostezo.

—Yo también te quiero. Buenas noches.

Me levanté para marcharme, y Reese me llamó una vez más.

—¿Mamá?

—¿Sí, Reese?

—El señor Mith es muy simpático. Me gusta.

—Qué bien. Creo que tú a él también.

—Tal vez la próxima vez me deje volver a bañarme en su piscina.

Sonreí.

—Tal vez. Buenas noches.

—Buenas noches. —Unos segundos más tarde—: Oye, mamá.

—Dime, pequeñaja.

—¿A ti también te gusta el señor Mith?

Reí para mis adentros ante la inocencia de su voz y la profundidad de su pregunta.

—Y tanto que sí.

—Bien, porque creo que le voy a pedir que sea nuestro amigo la próxima vez que lo vea y, quizá, también pueda jugar a los superhéroes conmigo cuando vaya de visita.

—Parece un plan genial. Ahora descansa un poco, ¿vale?

—Vale, mamá. —Otra breve pausa—. Oye, mamá.

Suspiré y me pellizqué el puente de la nariz.

—¿Sí, Reese?

—¿Crees que el señor Mith está bueno?

Los ojos se me salieron de las órbitas.

—¿Cómo?

—Kelly me pidió que te preguntara si pensabas que estaba bueno, y dijo que, si te ponías colorada y te escandalizabas con la pregunta, significaba que sí. Así que supongo que es que sí.

Iba a matar a Kelly la próxima vez que la viera.

—Buenas noches, Reese Marie.

—Buenas noches, mamá. —Di un par de pasos antes de oír—: Oye, mamá.

—¿Sí?

—Te quiero.

Esta vez dejé escapar un suspiro de felicidad.

—Yo también te quiero.

25

Oliver

Emery y yo comenzamos a enviarnos dos canciones por día. Unas expresaban cómo nos sentíamos por la mañana y otras resumían nuestras emociones al caer la noche. Las escuché todas y cada una de ellas, porque así sentía que estábamos cerca incluso cuando no era el caso.

Cuantas más escuchábamos, más fuerte se hacía nuestra conexión.

Emery: Hoy he tenido que echar la bronca a las monitoras del campamento por dejar que unos críos se metieran con Reese. La canción del día es «Last Resort».
Oliver: ¿Reese está bien?
Emery: Sí. No creo que sepa siquiera que se están metiendo con ella. Ha dado la casualidad de que he aparecido justo cuando los niños la estaban criticando por su pelo. Se lo he dicho a los padres… y han asegurado que eran cosas de críos.
Oliver: Los niños aprenden lo que les enseñan sus padres de mierda.
Emery: Exacto. ¿Cuál es tu canción de la noche?
Oliver: «This City», de Sam Fischer. He leído unos comentarios negativos en internet que me han afectado un poco.
Emery: No. Te. Metas. En. Internet. O, al menos, lee solo lo bueno.

«Lo sé, lo sé».

Oliver: Kelly no para de pedirme que te haga una pregunta, pero todavía no he reunido el valor.
Emery: ¿Qué pregunta?

Comencé a escribir, lo borré, luego volví a escribir y lo borré de nuevo.

Emery: No hagas eso, no me dejes con el suspense. Dímelo.
Oliver: ¿Piensas en mí como yo en ti?

Pasaron unos segundos antes de que Emery volviera a escribir.

Emery: Depende. ¿Cómo piensas en mí?
Oliver: Como si encarnaras todo lo bueno del mundo en tu persona.

Ella comenzó a escribir, luego paró, luego comenzó y paró otra vez.

Esas pausas iban a acabar conmigo.

Emery: Pienso en ti como piensas en mí.

Un inmenso suspiro de alivio salió de lo más profundo de mi espíritu.

Emery: ¿Quieres saber algo raro?
Oliver: ¿Qué?
Emery: Creo que empiezo a echarte de menos cada día incluso antes de que nos separemos.

Mientras Emery y yo nos enamorábamos poco a poco, mi ruptura con Cam se complicaba cada vez más solo por culpa de su dramatismo. Resultaba que romper con una exnovia loca y narcisista no era suficiente cuando era famosa y tenía la habilidad de destrozar tu reputación en la prensa amarilla. Supuse que Cam se cansaría de las entrevistas, pero, por lo visto, le estaban dando la visibilidad que con tanta desesperación había anhelado.

Su nuevo pasatiempo favorito era cargarse mi imagen para hacer lucir la suya. Por eso, los rumores estaban tan fuera de control que incluso mi equipo comenzaba a recibir mensajes de acoso que afirmaban que yo era un capullo por haberle hecho daño a la niña de los ojos de América y que debería darles vergüenza trabajar para mí.

Fue entonces cuando decidí que tenía que hacer algo al respecto. Necesitaba conceder una entrevista. Y, joder, no quería.

—¿Estás seguro de que no hay otra manera? —pregunté a Tyler, sentado en el camerino de una de las mayores cadenas locales de entretenimiento.

—Es la única manera, tío. Sé lo mucho que te cuesta esto, pero quiero que sepas que todos te apoyamos. ¿Vale? —Se volvió hacia el diseñador encargado de vestirme esa mañana—. Por cierto, ¿podemos cambiar esa camiseta gris? Ponle algo azul claro. Le da un aspecto más amable. —Tyler se volvió de nuevo hacia mí y me dio unas palmaditas en la espalda—. Recuerda, Oliver, debes decir la verdad, ¿de acuerdo? Cam y sus trolas de mierda no tienen nada que hacer frente a la verdad. Yo te estaré animando desde fuera con Kelly y Emery.

—¿Emery? —exclamé sorprendido—. ¿Está aquí?

—Dijo que no pensaba perdérselo. —Tyler se miró el reloj—. Cámbiate y te veo ahí fuera en cinco minutos.

Me dio la camisa y salió escopeteado, de modo que me quedé solo en el camerino. Yo, yo mismo y mi cerebro hiperactivo. Después de cambiarme en un segundo, me senté frente al espejo, algo a lo que me había vuelto a acostumbrar desde hacía poco gracias a Emery. Algunos días producía dolor; otros, suponía un consuelo.

Abigail me había enseñado que todas las personas tenían momentos así. Días alegres y días tristes. Formaba parte de la experiencia humana.

Metí la mano en el bolsillo para coger la cartera, la abrí, y saqué la otra mitad del colgante de corazón que completaba el mío. Los latidos de Alex. Lo había llevado conmigo durante los últimos siete meses, siempre cerca, con el deseo de que todavía estuviera alrededor de su cuello. El deseo de que Alex estuviera a mi lado en la entrevista.

—Quédate conmigo, hermano —susurré con los ojos cerrados mientras acercaba su joya a la mía.

—¿Oliver? —preguntó la voz de alguien que llamaba a la puerta.

Me acerqué y la abrí. Una especie de becaria estaba allí de pie con una sonrisa en el rostro y un brillo en la mirada.

—Todo listo, te están esperando.

—Gracias.

—No hay de qué, y quería decirte que soy una gran admiradora tuya. Sé que algunas personas hablan fatal sobre ti, pero no me creo nada. Tu música me salvó y me ayudó a salir de una depresión. Solo quería que supieras… que es un honor conocerte —dijo con los ojos relucientes y las manos temblorosas.

Le ofrecí una discreta sonrisa.

—No tienes ni idea de cuánto significa eso para mí.

Me resultaba curioso que tomar mi depresión y convertirla en arte pudiera ayudar a otra persona que estaba enfrentándose a sus propios demonios.

Caminamos hasta el plató y, cuánto más me acercaba, más aumentaban los nervios en mi estómago. El entrevistador, Brad Willows, me presentó y me dio la bienvenida. Tomé asiento en un sillón inmenso rojo y noté como si los focos fueran a cegarme.

«No quiero estar aquí».

Sucedió bastante rápido. Las manos me temblaban, las palmas me sudaban, las palabras que se enredaban en la mente. Y todo esto antes de que Brad me preguntara nada, excepto qué tal estaba.

Me sentí rígido al contestar.

—Estoy bien —respondí con voz ahogada. Parpadeé unas cuantas veces. Quizá esas palabras salieron de forma agresiva y fría, demasiado acordes conmigo y no lo suficiente con Alex. ¿Qué haría él? Sería afable. Habría saludado al público al entrar al plató y preguntado qué tal estaban.

Yo no lo hice.

No había saludado al público.

«¡Puto idiota! Deberías haber saludado al público. Ahora todos piensan que eres un capullo y que no sabes relacionarte, lo que confirma las palabras de Cam y, además, estás sudando bajo los focos como un idiota, y, oh, joder…».

Brad me miraba fijamente, parecía que esperaba una respuesta.

¿Me había preguntado algo?

Debía de haberlo hecho.

¿Qué me había preguntado?

Parpadeé unas cuantas veces y me removí en mi asiento.

—Disculpa, ¿puedes repetirlo?

—He dicho que lamento tu pérdida. Debe de haber sido algo muy difícil de sobrellevar.

Brad no era un capullo colosal. Justo por esa razón, Tyler había organizado la entrevista con este programa nocturno, que se grababa durante el día. El sol todavía brillaba, los pájaros cantaban y, joder, «¡contesta, imbécil!».

Carraspeé.

—No ha sido un año fácil.

—Es comprensible. Sin embargo, me han comentado que has estado en el estudio. ¿Tal vez trabajando en algunos temas en solitario?

—Sí. La cosa avanza lento, pero sin pausa.

—¿Es difícil componer sin tu hermano?

«¿Que si es difícil crear música sin la única persona que, para empezar, me convenció para que me dedicara a la música? ¿Que si es difícil aprender a ser un artista en solitario cuando siempre has formado parte de un dúo? ¿Que si es difícil no escuchar la voz y la guitarra de Alex en las canciones cada vez que terminan?».

«No, Brad, está chupado».

«No digas eso, Oliver. Vas a parecer un capullo».

Joder, qué calor hacía. ¿Es que no había aire acondicionado? Seguro que, en el público, Tyler sudaba como un cerdo y maldecía entre dientes porque estaba echando a perder la entrevista.

La entrevista.

«¡Contesta a Brad!».

—Eh, sí. Es difícil.

—Seguramente lo sea aún más después de todas las acusaciones que han salido sobre ti y tu relación con Cam.

Brad parecía muy tranquilo. Casi como si no hablara de que una lunática estaba decidida a arruinarme la vida, aunque esta ya hubiera quedado horriblemente destrozada cuando perdí a Alex.

«No quiero estar aquí».

Me removí en mi asiento. Notaba todas las miradas puestas en mí, pero no sabía qué decir. No sabía cómo defenderme. No sabía cómo estar ahí sentado y contar mi verdad para combatir las mentiras de Cam.

—Yo… eh… yo… —comencé. Sin embargo, sentí que se me formaba un nudo en la garganta. Hice una mueca y luego me regañé porque lo habrían grabado—. Lo siento, Brad, ¿podemos hacer un descanso?

Él miró a las cámaras, luego a los productores entre bastidores que negaban furiosamente con la cabeza. Antes de que Brad pudiera contestar, yo ya estaba saliendo del escenario. Me tiré del cuello de la camisa, en un intento por respirar hondo.

Abrí la puerta del camerino de un golpe y, en cuanto esta se cerró, grité con todas mis fuerzas:

—¡Mierda!

—¡Mierda! —repitió como un eco Tyler al entrar en la habitación detrás de mí. Tenía la cara roja a más no poder. No conseguía descifrar si estaba cabreado o asustado, o si le producía lástima. Tal vez un poco de todo.

Caminó de un lado a otro durante un momento antes de quedarse quieto y respirar hondo. Luego me miró.

—Vale. No pasa nada. Mierda —masculló, y resolló un poco más—. Vale. Voy a hablar con los productores, me disculparé y diré que tendremos que reprogramar la entrevista.

—Eso me hará quedar aún peor —murmuré como respuesta, mientras me sentaba y me frotaba la cara con las manos.

Tyler no contestó porque sabía que era verdad.

Se aclaró la garganta y me dio unas palmaditas en la espalda.

—No te preocupes, amigo. Lo arreglaremos. No hay ningún problema.

Traducción: lo había, joder, y tanto que sí.

Seguro que en cuanto la entrevista se retransmitiera para el público, Cam sonreiría con orgullo al saber que me había clavado la estocada final.

Entonces, alguien llamó a la puerta y Tyler gritó:

—¡Sí, danos un momento!

—Lo siento —contestó una voz tranquila—. Me espero.

Emery.

—Déjala entrar —dije con un gesto de cabeza.

Tyler fue hasta la puerta y la abrió. Emery estaba allí de pie con una sonrisa triste y el pase de camerinos de Kelly colgado del cuello. Eso explicaba que el personal de seguridad la hubiera dejado pasar.

—Hola —exhaló.

Ni siquiera fui capaz de formar una palabra para saludarla.

Tyler me miró, luego a ella y después de nuevo a mí.

—Vale. Me voy a hacer control de daños. Emery: no dejes que entre nadie. Nada de entrevistas improvisadas, ¿entendido? Quédate aquí con él y vigila la puerta hasta que vuelva.

—Lo haré.

Acto seguido, se marchó y cerró al salir. Ella se acercó y se sentó en la silla junto a la mía.

—¿Estás bien? —preguntó.

—¿De verdad hace falta que conteste?

—No. Pero aun así… al menos casi has concedido la entrevista. Es un paso más en la dirección correcta.

—Nunca se me ha dado bien. No funciono bajo este tipo de presión. Esto le iba a Alex, no a mí. Y además le he puesto las cosas mucho más difíciles a mi equipo de relaciones públicas. No hago más que cagarla y joderle la vida a los demás con mis mierdas.

—No es culpa tuya. Cualquiera se bloquearía en tu situación. No puedo imaginarme lo que supone salir ahí fuera y tener que defenderse de unas acusaciones asquerosas en contra de uno. No es justo que tengas que lidiar con esto también después del año que has pasado.

Cerré los ojos y apoyé las manos en mis sienes.

—Solo necesito que el mundo frene durante un momento. Que mi cerebro pare. Siento que estoy perdiendo el control.

—Vale —dijo Emery—. Ven aquí.

Se sentó en el suelo y dio unas palmaditas a su lado.

—¿Qué haces?

—Vamos a tomarnos un momento para frenar. Ahora ven. —Se tumbó y cogió el móvil. En cuestión de segundos, la canción «Chasing Cars», de Snow Patrol, comenzó a sonar. Ladeó la cabeza y con un gesto me indicó que la acompañara.

Hice lo que me pedía y me tumbé a su lado mientras la música sonaba. Estábamos hombro contra hombro y, cuando entrelazó su mano con la mía, una oleada de calidez recorrió todo mi ser.

¿Cómo lo hacía?

¿Cómo conseguía poner freno a mi locura?

La canción siguió sonando en bucle, una y otra vez, y la velocidad de mis pensamientos comenzaba a disminuir.

Giró la cabeza para mirarme, yo hice lo propio para mirarla, y juro que, de algún modo, sentí los latidos de su corazón.

—Gracias, Emery.

—¿Por qué?

—Por existir.

26

Oliver

—¿Cuáles han sido algunas de tus victorias de la semana? —preguntó Abigail durante nuestra siguiente sesión. Me consolaba saber que tras mi colapso en el plató podría trabajar con ella parte de la mierda que tenía en la cabeza. Me consolaba saber que habría alguien que me ayudaría con esa carga.

Antes de sumergirnos en mi mente, me formulaba esa pregunta. Se trataba de buscar una manera de cambiar mi narrativa mental para dejar de pensar que cada semana era mala. Era una forma de reprogramar mi cerebro. Algunas veces me resultaba fácil localizar las cosas buenas que me habían pasado. Otras, como esta, parecía casi imposible.

—No lo sé —murmuré.

—Sí lo sabes, así que dímelo.

Exhalé una bocanada de aire cálido y me recosté en el sofá mientras buscaba entre mis pensamientos algo positivo que hubiera pasado la última semana. No resultaba fácil.

—Terminé una canción.

Los ojos de Abigail se abrieron de felicidad mientras lo anotaba en su cuaderno.

—Eso es fantástico. ¿Qué más?

—Nada.

Sonrió cálidamente y sacudió la cabeza.

—No. ¿Qué más, Oliver?

Nunca permitía que mencionara solo una cosa buena. La verdad es que resultaba molesto.

—Salí de casa y no tuve un ataque de pánico cuando fui a la tienda al pensar que la gente me iba a reconocer.

—Aún mejor que la primera. ¿Qué más?

—Kelly ha estado comiendo con regularidad. No había podido hacerlo desde la muerte de Alex.

—Bien. Está muy bien, Oliver. ¿Qué más? Solo una victoria más.

—Emery.

Al instante, los ojos de Abigail relucieron de alegría y detuvo el bolígrafo.

—¿Algo en concreto?

—No... Solo ella en general.

—Precioso —suspiró mientras anotaba el nombre de Emery. Se echó hacia atrás en la silla y volvió a leer las cosas buenas. Mis diminutas victorias—. ¿Ves? Pase lo que pase, siempre hay algo bueno. Incluso en los peores momentos, tenemos algunas victorias.

—¿Podemos hablar ahora de los fracasos de la semana?

—No son fracasos, sino oportunidades para aprender más sobre ti mismo y las cosas que te afectan. Pero sí, cuéntame.

Le hablé de la entrevista. De cómo Cam había convertido en su misión arruinarme para vengarse por poner fin a nuestra relación truncada. De cómo estaba complicándole la vida a todo mi equipo. De cómo sentía que, cada vez que intentaba avanzar, tropezaba y caía hacia atrás.

—Alex lo habría llevado mejor que yo —admití mientras cogía la cartera y sacaba su colgante de corazón—. Para empezar, nunca habría acabado en esta situación.

—Tal vez. O tal vez lo llevaría peor. ¿Quién sabe? Sea como sea, no es tu trabajo compararte con tu hermano ni con nadie, porque, a fin de cuentas, aunque todos somos humanos, ninguna de nuestras situaciones se parece lo suficiente como para que nos comparemos. Ni siquiera tu vida y la de tu hermano eran iguales, porque ambos vivíais realidades únicas basadas en vuestras perspectivas. Es como comparar a Picasso con Van

Gogh. Puede que ambos fueran artistas, pero su obra es solo suya. Lo bueno, lo malo y lo que duele. Y uno no anula la grandeza del otro. Hay espacio suficiente en el mundo para que todos seamos extraordinarios.

—Es que con Alex...

—¿Cuántas veces al día haces eso? —preguntó interrumpiéndome. Era la primera vez que Abigail me cortaba la palabra.

—¿Hacer qué?

—Compararte con tu hermano.

Demasiadas como para contarlas.

Ella se recolocó en su asiento y cruzó las piernas.

—¿Piensas que tu hermano era mejor que tú?

—Sí, por supuesto.

—¿Por qué?

—¿Por dónde empiezo? —pregunté con una risita sarcástica—. Hay un millón de razones.

—Dime unas cuantas.

—Se llevaba bien con todo el mundo. Siempre sabía qué decir y cómo manejar una situación. Nunca se le enredaban las palabras ni las ideas ni balbuceaba en las entrevistas.

—¿Crees que eras una carga para él?

Fruncí el ceño mientras me hundía más en los cojines del sofá.

—A veces pienso que le habría ido mejor como artista en solitario, en vez de tener que cargar conmigo.

Ella hizo ese gesto tan propio de una psicóloga con el que me miraba fijamente, como si estuviera examinando cada centímetro de mi ser. Luego metió la mano en su enorme bolso y sacó el portátil.

—Necesito que veas una cosa.

Abrió un vídeo y colocó el ordenador delante de mí. Luego apretó el botón de reproducción.

Era de una entrevista que le habían hecho a Alex. Cuando Alex concedía alguna en solitario era porque yo no había conseguido reunir fuerzas para hacerla con él porque la ansiedad podía conmigo. Aun así, él iba y se comportaba como la persona encantadora que siempre fue.

—¿Podrías repetirme la pregunta? —dijo Alex mientras daba una calada a un cigarrillo, sentado en una silla de director con aspecto relajado.

—¿Crees que las taras sociales de tu hermano han perjudicado vuestro éxito como dúo?

—En primer lugar, gracias por la pregunta. En segundo lugar, esa pregunta es basura —comentó Alex, y no pude evitar esbozar una pequeña sonrisa—. Oliver es el verdadero talento del dúo. Sí, tal vez es más callado y se queda un poco en la trastienda del éxito y la fama, pero eso se debe a que esa mierda no le importa. Para él, lo primordial siempre es la música. De modo que sí. A la gente le parezco más alegre, más encantador, más, entre comillas, normal, sin embargo, se les escapa la verdad.

—¿Y cuál es?

—Que, sin mi hermano, yo no sería nada. Oliver posee un alma mucho más profunda que la de la mayoría de personas. Se preocupa por los demás más que de sí mismo. Vuelca en nuestra música todo lo que tiene, en las letras, en las canciones que tanto le gustan a todo el mundo. Tal vez a mí se me den mejor que a él ciertas situaciones, pero pasa lo mismo al revés. Oliver tiene más corazón que yo. Su manera de sentir es más profunda que la mía, entiende a la gente mejor que yo, aunque no lo admitirá jamás. Quizá yo sea el *showman* del grupo, pero él es el verdadero genio. Es nuestra magia. El verdadero mago tras la cortina, y me jode que no os deis cuenta. La realidad del asunto es que, sin Ollie, no habría música. Es mi alma gemela y daría mi vida por ese tío sin dudarlo ni un instante, y sé que él haría lo mismo por mí. Es la luz de mis tinieblas. Mi mejor amigo, punto final. —Alex sacudió la ceniza de su cigarrillo encendido y se recostó en la silla. Le dedicó al entrevistador una sonrisa digna de premio y añadió—: Siguiente pregunta.

El vídeo terminó y Abigail apagó el ordenador. Las palabras de mi hermano continuaban resonando en mi cabeza cuando ella retomó la conversación.

—Hay docenas de entrevistas como esta en internet. ¿Has visto alguna desde que falleció?

—No.

—Pero has estado buscando y leyendo los comentarios negativos.

—Sí.

—Y has hecho lo mismo con los comentarios relacionados con la situación con Cam, ¿correcto?

—Sí.

—¿Y por qué? ¿Por qué escoges preocuparte por las opiniones negativas en vez de por las positivas?

Encogí los hombros y junté las manos para entrelazar los dedos.

—No lo sé.

—Sí lo sabes —contradijo—. Simplemente no quieres admitirlo. Escoges los comentarios negativos porque confirman lo que has creído gran parte de tu vida. Así que esos individuos, esos detractores, de algún modo están reforzando un razonamiento erróneo que lo más probable es que se haya estado repitiendo desde que eras pequeño. Quizá surja de la primera vez que sentiste que no encajabas. Eso te llevó a ir por la vida enfrentándote a personas y situaciones que luego clavaban más esa ancla de inseguridad en el fondo de tu alma. Te has limitado a seguir la narrativa que tu cerebro creaba. Pero ¿sabes qué es lo bueno de esa narrativa? Que nunca es demasiado tarde para cambiarla. Si oyes en la radio una canción que odias, ¿sigues escuchándola? No. Cambias de emisora. Así que venga, Oliver. Cambia de emisora.

—¿Cómo?

—Haciendo callar el ruido de fuera durante un tiempo, tanto el bueno como el malo, y creando tu propia canción original para tu casete. Eres tú quien decide lo bueno y lo malo, y ahora puedes comenzar a rodearte de cosas que te hacen sentir bien contigo mismo en vez de mal. Por suerte, creo que ya has empezado.

—¿Con Emery?

Abigail sonrió.

—Eso tienes que decidirlo tú. No se trata de las canciones que tienes y que pertenecen al pasado, sino de las que quieres escuchar a partir de ahora. Así que, ¿qué vas a poner?

—Esta mañana he echado de menos tu canción —admitió Emery mientras cortaba verduras, dos días después de mi sesión de terapia. Había estado muy enfrascado en los deberes que me había puesto Abigail, lo cual significaba tratar de cambiar la narrativa de mi mentalidad negativa habitual, y joder qué difícil era.

Pero quería hacerlo, porque quería sentirme mejor.

Me ayudaba poder ver a Emery cada día y estar cerca de su buena luz.

—Sí, quería ponértela en persona. Tiene un poco de historia.

—¿Ah, sí? —Emery dejó el cuchillo y me prestó toda su atención.

—Sí. No sé cómo empezar a hacer esto, por lo que me voy a limitar a soltarlo. Me gustas, Emery. Me gustas muchísimo, joder. Me gusta que te preocupes tanto por los demás. Me gusta que no juzgues. Me gusta cómo haces un bailecito cuando estás satisfecha con cómo te ha salido un plato. Me gusta cómo escuchas. Me gusta cuánto quieres a tu hija. Me gusta cómo te quedas a mi lado en mis malos momentos. Me gusta tu manera de reír. Tu manera de sonreír. Tu manera de existir. Me gustas.

Emery abrió mucho los ojos, llenos de asombro, mientras se acercaba hasta quedar delante de mí. Bajó la vista y se miró las manos antes de clavar sus ojos en los míos.

—¿Te gusto?

—Me gustas —juré.

—Bien —suspiró mientras se nos entrelazaban los dedos y me sujetaba las manos contra su pecho—. Porque tú también me gustas. Me gusta cómo interactúas con Reese. Me gusta la manera en que quieres a tus padres. Me gusta cómo cuidas de Kelly. Me gusta que no hayas renunciado a la música. Me gusta cómo se te arruga la frente cuando te pierdes en tus pensamientos. Me gusta que se te queme el beicon. Me gusta el hecho de que tu sonrisa sea como un premio secreto que compartes con muy pocos. Me gusta la manera en que me sonríes. Me gusta tu risa. Tus días buenos, tus días malos. Me gustas.

Estábamos cerca, sentía cómo el calor de su cuerpo calentaba el mío. No podía dejar de mirar su rostro. Esos ojos, esa nariz, esas mejillas, esos labios.

Esos labios.

Apoyé la frente contra la suya.

—Soy un desastre —confesé—. Incluso con Abigail, no sé cuánto tiempo me llevará resolver mis problemas. Las cosas más comunes me resultan difíciles y hacen que me desmorone. Soy lo opuesto a normal. Algunos días me cuesta salir de la cama, y otros me cuesta respirar. Pero tú haces que me resulte más fácil. Consigues mejorarlo todo, incluso sin hacer nada. Antes de conocerte, no quería intentarlo. Todavía hay días en los que no quiero, pero voy a seguir intentándolo porque quiero ser lo bastante bueno para ti. Quiero ser alguien completo para que no tengas que lidiar con mis pedazos rotos.

—Oliver —suspiró ella mientras apoyaba su mano sobre mi mejilla—. ¿No lo entiendes? Mucha de tu belleza sale precisamente de esos pedazos rotos. Brillas a través de esas grietas.

Tragué con fuerza y cerré los ojos un momento.

—¿Puedo ponerte ahora la canción?

—Por favor.

Metí la mano en el bolsillo y saqué el móvil, donde ya tenía lista la canción. Empezó a reproducirse y dejé el teléfono sobre la encimera.

«Can I Kiss you?», de Dahl. ¿Puedo besarte?

Los ojos de Emery brillaron de emoción cuando me volví a colocar delante de ella. Mi mano envolvió su cintura mientras la acercaba más a mí. Sus caderas se apretaron contra las mías. Su cuerpo se derritió en mi abrazo. No podía parar de mirarla, de contemplar sus labios y preguntarme a qué sabrían. ¿Era su cuerpo el que temblaba, o el mío? ¿Eran sus nervios o los míos los que se disparaban hacia el espacio? No sabía dónde empezaban sus miedos o dónde terminaban los míos. No tenía la menor idea de en qué estaba pensando y la verdad es que me dejaba la piel para no creerme los pensamientos negativos que me invadían.

Resultó fácil adivinarlo cuando apoyó las manos sobre mi pecho. Mis latidos inundaron las puntas de sus dedos mientras Emery sentía lo que había provocado en mí. Mi corazón volvía a latir después de estar inmóvil durante meses.

La canción seguía sonando. Hablaba de un hombre que pedía permiso para dar ese primer beso, la primera vez en que sus labios se juntarían. La primera vez en que se convertirían en algo nuevo.

Y, entonces, Emery sonrió y dijo que sí.

No vacilé. Mis labios se precipitaron sobre los suyos y saborearon cada milímetro de su ser contra mi boca. Ella me devolvió el beso, se entregó a mí con tanta pasión como yo me estaba entregando a ella. Sabía a protector labial de fresa y a nuevos comienzos.

Sus brazos me envolvieron la nuca mientras nuestro beso se hacía más intenso. Podría haber seguido besándola durante una eternidad. Sus labios eran suaves, sus besos jugosos. Me gustaba, me besaba como si estuviera buscando cada fragmento de mí. Los pedazos enteros y los rincones rotos de mi alma.

Le devolví el beso, con la misma intención.

Cada día tenía que esforzarme para cambiar el dial de mi mente hacia pensamientos mejores. No siempre resultaba fácil, pero, ese día, en ese instante, me encantaba la canción que estaba sonando.

27

Oliver

—Gracias de nuevo por pasarme el contacto de Abigail —dije a Emery una tarde que íbamos en coche hasta la tienda. Por culpa de los *paparazzi,* odiaba hacer las compras, pero aprovechaba cada oportunidad que tenía para estar con Emery.

En cuanto al tiempo que hacía ese día, era el perfecto sueño californiano. El sol brillaba en lo alto, el cielo era de un precioso color azul y no había ni una nube. Era por días así que me alegraba de vivir en California.

—Es muy especial, ¿a que sí? Nunca he conocido a nadie igual. Se preocupa de verdad por el bienestar de los demás. Abigail me salvó durante algunos de los momentos más difíciles de los últimos cinco años.

—Espero que pueda hacer lo mismo por mí. Una mañana me preguntó qué quería hacer ese día. No qué quería hacer dentro de cinco años, o en el futuro, sino que me preguntó qué quería hacer en ese preciso instante, aunque no supe contestar. Pero, si me preguntara qué quiero ahora, sabría qué decirle.

—¿Qué quieres hacer hoy, Oliver?

—Estar cerca de ti.

Emery me dedicó su sonrisa más cálida y deseé tener las agallas suficientes para expresarle que me moría por besarla. Cuántas horas pasaba pensando en ella. Cuánto me gustaba estar a su lado.

Nos acercamos al mercado para buscar fruta y verdura fresca, a petición de Emery, y se me hizo un nudo en el estómago en cuanto vi que un *paparazzo* nos seguía. Lo miré con el ceño fruncido y me di cuenta de que empezó a bajar la cámara cuando me vio.

Emery ignoraba que nos seguían. Estaba demasiado emocionada en su paraíso de frutas y verduras frescas.

—Vuelvo enseguida, ¿vale? —dije—. Voy a echar un vistazo a ese puesto de allí.

Emery asintió y me apretó la mano antes de volverse hacia los boniatos que tenía delante.

—Yo estaré aquí toqueteando las berenjenas —bromeó.

Doblé la esquina, consciente de que el tipo me estaba siguiendo como la víbora que era y, cuando se acercó lo suficiente, salté por fin.

—Hoy no, ¿vale, tío? —pedí, casi en una súplica. Durante unos segundos con Emery había olvidado que era famoso.

El tipo hizo una mueca y asintió. Un rubor de vergüenza le cubrió las mejillas.

—Sí, lo siento, tío, solo intentaba ayudar.

—¿Ayudar? —bufé—. ¿Cómo? ¿Cómo me ayuda esto?

—Quería presentar tu lado bueno, ¿sabes? Mostrarte de buen humor. He visto la mierda que ha estado diciendo Cam sobre ti, y sé que no son más que mentiras.

Arqueé una ceja mientras lo observaba, confuso ante su confesión. Nunca había interactuado con los *paparazzi,* porque la mayoría me parecían unos buitres molestos, pero supongo que aquel era… ¿sincero?

Se removió incómodo y carraspeó.

—Yo también he perdido a mi hermano este año —murmuró—. Cáncer.

En ese momento, mi aversión hacia él disminuyó al darme cuenta de que, después de todo, era humano.

—Lo lamento —dije—. No es fácil.

—No. Para nada. —Se rascó la cabeza, cubierta por una melena rubia despeinada, y se encogió de hombros—. Escucha, sé que mi trabajo es una mierda, no obstante, lo cierto es que solo intento dar de comer a mi familia. Acogimos a los hijos de mi hermano y andamos justos. No me siento orgulloso de esto, así que estaba intentando sacar algo bueno, ¿sabes? Tal vez ayudarte. Tenía la esperanza de mejorar tu imagen gracias a estas fotos. Al fin y al cabo, soy fan tuyo.

No sabía qué decir porque nunca había considerado a los *paparazzi* como personas. Con familias. Con problemas. Con dolor.

—¿Cómo te llamas?

—Charlie —dijo, y asintió de forma leve—. Charlie Parks.

Le tendí la mano.

—Encantado de conocerte. Aun así, no te preocupes por mí, estoy bien. Tú ocúpate de tu familia. Si vender estas fotos te ayuda, adelante.

Hizo una mueca y me dio la mano.

—Sé que tal vez no lo parezca, pero somos muchos los que te apoyamos, Oliver. Tienes un equipo de seguidores en la sombra.

Se alejó y yo me quedé consternado por lo que acababa de suceder.

—¿Va todo bien? —preguntó Emery, que se acercaba después de percibir aquella interacción.

Le cogí la mano y le besé la palma.

—Sí. Vamos a la próxima parada.

Cuando entramos en la tienda, me puse la gorra y las gafas de sol. Sabía que era un disfraz pésimo, pero cuanto menos me reconocieran, mejor. Emery sacó la lista de la compra y yo me dediqué a llenar el carro de comida basura, con gesto de felicidad, cuando no me veía.

Todo iba de maravilla hasta que escuché un grito ahogado.

—¡Ay, Dios!

Levanté la mirada y noté que una mujer nos observaba fijamente. Mi pecho se encogió al pensar que me había reconocido. El sentimiento se apaciguó enseguida cuando esta dio una palmada.

—¡Pero si es la mismísima Emery Taylor!

Acto seguido, la mujer fue disparada hasta Emery y la abrazó con fuerza.

—Madre mía, ¿cuánto tiempo ha pasado? ¿Cinco años, o más? —exclamó.

—Eve, hola. Ay, Dios, ha pasado mucho tiempo. Supongo que desde que me marché de Randall. ¿Qué haces en California?

Ella levantó la mano para mostrar el anillo reluciente.

—¡Kevin y yo estamos de luna de miel! Nos casamos la semana pasada y vinimos a California para ir a Universal y Disneylandia. Es una luna de miel cursi, pero así somos nosotros. ¿Cómo estás? ¿Qué es de tu vida? No puedo creerlo. Emery, ¡estás estupenda! Estupenda de verdad. —Sus ojos se posaron en mí y me repasó con la mirada antes de darle un codazo a Emery—. Y veo que has pescado un bombón. ¿Te han dicho alguna vez que eres clavadito a Alex Smith? Hacéis una pareja monísima.

Emery rio nerviosa.

—Oh, no. No somos...

Eve la interrumpió y, por la manera en que no callaba, quedaba claro que era una de esas personas que hablan mucho y escuchan muy poco.

—Ay, Dios, tengo que enviarle un mensaje a Sammie y decirle que nos hemos encontrado.

Emery abrió mucho los ojos.

—Espera, ¿has estado en contacto con Sammie?

—¿Me tomas el pelo? Pues claro. La veo cada semana cuando nos reunimos para estudiar la Biblia. Incluso fue una de mis damas de honor. Pensaba que lo sabías. En fin, será mejor que me vaya antes de que Kevin se pregunte qué hago todavía en la tienda. Solo quería comprar algo para picar. ¡Si alguna vez vienes a Randall, tenemos que hacer una quedada de chicas! Ha pasado demasiado tiempo desde la última vez. —Entonces hizo una pausa, me miró con una ceja arqueada y chasqueó los dedos—. ¡No! Alex Smith no, Michael B. Jordan. ¡Eso es! Te pareces a Michael B. Jordan. Bueno, vale, ¡me alegro de verte, Emery! ¡Hasta pronto! —Eve se alejó a toda prisa como si no hubiera puesto el mundo de Emery patas arriba por completo con la información que había revelado.

Me acerqué a ella, que estaba pálida y con la mirada perdida como si acabara de ver un fantasma.

—¿Estás bien?

—¿Mi hermana ha estado en Randall todo este tiempo? No. Eso no tiene sentido…

Cuanto más nos quedábamos en la tienda, más gente se percataba de nuestra presencia, y esta vez sabía que me miraban a mí porque me sacaban fotos con los móviles.

La rodeé con el brazo y me acerqué para susurrarle:

—Tenemos que irnos.

No dijo nada, tan solo dejó el carro en la tienda y comenzó a caminar. La llevé al coche y conduje unas cuantas manzanas antes de parar para que habláramos, después de asegurarme de que estábamos a salvo de las cámaras de los fans y los *paparazzi.*

—No tiene sentido. Me dijo que se marchaba para encontrarse a sí misma. Cuando llamé, mi madre me aseguró que no la había visto. ¿Por qué iban a mentirme?

No sabía cómo ayudarla, la situación parecía muy complicada.

—Tengo que volver a Randall —masculló para sí misma—. Pero no puedo llevarme a Reese e ir a hablar con ellos, y está claro que no puedo dejarla sola. Sin embargo, necesito respuestas. Oh, Dios. —Se le empañaron los ojos a medida que cada palabra que pronunciaba la abrumaba más y más—. ¿Qué quiere decir todo esto? ¿Por qué volvería Sammie a Randall?

—Puedo ir contigo, si quieres. Cuidaré de Reese mientras tú te encargas de esta situación.

—¿Qué? Ni hablar. No te pediré que hagas eso, Oliver. Además, necesitas concentrarte en tu disco. No quiero que pierdas el tiempo.

—Emery, por favor. —Cogí su mano y la apreté con suavidad—. Hazme perder el tiempo. Quiero hacerlo, por ti. Te mereces respuestas después de todo y yo quiero que las consigas. Iremos lo antes posible.

Ella vaciló un momento antes de aceptar.

—Vale, iré a casa con Reese y haré las maletas. ¿Quieres recogernos en mi casa en unas dos horas? Podemos coger la autopista. Reservaré dos habitaciones en el hostal del pueblo.

—Suena bien.

Conduje hasta casa, Emery cogió su coche y cada uno se fue por su camino.

Mientras hacía las maletas, me sentía un idiota porque me ilusionaba la idea de hacer una escapada de fin de semana con mis chicas.

Mis chicas.

Joder, no eran mías, pero qué bien sonaba aquello.

28

Emery

Hace cinco años

—No puedo hacerlo —suspiró Sammie al tiempo que Reese gritaba a pleno pulmón a las dos de la madrugada—. No puedo hacerlo, Emery. No puedo —lloró a coro con la pequeña mientras la acunaba bruscamente.

—Eh, eh, no pasa nada. Trae, yo la cojo.

Tomé a Reese en brazos y comencé a calmarla lo mejor que pude.

—¿Has calentado un biberón? —pregunté.

Sammie no conseguía darle el pecho al bebé por mucho que lo intentara, así que, en lugar de eso, estábamos usando leche de fórmula. Sabía que a mi hermana se le hacía cuesta arriba. No paraba de reprocharse el no ser capaz de dar de mamar a su hija.

Hice todo lo que pude por convencerla de que no tenía nada que ver con sus capacidades como madre, pero sabía que no me creía. Tampoco era capaz de comprender cuánto la hacía sufrir algo así. Yo no era madre ni pasaba por el dolor de intentar darle el pecho a mi hija. Cada vez que Sammie lo intentaba, acababa llorando y sintiéndose un fracaso. Reese no comenzó a comer hasta que el médico recomendó que probáramos el biberón.

Incluso entonces, a Sammie le costaba mucho conseguir que la pequeña tomara el biberón.

—Aquí tienes —dijo mientras me lo tendía—. No ha querido comer. Todavía está tibio, pero no sé. Quizá estaba demasiado caliente. Oh, Dios, ¿y si la he quemado? ¿Y si...?

—Sammie. No ha sido nada. Reese está bien. No te preocupes.

Empezó a caminar de un lado a otro a la vez que se pasaba las manos por el pelo. Estaba hecha un desastre. Hacía días que llevaba la misma ropa, y Dios sabe cuándo se había duchado por última vez. Tenía los ojos hinchados por la falta de sueño y las lágrimas eran constantes. Estaba claro que cada día se acercaba más a su límite, y no la culpaba.

Yo no veía al padre de Reese en el rostro de la pequeña. No veía sus ojos, ni su nariz, ni la sonrisa torcida que tal vez tenía. No veía la manera en que se parecía al hombre que le había robado algo a mi hermana para crear esa niña preciosa.

Pero Sammie sí.

Lo veía en la niebla de su vigilia y en sus pesadillas diarias. Percibía partes de él en los ojos de Reese, en su sonrisa, en todo. Era un recordatorio de la tortura por la que había pasado, de lo ocurrido hacía tantos meses cuando por fin se había permitido tomarse un descanso y ser libre.

Le rogué que fuera a terapia, si bien me aseguró que no le hacía falta. Le rogué que hablara conmigo, pero me dijo que estaba bien. Recé para que se abriera a alguien, a quien fuera, porque sabía que no lo estaba.

Reese comenzó a quejarse mientras le daba el biberón, y a medida que la irritación del bebé aumentaba, también crecía la de Sammie.

—No puedo hacerlo, no puedo hacerlo —repetía Sammie, y lo recitaba una y otra vez caminando de un lado a otro en aquel reducido espacio. Se cubría las orejas con las manos mientras su enojo crecía más y más, alimentado por el sonido que nos tenía despiertas desde la noche—. No puedo... No... ¡Deja de llorar! ¡Cállate! —aulló mi hermana con todas sus fuerzas.

Mi corazón se quebró en ese instante mientras Sammie se quedaba quieta y me miraba con los ojos cargados de lágrimas. Sabía que estaba al borde del colapso. A pocos segundos de hundirse más y más en las profundidades del pozo en el que llevaba meses cayendo.

—La odio —confesó, y en ese momento mi corazón se partió en dos—. La odio muchísimo, Emery —admitió antes de taparse la boca con la mano y estallar en un llanto incontrolable.

Abracé a Reese contra mi pecho y le ofrecí una tímida sonrisa a mi hermana, en un esfuerzo inimaginable por esconder cuánto me asustaba en ese momento.

—Eh, ¿qué te parece si te das una ducha, Sammie? Así despejas la mente y organizas tus pensamientos. Luego ve a dormir. Yo me ocupo de Reese. No te preocupes, ¿vale? Yo me encargo.

Sammie abrió la boca para hablar, pero no salió ningún sonido. Solo un gesto involuntario de asentimiento mientras las lágrimas le caían por las mejillas, y luego se alejó en dirección al baño.

El suspiro que había estado conteniendo en mi interior desde hacía tanto se evaporó al escuchar que el agua comenzaba a caer. En ese momento, mi principal tarea era tranquilizar a Reese.

Mecí a la pequeña en mis brazos y, después de unos minutos, conseguí que tomara el biberón. Cuando me miró con sus ojitos marrones de cierva, supe que ella también estaba agotada.

—Lo sé, lo sé, corazón. No pasa nada. Ya sé que lo estás haciendo lo mejor que puedes. Todas lo hacemos así, ¿vale? Estás bien. Estás bien. Eres muy buena —prometí mientras la mecía con suavidad y nos mirábamos—. ¿Y sabes qué? Tu mamá también es buena. Es muy muy buena, Reese. Y te quiere mucho, pase lo que pase. ¿Vale? Necesito que sepas que tu mamá te quiere. Hace todo lo que puede. Te lo prometo, lo está haciendo.

Después de un rato, Reese se durmió otra vez y la dejé de nuevo en la cuna. Entonces, me dispuse a volver a la cama, pero me di cuenta de que la ducha seguía encendida.

—Sammie, ¿estás bien? —pregunté, llamando a la puerta. Al no recibir respuesta, se me encogió el pecho. Toqué con más fuerza—. ¿Sammie? ¿Estás bien?

Oí unos murmullos, pero nada más.

Giré el pomo y vi a mi hermana sentada en la bañera con el agua cayéndole sobre el cuerpo. Se mecía hacia delante y atrás frotándose los brazos con tanta fuerza que los tenía enrojecidos.

—Sammie… —susurré, acercándome.

—No puedo hacerlo, no puedo hacerlo, no puedo hacerlo… —decía sin parar, entre temblores, mientras las lágrimas se mezclaban con las gotas de agua que caían de la ducha—. No puedo hacerlo, no puedo hacerlo, no puedo hacerlo…

—Sammie, venga, sal de la bañera —dije mientras cerraba el grifo.

—No p-p-puedo hacerlo —repitió. Tenía la mirada clavada en un punto fijo delante de ella, como si ni siquiera pudiera verme o ser consciente de que había alguien más en la habitación. Parecía tan trastornada que quizá no sabía ni dónde se encontraba.

No conseguí que saliera de la bañera ni de ese trance en el que de algún modo había caído, así que me metí dentro y rodeé su cuerpo desnudo y tembloroso con mis brazos.

—Quiero irme a casa, Emery. No quiero esta vida. Necesito a mamá y a papá. Los necesito. No puedo hacerlo. No puedo —repetía.

La abracé con todas mis fuerzas. Entretanto, ella seguía con su letanía. Sus susurros se me clavaban en los oídos.

No la solté hasta que salió el sol.

29

Emery

Llevar a Oliver y a Reese a la ciudad que me había visto nacer me aterrorizaba. Tenía una sensación horrible en el estómago y no estaba segura de cómo quitármela de encima, pero intenté buscar el lado positivo de la situación. Podría mostrar a las dos personas más especiales de mi vida el lugar en el que me había convertido en quien era. Es cierto que mis padres fracasaron en la crianza de sus hijas, aunque la pequeña población en la que crecí tenía algunas joyas.

Cuando llegamos ya era noche cerrada, así que fuimos a registrarnos al hostal, en dos habitaciones separadas. Al amanecer, estábamos completamente despiertos y listos para lanzarnos a la ciudad.

La primera parada fue mi viejo territorio de combate: la cafetería de Walter, hogar de algunos de los mejores *hash browns* del mundo entero.

—Trabajé aquí durante tres años. Empecé cuando tenía quince, aunque se suponía que debía ser mayor de dieciséis para que pudieran contratarme de manera oficial. Sin embargo, el dueño, Walter, lo dejó pasar y me enseñó a desenvolverme en la cocina. Al cumplir los dieciséis ya me había convertido en la jefa de cocina y daba la vuelta a las hamburguesas más rápido que nadie. Aquí fue donde me enamoré del oficio —dije mirando embelesada a mi alrededor.

La cafetería de Walter estaba decorada al estilo de los años cincuenta. Desde las mesas rojas y blancas a los vasos de Coca-

Cola antiguos y los *sundaes* que servían. La decoración la componían unos pósteres de coches deportivos clásicos y modelos y actores de los cincuenta. Incluso aún tenían la vieja gramola con discos de aquella época. Daba la sensación de que habíamos entrado en una cápsula del tiempo para disfrutar de una buena comida y un poco de historia.

—Este es el lugar donde encontraste tu pasión —comentó Oliver.

—No solo eso..., también es el lugar en el que me crie. Solía venir aquí cuando mis padres estaban de mal humor y se desahogaban conmigo. Walter vive en el apartamento que hay justo encima y siempre me dejaba entrar, a cualquier hora, día o noche, para enseñarme algún truco nuevo de cocina.

—Parece un hombre increíble.

—Le debo muchísimo.

Cuando Walter salió con los menús en la mano, sonreí. Él era quien llevaba la carta a las mesas porque quería conocer a la gente que acudía a apoyar su negocio. No solo pretendía alimentar a los vecinos de Randall, sino que también se interesaba por ellos.

Mientras se acercaba, con la mirada todavía fija en el menú, comenzó a hablarnos.

—Hola, hola, amigos, bienvenidos a la cafetería de Walter. Yo, Walter, estoy muy contento de que estéis... —Sus palabras se cortaron cuando levantó la mirada y me vio. Su sonrisa se ensanchó tanto que estuve casi segura de que el corazón me iba a explotar de felicidad—. Emery Rose —dijo con un suspiro—. La misma que viste y calza.

Salté de mi asiento y estreché a aquel anciano encantador entre mis brazos.

—Hola, Walt. Cuánto tiempo.

—Demasiado —comentó él mientras sacudía la cabeza con decepción—. Pero me alegro de que estés aquí. ¿Vas a quedarte una temporada?

—Solo esta noche. La verdad es que volveremos mañana.

—Qué pena, quería que me cocinaras uno de esos platos sorpresa que solías hacer.

Walter apoyó las manos en mis mejillas y me las apretó con suavidad, a la vez que sonreía como un viejo orgulloso. En muchos sentidos, Walter era un abuelo para mí y yo, una nieta para él. Nunca se casó. Su negocio era su familia y, hasta donde sabía, yo nunca había conocido a mis abuelos. Así que nos teníamos el uno al otro. Incluso decía que era su nieta cuando la gente preguntaba. Aseguraba que éramos familia con todo el amor y el orgullo cuando hablaba de mí.

—Bueno, ¿y a quién tenemos aquí? —preguntó cuando se volvió hacia Oliver y Reese.

—Oh, esta es Reese, mi hija. —Casi vacilé al decir la palabra, consciente de que estaba de regreso en la ciudad que conocía a Sammie. Me pregunté si habrían descubierto que estaba embarazada. Aunque, por otra parte, seguro que no. Mis padres nunca lo harían público, y es que se avergonzaban demasiado.

—¿Tu hija? —exclamó Walter emocionado mientras se agachaba para ponerse a la altura de Reese—. Bueno, ¿cómo te va, preciosa? —preguntó al tiempo que le tendía la mano a Reese.

—Muy bien, señor —contestó, devolviéndole el saludo.

Oliver resopló.

—Ya me gustaría a mí que me reverenciase de ese modo.

Los ojos de Walter pasaron a Oliver y lo miró con severidad.

—¿Y tú eres el padre?

—Oh, no, Walter. Este es Oliver. Es mi… —«¿Mi qué? ¿Mi amigo? ¿Mi jefe? ¿La persona que sueño con besar a diario?».

—Un buen amigo —respondió Oliver, que alargó el brazo para darle la mano a Walter. Aunque este mostró recelo a aceptar el apretón, al fin tomó la mano de Oliver.

—Tengo la impresión de haberte visto antes —dijo entrecerrando los ojos e intentando recordar de qué lo conocía.

El corazón comenzó a latirme con fuerza y la preocupación se apoderó de mí. El objetivo de llevar a Oliver a Randall era que pudiera ser una persona normal por un día y, en ese momento, Walter quería precisar de qué lo conocía. El anciano se quitó el gorro y se golpeó la rodilla con él.

—Mecachis, ¿será que eres el primo de Bobby Winters, el de Oklahoma? —preguntó.

El alivio que cubrió nuestras caras fue idéntico cuando Oliver respondió.

—No, no lo soy.

—Ay, puñetas, vale, me he confundido. Es que tenéis las mismas orejas. Aquí está la carta. Oliver, apuesto a que te gustará saber que este menú es exactamente el mismo que la señorita Emery aquí presente creó para mí hace seis años. Todos los platos favoritos son suyos.

—Me tomas el pelo —dije entre risas—. ¿No has cambiado el menú en todo este tiempo?

—Por supuesto que no. La perfección no se toca. Solo lo cambiaré cuando vengas a mejorarlo.

—Pues tendré que hacerlo lo antes posible —dije.

—Así me gusta. Vale, bueno, os dejo un ratito para que lo miréis mientras le traigo a esta ricura un trozo de tarta *red velvet* —dijo y le guiñó un ojo a Reese, a quien, como era de esperar, se le iluminó el rostro de la emoción.

—Oh, no sé si un trozo de pastel a las nueve de la mañana es buena idea, Walter —razoné y, a su vez, me convertí en la peor enemiga de mi hija.

Walter hizo un gesto para quitarle importancia.

—Oh, chitón, muchacha. Recuerdo que te daba pastel todas las mañanas. Ya sabes lo que dicen: un trozo de pastel cada día te hace más feliz que una sandía.

—Nadie dice eso, Walter.

—Pues deberían.

—¡Eso, deberían! —se metió Reese con garra.

Por supuesto que se ponía de su parte, le iba a dar azúcar.

Cuando me senté de nuevo, Oliver me estaba observando con una sonrisita.

—¿Qué pasa? —solté.

—Solo me estaba preguntando si sabes lo increíble que eres. Creaste un menú entero que todavía se utiliza en el restaurante. ¿Sabes lo fascinante que es eso?

Me sonrojé y me encogí de hombros.

—Solo es la cafetería de una ciudad pequeña. No es tan increíble.

—Sí, sí lo es. Es impresionante. Tú eres impresionante —dijo, y las mariposas hicieron una cabriola en mi estómago—. Y no es más que el comienzo. Me muero de ganas por estar sentado en tu restaurante algún día.

—¡Yo también! —Reese se volvió y me aplastó las mejillas con fuerza—. Mamá. Eres alguien importante y vas a llegar muy lejos.

Le di un besito en la frente y froté su nariz con la mía.

—Te quiero.

—Yo más.

Después de un rato, Walter volvió con el pastel de Reese en la mano y se lo puso delante.

—Aquí tienes, cariño. ¿Estáis listos para pedir? —preguntó Walter.

—Por supuesto. —Pedí la comida y él lo anotó, luego se quedó mirándome un momento.

—¿Te gustaría meterte en la cocina y prepararlo tú misma? —ofreció Walter y, por un momento, una chispa de emoción me recorrió ante la oportunidad de trabajar en la primera cocina que había pisado.

—¿En serio?

—Por supuesto, vamos allá —dijo, y señaló en dirección a la cocina.

Miré a Oliver, que me devolvió el gesto con complicidad.

—No te preocupes, yo me quedo aquí comiéndome el pastel con Reese —dijo.

—Ni hablar, señor Mith. Será mejor que te busques tu propio pastel —dijo Reese con la boca llena.

Los dejé discutiendo sobre el pastel y fui a la cocina a ponerme manos a la obra. En cuanto me coloqué uno de los delantales de la cafetería, fue como si mi cuerpo recuperara la memoria muscular. Todo me volvió de golpe, y por suerte, Walter lo tenía casi todo en el mismo lugar. Comencé a preparar nuestros desayunos, y la emoción de antaño volvió a apoderarse de mí.

Sabía que cocinar era mi pasión. Sabía que quería terminar mis estudios en algún momento, más pronto que tarde, y que nunca podría agradecerle lo suficiente a Oliver que me hubiera dado la oportunidad de ser su chef personal para reavivar ese fuego en mi alma.

Después del desayuno, que Walter se negó a dejarnos pagar, caminamos hasta la plaza del pueblo para explorar el mercado. Oliver llevaba una bonita gorra de béisbol y unas gafas de sol que ocultaban su apariencia todo lo posible. Por suerte para nosotros, nadie nos paró, aunque me topé con unas cuantas caras conocidas.

Me encantaba observar cómo Reese y Oliver lo exploraban todo juntos. Me encantaba lo libres que parecían, sobre todo él. En un momento, levantó a Reese y la sentó en sus hombros mientras me compraban flores.

Cada día que pasaba me enamoraba más del caballero que tenía delante, y dudaba que algo pudiera pararlo.

El día trascurrió sin problemas, sin ningún obstáculo a la vista. Estuvimos explorando por la mañana y, ya de noche, volvimos a visitar los puestos de comida y a escuchar la música callejera.

Todo iba mejor de lo que jamás podría imaginar, hasta que me topé cara a cara con mi mayor temor.

Cuando nos terminamos los granizados que Reese había conseguido, tiré los vasos a la papelera y, al levantar la vista, me encontré con unos ojos idénticos a los míos.

—Mamá —murmuré, estupefacta al verla justo delante de mí con papá a su lado. Ambos llevaban bolsas de la tienda del pueblo y era evidente que estaban tan impactados de verme como yo.

—¿Qué haces aquí? —espetó mamá con tono brusco—. En nuestra última llamada te dejé claro que no quería volver a saber nada de ti, menos aún verte.

Su mirada era intensa y fría. Por un momento, me sentí como si volviera a ser aquella niña que soportó su maltrato durante tantos años. Por un instante, volví atrás en el tiempo y me quedé inmóvil, aterrada, mientras mi padre me observaba igual que a un monstruo.

Entonces una mano se posó sobre mi cintura. Oliver se acercó con Reese y me ofreció una pequeña sonrisa.

—¿Va todo bien? —preguntó.

—¿Quién eres tú? —preguntó mamá a la vez que clavaba los ojos en él y, en ese momento, recuperé la confianza.

—No es asunto tuyo —contesté, irguiéndome.

—Mamá, ¿quién es esa? —quiso saber Reese mientras se colocaba detrás de mi pierna. Se estaba escondiendo, algo inusual en ella. Mi pequeña no era una niña tímida. Mis instintos protectores se dispararon ante su miedo.

Los ojos de mi madre se abrieron con sorpresa.

—¿Esa es…? —Sus palabras se perdieron al tiempo que sacudía la cabeza una y otra vez—. No puede ser…

Di un paso atrás para alejar a Reese conmigo. Intuí la dirección que iba a tomar la conversación y no quería que mi hija escuchara nada de lo que mi madre soltase.

Mi padre no había mediado palabra, pero tenía la mirada fija en cada movimiento que hacía Reese, como si estuviera analizando toda su existencia. Odiaba cómo me sentía cuando estaba cerca. Odiaba cómo, aunque nos encontrábamos al lado, lo percibía tan lejos.

—Pero ¿será posible? ¡Si es Emery Taylor! Parece una reunión familiar de los Taylor —exclamó una voz emocionada.

Miré por encima del hombro y vi a Bobby, mi amigo del instituto, que venía hacia mí. No tenía la menor idea de en qué mal momento había aparecido—. Cuánto tiempo ha pasado, madre mía —dijo cuando nuestros ojos se encontraron.

Fue directo a darme un abrazo y yo no se lo impedí, más que nada porque estaba en estado de *shock*. Se le había escapado por completo la situación incómoda que se desarrollaba delante de nosotros, quizá a causa del alcohol que corría por sus venas.

—¿Cómo estás? —preguntó—. Ha pasado mucho tiempo.

¿Antes de ese instante? Bastante bien, muy bien. ¿En ese momento? Fatal.

—Bien, Bobby. Me alegro de verte.

—Joder, y yo a ti, Emery. De verdad, esta ciudad te ha echado de menos… ¡y a tu cocina! Sammie ha estado preparando las comidas en la iglesia después del servicio, pero no es ni por asomo tan buena como tú. Tal vez antes de irte podrías cocinar unos de esos macarrones con queso que solías hacer para…

—¿Dónde está? —pregunté a la vez que me volvía directa hacia mamá con un nudo en el estómago. Era como si lo tuviera lleno de piedras y fuera a hundirme por la conmoción.

Mamá se removió incómoda mientras papá me volvía la cara. No mediaron palabra. Percibía la culpa en los ojos de mamá, pero, por el contrario, papá no mostraba ni pizca de remordimiento ante la información que había desvelado Bobby.

—¿Dónde está? —pregunté de nuevo. La rabia crecía en mi interior y no sabía de qué manera iba a explotar con la información que mis padres me habían ocultado—. Te llamé, mamá. Te pregunté por ella y no dijiste nada.

—No tengo por qué contártelo —añadió, cruzándose de brazos como si sus palabras tuvieran algún sentido.

Miré a Bobby.

—¿Sabes dónde vive Sammie, Bobby?

—No contestes, Bobby —ordenó mamá, regañándolo como si fuera un chiquillo.

—Bobby. —Respiré hondo y clavé mis ojos en los suyos—. ¿Lo sabes?

Los ojos de Bobby pasaron de mi madre a mí, y su actitud despreocupada se esfumó por completo a medida que se percataba de la seriedad de la situación.

—Vaya, joder... Mira, no pretendía causar problemas —explicó al tiempo que se alborotaba el pelo rizado.

—No pasa nada, solo dímelo —exigí mientras hacía un esfuerzo descomunal por no sacudirlo para espabilarlo.

Oliver estaba de pie detrás de mí con Reese en los hombros. Se inclinó hacia mí y me susurró que iba a llevársela a jugar para dejarnos a mis padres y a mí espacio para hablar. Asentí.

Mientras comenzaban a alejarse, mamá abrió los ojos espantada.

—¿Vas a dejar que ese desconocido se marche con mi nieta?

¿Desconocido?

¿Su nieta?

No podía hablar en serio. No podía estar cuestionando mis capacidades como madre cuando ella me había estado mintiendo sobre el paradero de mi hermana desde Dios sabía cuándo.

Ni siquiera le di la respuesta que buscaba. Mis ojos se clavaron en Bobby.

—¿Bobby? —volví a preguntar.

Él hizo una mueca, se pasó la mano por la boca y luego se encogió de hombros. Cuando estaba a punto de hablar y darme la información, papá se metió en la conversación.

—Creo que ya es hora de que te vayas, Bobby —ordenó.

Él acató la orden y se fue corriendo. Literalmente. Se marchó trotando y no volvió la vista ni una vez.

La garganta empezó a arderme a medida que me invadía el pánico. Mi hermana pequeña había estado viviendo en nuestra humilde ciudad desde hacía tiempo y no me lo quiso contar. Me había hecho creer que se marchaba para encontrarse a sí misma, no para volver a las cadenas de mis padres.

—¿De dónde has sacado a esa niña? —preguntó mamá con voz dura. Las gotas de sudor le caían por la frente, y no recordaba cuándo fue la última vez que la había visto tan nerviosa, aparte de cuando papá le gritaba.

—¿Disculpa? Sammie la dejó conmigo hace cinco años. Me dijo que se marchaba para encontrarse a sí misma.

—No. Eso no puede ser. Sammie nos contó que el bebé no había sobrevivido. Que lo perdió y que por eso regresaba —explicó mamá entre temblores.

—¿Por qué diablos dejaría a una niña en manos de alguien como tú? —rugió papá con asco. Eso me dolió más de lo que hubiera imaginado.

No comprendía lo que pasaba, o por qué pasaba.

—¿Por qué no me dijiste que había vuelto a vivir aquí? —pregunté a mamá.

—¿Por qué tendría que habértelo dicho? Ya no hablamos. Además, Samantha está bien.

—No, no lo está —dije sacudiendo la cabeza. Nada de todo aquello estaba bien y no podía creer que Sammie lo estuviera después de lo ocurrido—. No puede ser si ha vuelto a esta ciudad.

—Vigila tu lengua cuando hables de mi hija —interrumpió papá.

El mismo de siempre.

«Yo también soy tu hija».

—¿Por qué? Es verdad y ambos lo sabéis. No puede estar bien después de lo que le pasó.

—Por eso nos ocupamos de ella. Por eso la cuidamos, porque es nuestro bebé. Vino a nosotros cuando nos necesitaba, aunque nada de eso es asunto tuyo.

Me quedé paralizada y atónita ante las palabras que salían de la boca de mamá.

—Estás loca si crees que…

Me encogí cuando la mano de papá me agarró el antebrazo con fuerza. Sus ojos sombríos se clavaron en los míos y juro que sentí que la oscuridad me cubría.

—No hables así a tu madre —me regañó a la vez que me apretaba el brazo.

Abrí la boca, mi cuerpo comenzó a temblar sin control.

—Suéltame —ordené, aunque la voz se me quebraba al pronunciar las palabras. No era ningún secreto que hasta ese día mi padre seguía causándome terror.

Apretó más e hice una mueca de dolor.

—Pídele disculpas a tu madre.

Los ojos de mamá se suavizaron por un instante cuando miró cómo me agarraba.

—Vale, Theo, creo que ya es suficiente.

Sin embargo, papá apretó más fuerte, yo ahogué un grito.

Mamá apoyó la mano sobre la suya y sacudió la cabeza.

—Suéltala, Theo.

—No te metas en esto, Harper —ordenó. El odio que pintaba sus ojos me aterrorizó—. Pídele perdón por hablarle así.

—¿Qué? —grité—. No.

Más fuerte.

—Discúlpate —ordenó.

El dolor me subió por el brazo y estaba llegando al punto en que se me iban a saltar las lágrimas, pero no quería llorar delante de él. Por alguna razón, sentía que, si me veía débil, él se sentiría fuerte.

—¿Qué cojones haces? —rugió una voz. Miré por encima del hombro y vi a Oliver allí de pie, con Reese a su lado. Fue directo hacia mi padre y lo obligó a soltarme—. No vuelvas a ponerle la mano encima.

Papá se irguió y, a diferencia de mí, Oliver no tembló de miedo. Miró cara a cara a la persona que me había criado y se puso delante de mí para protegerme del primer hombre que se suponía que debería haber hecho justo eso.

—¿Quién diablos crees que eres? —rugió papá con la furia marcada en el rostro. Tenía los puños apretados.

—Alguien que nunca presenciará cómo un hombre le pone la mano encima a una mujer sin hacer nada. Si vuelves a tocar a Emery, será lo último que hagas —amenazó, frío como el hielo.

—No sabes a qué clase de persona estás defendiendo —escupió papá.

—¿Crees que tienes derecho a ponerle la mano encima a una mujer? ¿A cualquier mujer? ¿Por qué, porque son más pequeñas que tú? ¿Porque te hace sentir poderoso? Venga, pues. Házmelo a mí. A ver qué pasa —ordenó Oliver mientras se acercaba más a él—. Muéstrame lo machote que eres.

—Oliver —dije, y le puse la mano en el brazo—. Vámonos.

Su actitud era firme, no parecía que fuera a aflojar, así que me coloqué entre él y mi padre y lo miré fijamente.

—Oye, aquí.

Bajó la cabeza y el fuego que danzaba en su interior se apaciguó cuando nuestros ojos se encontraron.

—Vámonos. Por favor.

En ese momento, sus hombros se relajaron y, de forma apenas perceptible, asintió.

Reese parecía confundida y horrorizada a la vez. Odiaba que tuviera miedo, de modo que corrí hacia ella y la cogí en brazos.

—No pasa nada, bebé. Está bien.

Se me acurrucó y la abracé más fuerte que nunca.

—Exacto. Deberías irte —dijo papá en un intento por hacerse el duro, aunque juro que cuando Oliver se le acercó, sucedió algo que no había presenciado en mi vida: vi a mi padre encogerse de miedo.

Me sentí derrotada cuando lo miré y le hice la única pregunta que había tenido clavada en la mente casi toda la vida.

—¿Por qué me odias? —susurré, como la niña herida que solía ser.

Sin vacilar, parpadeó una vez y contestó:

—Porque siempre has sido una decepción.

Mi corazón.

Se quebró.

—Vámonos —insistió Oliver con suavidad poniéndome una mano en la cintura.

Miré a mis padres y quise decirles muchas cosas, no obstante, nada era lo bastante fuerte como para salir de mi boca. En vez de eso, giré sobre mí misma y me alejé.

—¿Estás bien, mamá? —preguntó Reese mientras me secaba las lágrimas.

—Sí, mi amor. Estoy bien.

—No debería llamarte mamá —gritó mi madre, pero seguí caminando, aunque sus palabras se clavaron en mi alma como puñales—. No es tuya —dijo, y cada centímetro de mi cuerpo se estremeció de dolor. ¿Cómo podía decir algo tan terrible? ¿Cómo podía ser tan cruel?

Noté que me iban a fallar las rodillas en cualquier instante, y, justo antes de que me derrumbara, ahí estaba Oliver para enlazar mi brazo libre con el suyo. Me mantuvo de pie cuando iba a caer.

—Sigue andando, Em —susurró—. Tú sigue caminando.

Nos movimos como en automático hasta que llegamos al coche. Dejé a Reese en su sillita y le abroché el cinturón y, luego, me senté en el asiento del copiloto. Con la mirada clavada hacia delante, intenté con todas mis fuerzas controlar la rabia y el dolor que me recorría.

—Oye, mamá.

—¿Sí, Reese?

—¿Por qué ha dicho esa señora que no soy tuya?

Cerré los ojos mientras las lágrimas caían por mis mejillas.

—No lo sé, mi amor. Está loca.

—Oh, vale. —Lo aceptó con toda facilidad antes de decir de nuevo—: Oye, mamá.

Sorbí.

—¿Sí, mi amor?

—Yo creo que no eres ninguna decepción.

Bajé la cabeza mientras las lágrimas seguían cayendo.

—Gracias, cariño. —Intenté calmar el temblor de mi cuerpo con todas mis fuerzas para que Reese no se diera cuenta de lo afectada que estaba.

—¿Estás bien? —susurró Oliver.

Respiré hondo y dije:

—Solo conduce, por favor.

Hizo lo que le pedía y yo mantuve los ojos cerrados durante todo el trayecto hasta el hostal. No me aparté cuando la mano de Oliver se posó sobre la mía. Su suave apretón hizo que una oleada de consuelo cubriera mi alma.

—Gracias —susurré.

—Lo que necesites.

Reese se quedó dormida a los pocos segundos de tumbarse en la cama de nuestra habitación. Mi cuerpo se movía lento mientras mi mente iba a toda velocidad. Después de lavarme la cara y ponerme el pijama, oí que alguien llamaba a la puerta.

Abrí y vi a Oliver ahí de pie con las manos en los bolsillos.

—Hola.

Intenté conjurar una sonrisa, pero no lo conseguí.

—Hola.

—¿Puedo darte un abrazo? —preguntó.

Sacudí la cabeza.

—No pasa nada, no hace falta. Estoy bien, de verdad. Es solo que ha sido un día muy largo. Debería ir a dormir.

—No tienes por qué hacer eso, ¿sabes?

—¿El qué?

—Ser fuerte todo el tiempo.

—Sí —asentí—. Tengo que hacerlo, porque si no lo hago no podré ser lo que mi hija necesita. Debo ser fuerte para poder cuidarla.

Entonces, sus ojos se posaron sobre la niña, que estaba durmiendo en la cama, y luego de nuevo en mí.

—Ahora mismo Reese está bien, a salvo, tranquila. Así que ahora te toca a ti dejar que te cuiden.

—Yo... —Mis palabras se desvanecieron mientras cruzaba los brazos y negaba de forma ligera con la cabeza—. Nunca he tenido a nadie que cuide de mí. Ni siquiera sé cómo se hace.

—Cada vez es diferente, pero esta noche basta con que dejes que te abrace.

Me mordí el labio y asentí suavemente, dándole permiso para que me cogiera entre sus brazos. En cuanto su cuerpo envolvió el mío, me derretí contra él y al instante me sentí como en casa. Luego me llevó hasta mi cama y nos tumbamos juntos. Sus brazos eran la manta pesada más maravillosa que mi alma necesitaba aquella noche.

No intentó hacerme hablar, ni tampoco tratar de entender lo que había sucedido ese día ante sus ojos. Se limitó a consolarme y a cuidarme, y yo me fui enamorando más, y más, y más...

«Te quiero», pensé.

«Te quiero», sentí.

«Te quiero», supe.

Pero no podía decir las palabras, porque el amor me daba miedo. Todas las personas a las que quise me habían decepcionado. No podía permitirme pronunciar en voz alta mis sentimientos por Oliver, porque, una vez lo hiciera, no habría marcha atrás.

Me volví para mirarlo, y clavé los ojos en los suyos marrones, que habían sido la fuente de mi felicidad durante las últimas semanas, y luego mi mirada se posó sobre sus labios. El corazón comenzó a latirme deprisa, la cabeza me daba vueltas.

—¿Oliver?

—¿Sí?

—¿Sientes por mí lo mismo que yo por ti?

—Más —susurró él, y acercó más su cara a la mía para que nuestras frentes se tocaran—. Siento más.

—¿No te da miedo?

—No.

—A mí sí —confesé—. No estoy acostumbrada a que la gente se preocupe por mí, y quienes tenían que hacerlo me abandonaron. Así que me aterra. Me asusta acercarme a ti, porque, ¿y si cambias de opinión? ¿Y si un día decides que ya no me quieres y te vas?

—No puedo borrar tu miedo, Emery, pero necesito que sepas que esto es obra tuya —dijo al tiempo que tomaba mis manos entre las suyas y las apoyaba sobre su pecho—. Me encontraste cuando mis latidos casi se habían apagado y los devolviste a la vida. Gracias a ti mi corazón sigue vivo, y es por eso que todavía late.

Mi cuerpo se llenó de tanto amor que casi resultaba insoportable.

—Oliver…

—Pídeme que sea tuyo y lo seré. Si dejas que me quede, lo haré para siempre.

Me acerqué más y rocé mis labios contra los suyos con suavidad, y la sutil caricia hizo que una onda recorriera todo mi cuerpo. Entonces, mis labios se precipitaron contra los suyos. Lo besé, primero con frenesí y, luego, la delicadeza se apoderó de mí. Sus labios tenían el sabor de un sueño hecho realidad, y adoraba la manera en que me devolvía el beso. Me besaba como si me hubiera echado de menos durante décadas antes de que nos conociéramos. Su beso se asemejaba a una promesa que necesitaba sentir. Cuando se apartó, nuestros ojos se encontraron y le sonreí con timidez.

—Soy tuya, por favor, quédate y, por favor, bésame otra vez —susurré, y lo hizo.

Ignoro el tiempo que nuestros labios permanecieron juntos, o cuánto pasó hasta que el agotamiento se apoderó de nosotros. Lo único que sabía es que, en sus brazos, sentía consuelo; me sentía a salvo.

Mientras mis párpados comenzaban a cerrarse y los suyos también, soñé que me decía que me quería.

En mis sueños, susurraba que yo también lo quería.

30

Emery

A la mañana siguiente, decidí que tenía que hablar con Sammie, y sabía con certeza dónde encontrarla: en la iglesia, donde se preparaba para la sesión matutina de estudio de la Biblia. No me costó demasiado descubrir dónde estaría en una ciudad tan pequeña como Randall. Bastaba con preguntar por ahí para recibir respuestas.

Llegué antes de que comenzara el servicio religioso y encontré a Sammie en una de las aulas, preparándose para la lección. No me vio, porque estaba ocupada revisando unos documentos, de modo que me quedé en el dintel de la puerta y golpeé la pared con los nudillos.

Cuando levantó la vista, los papeles que tenía en las manos cayeron al suelo y se desparramaron por la habitación.

—Emery —susurró, consternada por completo. Parecía que hubiera visto un fantasma y, en cierto modo, así era—. ¿Q-qué haces aquí?

—¿Me tomas el pelo, Sammie? ¿Qué haces tú aquí? —vociferé, estupefacta. Odiaba que una parte de mí quisiera abrazarla, estrecharla entre mis brazos, llorar al saber que estaba viva y bien. Otra parte de mí quería decirle de todo—. Dijiste que te habías marchado para empezar una nueva vida. No que habías vuelto. Cada vez que hablábamos estabas en un sitio distinto. ¿Cómo pudiste hacerlo? ¿Por qué me ocultaste que habías vuelto a Randall? ¿Llegaste a irte de viaje?

Sus ojos mostraban la verdad. No. Corrió directa a casa todos esos años atrás. Sentí ganas de vomitar.

—Yo... es... —Tragó con fuerza y miró por encima de mi hombro, como con miedo de que alguien pudiera oírnos—. Es complicado.

Cerré la puerta detrás de mí y avancé hacia ella.

—Volviste corriendo con mamá y papá de inmediato, ¿verdad?

—Tuve que hacerlo, Emery. No lo entiendes. No tenía nada.

—¡Me tenías a mí!

—En realidad no. Y lo entiendo. Para ti fue fácil dejar atrás a mamá y a papá, pero yo no soy como tú. Mi relación con ellos era buena antes de ese error.

—No cometiste ningún error. Te violaron, Sammie.

Se encogió al oír mis palabras y respiró hondo.

—Sí, bueno, eso pasó hace mucho tiempo, ya no hablamos de ello. Así que sí. Tengo que prepararme para la clase. —Fue a recoger los papeles, yo me sentí muy confundida. ¿Qué estaba pasando? Parecía que hubiera salido de *Las esposas perfectas.* Se movía como si no tuviera emociones y actuaba como si habernos abandonado a Reese y a mí hace cinco años hubiera sido una minucia.

—Sammie, abandonaste a Reese. Me abandonaste a mí. Lo pasamos fatal durante años para mantenernos a flote, y tú te marchaste y volviste a casa. Podrías haberme llamado para contármelo. Podrías habernos ayudado de alguna manera.

Sammie parpadeó unas cuantas veces antes de sacudir la cabeza.

—Tomé la mejor decisión que pude, Emery. No podía hacer nada más.

—¿Y a mamá y a papá les pareció bien que abandonaras a Reese?

Sus ojos castaños se vidriaron mientras trataba de recoger los papeles.

—No importa lo que piensen.

—Bueno, pues ayer parecían bastante sorprendidos cuando vieron a Reese en la ciudad.

—¿Qué? ¿La han visto? —jadeó Sammie—. No… no…

—Sí. Y se quedaron atónitos. Me contaron que dijiste que habías perdido al bebé. Ni siquiera sabían que existía.

Sammie no me estaba escuchando. No asimilaba las palabras que le decía.

—¿Reese está aquí? ¿En Randall?

—Sí…

—Nadie puede saber que tuve ese bebé, Emery. ¿No lo entiendes? No puede saberlo nadie. Arruinaría mi vida. A mamá y a papá les daría un ataque. Les dije que perdí al bebé y, por eso, me dejaron volver. Mencionaron que había sido la manera de Dios de curarme.

Oír eso hizo que me entraran ganas de vomitar. ¿La única manera de que mis padres volvieran a acoger a mi hermana era si creían que había sufrido un aborto? ¿Y asociaban un hecho tan horrible a una señal de Dios?

¿Qué le pasaba a esa gente?

¿Qué le pasaba a Sammie para escudarse en una mentira tan terrible?

—Bueno, ahora saben que Reese es tuya. Así que tendrás que vivir con eso —advertí—. Aunque no es que se te dé muy bien lidiar con las cosas.

—No tienes derecho a regañarme —empezó.

—¡Y una mierda que no! —salté.

—Vigila esa lengua, estás en una iglesia —masculló Sammie, demasiado parecida a mamá.

—¿Esto es lo que quieres? ¿Ser una copia exacta de mamá? ¿Fingir que las cosas van bien cuando es mentira? Me abandonaste, Sammie, después de que yo te acogiera, ¿y no tienes nada que decir al respecto? ¿No sientes remordimientos?

Abrió la boca mientras su cuerpo se estremecía.

—Fue… fue la voluntad de Dios que las cosas acabaran de esta forma.

¿La voluntad de Dios?

Vaya puta manera de escurrir el bulto.

No podía creerlo. No entendía que la mujer que tenía delante dijera esa clase de cosas. No la reconocía. No conocía a la chica que estaba allí de pie y escupía esas palabras. Esa no era mi hermana. Ella nunca habría sido tan cruel y despiadada. No, la mujer que tenía delante era obra de nuestros padres. La habían moldeado con firmeza durante los momentos más traumáticos de su vida.

Y la hermana que conocía, la Sammie a la que quería, había desaparecido por completo.

—Qué lástima que una persona necesite usar a Dios para ocultar la culpa que siente por las malas decisiones que ha tomado —murmuré y me di la vuelta, segura de que ya no quedaba nada por decir.

Cuando estaba a punto de abrir la puerta, Sammie me llamó.

—¿Emery?

—¿Sí?

Me volví y me encontré con una chica que me miraba con los ojos llenos de lágrimas. Le temblaba el labio cuando rogó:

—Por favor, no le digas a nadie lo de Reese. Me arruinaría la vida. No puedo enfrentarme a eso. Tengo la oportunidad de volver a empezar, la gente no debe saberlo.

Salí del edificio sin decir nada más. Nunca le contaría a nadie lo que Sammie había hecho hacía tantos años.

No obstante, el peso de la culpa en su corazón era algo con lo que tendría que cargar durante el resto de su vida.

Los días transcurrían pesados a medida que los recuerdos del viaje seguían resurgiendo y, con ellos, las emociones que me golpeaban. Hice cuanto pude para distraerme, por lo que me centré en pasar buenos ratos con Reese e inventé nuevas recetas que prepararle a Oliver. La cocina y mi hija eran las dos tablas a las que me aferraba. Sin ellas, mi mente se habría desbocado.

Una tarde, mientras hacía la lista de la compra de la semana para Oliver, oí unos sollozos que venían de la alacena.

Alarmada, corrí a ver qué sucedía y me encontré a Kelly llorando destrozada con las manos en la cara.

—Ay, Dios, Kelly. ¿Qué te pasa? —pregunté mientras corría a su lado y la levantaba para abrazarla.

—Perdona, Em. —Sorbió e intentó controlar sus emociones—. Es solo que he visto los cereales ahí arriba, y me han recordado a una noche que Alex y yo nos quedamos despiertos hasta tarde comiendo cereales; y es una tontería, pero me ha afectado mucho, y ahora… —No pudo terminar la frase porque volvió a estallar en sollozos.

Era la primera vez que veía a Kelly demostrar algún tipo de tristeza. Oliver me había dicho que Alex y ella tuvieron una historia y empezaron a enamorarse, aunque yo nunca se lo había mencionado a Kelly, porque imaginaba que sería un asunto delicado. Siempre parecía tan alegre y compuesta que verla deshecha por la irrupción repentina de un recuerdo me rompió el corazón.

—Soy una idiota. Perdona, estoy bien —dijo mientras se secaba las lágrimas que seguían cayendo.

—No eres idiota, y no estás bien. No tienes que estarlo, Kelly. No puedo ni imaginar por lo que debes de estar pasando.

Me dedicó la mirada más triste del mundo y sacudió la cabeza.

—No sabes lo mal que me siento. Me siento tan culpable.

—¿Culpable? ¿Por qué?

Sorbió y se tapó la cara con las manos. Entre sonidos amortiguados, dijo:

—Hoy un hombre me ha pedido una cita en la clase de *spinning* y le he dado mi número —contó entre sollozos—.

¿Cómo he podido hacer algo así? ¿Cómo he podido darle mi número a alguien más después de perder al mejor hombre que nunca he tenido?

«Oh, Kelly…».

En ese momento tuve una revelación. Mientras yo luchaba contra mis propios demonios, ella se enfrentaba a los suyos. Ni siquiera sabía lo profundas que eran sus cicatrices hasta ese momento. Entonces me di cuenta de que todo el mundo vivía con problemas que se intentaban enmascarar.

—No puedes ser tan dura contigo misma, Kelly. Te mereces volver a ser feliz.

—¡Ya ni siquiera sé qué significa eso! —gritó desconsolada, y yo la abracé aún más fuerte.

—¿Sabes lo que necesitas? —susurré, en un intento por tranquilizarla.

—¿Qué?

La aparté unos centímetros y le sonreí mientras le limpiaba algunas lágrimas.

—Necesitas un día de chicas.

Después de insistirle un poco, Kelly accedió a que la llevara al *spa* para ayudar a despejar el lío que tenía en la cabeza y el corazón.

—¿Estás seguro de que no te importa? —pregunté a Oliver mientras Kelly iba a lavarse un poco.

—Claro que no. Lo necesita. Además, conseguiré alimentarme solito por un día —bromeó—. ¿Cómo puedo ayudar?

—La verdad es que me preguntaba si podrías hacerme un favor enorme e ir a recoger a Reese del campamento. Se lo había pedido a Abigail, pero ya tiene planes.

—Por supuesto, no hay problema. ¿A qué hora?

Le di toda la información y estuvo encantado de echarme un cable.

—Gracias, Emery…, por estar al lado de Kelly. Sé que tienes tus propios problemas. Para mí significa mucho que la ayudes.

—Creo que ambas necesitamos un día de descanso —confesé—. Últimamente, el mundo está pudiendo conmigo. Siento que es hora de desconectar un rato.

—Tomaros todo el tiempo que necesitéis. Yo estaré aquí con Reese cuando estés lista para volver a casa.

Casa.

Lo dijo como si su casa fuera la mía y eso me hizo sonreír más de lo que consideraba posible.

31

Oliver

El campamento de Reese parecía una escena de *La banda del patio* donde los críos corren como bestias salvajes. Todos gritaban y se perseguían unos a otros. En ese momento, me alegré mucho de no haber ido nunca a un campamento de verano. Estaba seguro de que solo habría conseguido ponerme la ansiedad por las nubes.

Me apoyé en el coche y esperé a ver a Reese para llevarla a casa. Emery ya había llamado a las monitoras para informar de que yo recogería a su hija, así que solo quedaba esperar.

Los niños pasaban disparados y ansiosos por montarse en los coches e irse a casa. Al ver a Reese, me erguí y observé con atención la escena que tenía lugar. No parecía la niña alegre que conocía y adoraba. Se veía… ¿triste?

Entonces, mi preocupación se transformó en rabia cuando vi a un chaval pincharla con un palo y, luego, tirarla al suelo.

—¡Eh, qué coño haces! —aullé mientras corría hacia ellos, muy impactado por lo que acababa de pasar. Al parecer, ninguno de los monitores se había dado cuenta de lo sucedido, lo que me enfureció todavía más.

—Tío, no vuelvas a ponerle la mano encima nunca más —espeté.

Me miró como si fuera el crío más duro de todo el patio y puso los ojos en blanco. Sí, exacto. Ese mocoso me miró y puso los ojos en blanco.

—Lo que tú digas, no eres mi padre. No puedes decirme lo que tengo que hacer —resopló.

Ayudé a Reese a levantarse y la pequeña corrió a esconderse detrás de mí, avergonzada.

—No soy tu padre, pero me voy a chivar —amenacé.

—Mi padre puede darte una paliza —dijo el niño, lo que me dejó estupefacto. ¿Qué clase de niño del demonio era ese? ¿Era el hijo de Cam o qué? Tenían muchísimo en común.

Miré a mi alrededor y grité:

—¡Eh! ¿De quién es este crío? Será mejor que alguien me diga de quién es este mocoso de mierda —aullé.

—Tienes que meter otra moneda en el bote de las palabrotas —susurró Reese.

Con gusto metería una moneda en el bote por aquella situación.

—¿Qué pasa? —preguntó una voz profunda. Me volví y vi a un tipo dos veces más grande que yo que caminaba hacia mí. Pero no iba a achicarme. No cuando se trataba de defender a Reese.

—Lo que pasa es que tu hijo ha empujado a Reese al suelo, y no quiere pedirle perdón.

—¡No es verdad, papá! ¡Está mintiendo! —se defendió el niño capullo.

Debía de ser hijo de Cam.

—Ha dicho que no lo ha hecho, así que no lo ha hecho —zanjó el hombre, irguiéndose.

—Bueno, pues tu hijo es un mentiroso.

El tipo sacó pecho.

—¿Te estás haciendo el chulo? Ni se te ocurra hablar de mi hijo.

—Entonces dile que tenga las manos quietas y no habrá ningún problema.

Antes de que el gigante inmenso hablara de nuevo, me miró con los ojos entrecerrados, estudiándome.

—Espera un momento, joder. ¿No eres Oliver Smith?

Oh, mierda.

Me removí inquieto. No quería contestar.

—¡Sí, es Oliver Mith, y es mi amigo! —intervino Reese, que había recuperado la voz.

—¡Hostia! ¡Soy un gran admirador! —exclamó el gigante terrorífico, cogiéndome la mano y sacudiéndola sin parar. Su actitud cambió por completo en cuanto se dio cuenta de quién era—. Tío. Tu música es la hostia. Siento lo de tu hermano, amigo. Te acompaño en el sentimiento.

Parecía otra persona. Incluso lo veía un poco más pequeño.

Se volvió hacia su hijo y lo miró con severidad.

—¿Has empujado a esa niña, Randy?

—¡Sí, me ha empujado! ¡Me he raspado la rodilla y todo! —exclamó Reese, y le mostró la pierna.

—¿Por qué la has empujado? —preguntó su padre.

—¡Papá! Porque es un bicho raro —lloriqueó Randy.

Su padre lo cogió del brazo y lo acercó más a Reese.

—Pídele perdón.

—¿Qué? ¡Ni hablar! Ni siquiera... —El padre de Randy le lanzó una mirada gélida que lo hizo callar al instante. Claro, yo no podía hacer que el niño se portara bien porque, como había dicho, yo no era su padre. Pero el gigante sí lo era y, por supuesto, tenía ese poder.

Randy gruñó.

—Lo siento —masculló.

Entonces, su padre le dio un empujoncito.

—Dilo de verdad. Y mírala a los ojos.

—¡Papá!

—Hazlo. Ahora.

Randy se acercó más a Reese y la miró a los ojos.

—Perdona que te haya empujado, Reese.

La pequeña sonrió con orgullo.

—Gracias.

—Perdona de nuevo, tío —dijo el hombre, que me dio la mano y la estrechó una vez más—. Lo dicho. Gran admirador. ¿Podemos sacarnos una foto?

Aunque la situación era incómoda, me hice una foto con él.

Todo el mundo en el campamento se había detenido y la gente nos observaba. Así que tomé la oportunidad de expresar mis propios pensamientos sobre el asunto.

—Que esto os sirva a todos de lección. Si os metéis con esta niña, os metéis conmigo, y os aseguro que no queréis meteros conmigo. O tendréis problemas.

—¡Sí! —añadió Reese—. ¡Porque es Oliver Mith y es un roquero y es rico y famoso y os dará una paliza a todos y os llevará a juicio para denunciaros, porque es rico y tiene un montón de dinero y ganará!

—No te vengas arriba, chiquilla —mascullé—. No hace falta amenazar con demandas.

—Perdona, señor Mith —susurró ella.

Luego fuimos al coche y daba la impresión de que Reese había recuperado su luz cuando saltó al asiento trasero, donde estaba su sillita. Me aseguré de que tuviera el cinturón bien abrochado y ella se inclinó hacia mí, me puso las manos en las mejillas y me dijo:

—¿Señor Mith?

—¿Sí, pequeña?

—Eres mi mejor amigo.

El día de chicas de Emery y Kelly se prolongó hasta la noche. Reese se quedó dormida en la habitación de invitados después de que viéramos *Frozen 2* por segunda vez. Cuando Emery apareció, la recibí con un fuerte abrazo.

—Espero que Reese no te haya causado muchos problemas —dijo.

—¿Qué? Ni hablar. Somos mejores amigos. Está dormida en la habitación de atrás.

—Gracias de nuevo por cuidar de ella.

—Sin problema. ¿Kelly está bien?

Emery frunció el ceño.

—Lo estará. Pasito a pasito.

Emery no sabía lo increíble que era. Incluso cuando estaba atravesando su propia tormenta, siempre encontraba tiempo para ayudar a otros. Nunca había conocido a una mujer que diera tanto sin pedir nada a cambio.

Me metí las manos en los bolsillos y me balanceé.

—En mi primera sesión con Abigail, hizo una analogía de que la vida de las personas es como una cinta y cada canción es un capítulo de su historia. Algunas partes son felices y otras, tristes, pero todas se entrelazan para crear la cinta.

—Me encanta ese concepto —dijo, mientras se acurrucaba contra mí. El calor de su piel hizo que me subiera la temperatura.

—A mí también. —Apoyé la cabeza en la nuca de Emery y dibujé un sendero de besos en su piel—. ¿Puedo contarte un secreto? —Mis labios se posaron sobre su lóbulo y lo acaricié con suavidad.

Ella dejó escapar un pequeño gemido mientras abría los ojos para mirarme.

—Sí.

—Tú eres mi canción favorita de toda mi cinta.

Me apoyó las manos en las mejillas y me atrajo para besarme. La besé despacio. Quería disfrutar cada segundo que pasaba a su lado.

—¿Te gustaría quedarte a dormir? —pregunté.

—Vale.

—¿Duermes conmigo?

Se mordió el labio antes de acercarse y besarme suavemente.

—Vale.

La llevé a mi dormitorio y comencé a quitarle la ropa mientras ella me quitaba la mía. Mis labios cayeron sobre su piel a la vez que la tumbaba en la cama. Al principio me tomé mi tiempo y saboreé cada parte de ella que había deseado desde hacía semanas. Separé sus piernas y bajé para probar el cielo con el que había estado soñando.

Cada vez que mi lengua rozaba su centro, gemía de placer. Chupé y lamí cada gota que me dio. Me encantaba sentir su sabor en mi boca, y, joder, me moría de ganas por sentir cómo mi polla entraba y salía de ella.

Esa noche hicimos el amor, compusimos una canción que nos pertenecía a nosotros y solo a nosotros. Cada vez que gemía, la follaba más y más fuerte, tirando de sus rizos mientras sus dedos se enredaban en mi pelo. Su humedad me hacía desearla más y más. Cada vez que la penetraba quería quedarme a vivir en su interior. Me montó duro. Movió sus caderas contra mí hasta que se corrió una y otra vez gritando mi nombre.

—Em, voy a… voy a… —«Joder». Quise salir, pero ella me detuvo cuando me tomó del cuello y me obligó a mirarla a los ojos.

—Tomo la píldora —susurró, y esa fue la única confirmación que necesitaba antes de lanzar un suspiro, incapaz de decir nada más mientras el orgasmo se apoderaba de mí.

Exploté dentro de ella y sentí cómo temblaba contra mi piel. Las gotas de sudor me rodaban por el cuerpo y Emery jadeaba, exhausta.

—Ha sido… —dije, respirando con fuerza y apoyando mi frente contra la suya.

—Exacto —suspiró.

Perfecto.

Había sido perfecto.

Nos quedamos así unos minutos antes de hacer el amor otra vez.

Nuestros cuerpos se mezclaron de la misma manera que nuestros corazones. La coloqué encima de mí y observé maravillado cómo me cabalgaba. El tiempo parecía avanzar a cámara lenta, sus caderas subían y bajaban a un ritmo creado solo para nosotros. Mis manos reposaban sobre su cintura mientras nos movíamos como uno solo y yo me hundía en lo más profundo de su cuerpo a la vez que ella se dejaba caer contra mí cada pocos segundos.

Gemí de placer y ella de deseo. Sus gemidos eran el sonido más hermoso de todo el puto mundo, me encantaba. Adoraba nuestro sonido, nuestro sabor, nuestro ritmo. Me encantaba la manera en que, cuando llegaba al clímax, sentía cómo cada parte de su ser temblaba y eso provocaba que mi cuerpo se acercara más y más al final. Me encantaba que quisiera seguir montándome. Me encantaba cómo poseía mi cuerpo, mi mente, mi alma.

La amaba.

Me estaba enamorando tan rápido que debería dar miedo, pero, en vez de eso, me sentía feliz.

Feliz...

No sabía que aún podía sentirme así.

Esa noche nuestras canciones se entremezclaron, creando una especie de remezcla. Su corazón latía con el mío y, mientras dormíamos abrazados, sentí que estábamos creando algo nuevo. Una cinta nueva, una que contenía nuestra historia.

Y me encantaba cómo sonaba.

32

Emery

—Tenemos que hablar —exigió mamá en la puerta de mi apartamento. No tenía ni idea de por qué estaba allí y, menos aún, de cómo había averiguado dónde vivía. No hacía mucho que había vuelto de casa de Oliver, quizá una hora, y, poco después, me encontraba frente a Harper Taylor; menudo jarro de agua fría.

—No hay nada de qué hablar —zanjé y crucé los dedos—. ¿De dónde has sacado mi dirección?

—Hace años que sé dónde vives. Sammie me lo dijo hace una eternidad, pero hasta ahora no he necesitado venir a verte.

Reese salió de su cuarto y caminó hasta la puerta.

—¿Mamá? ¿Quién es? —preguntó, con la vista fija en la puerta. Abrió los ojos y se escondió detrás de mi pierna—. ¿Es la señora loca otra vez?

«Sí, Reese. Exacto».

Mamá se agachó para quedar a la altura de mi hija y esbozó una sonrisa grande y falsa.

—No, cariño. Soy tu abuela.

Reese abrió los ojos emocionada.

—¿Tengo una abuela?

Empujé a Reese detrás de mí y le lancé una mirada dura a mamá.

—No hables con mi hija.

Mamá se levantó de nuevo.

—No es tu hija. Por eso estoy aquí.

—Tienes que irte.

—No hasta que hablemos.

—No hay nada en este mundo de lo que tengamos que hablar. Y no pienso permitir que le faltes al respeto a mi hija delante de mí. Así que, si no te marchas...

—Sammie está abajo, en el coche —interrumpió mi madre—. Con Theo.

—¿Qué?

—Está abajo, esperando en el coche. Quiere hablar contigo y he pensado que un encuentro en la cafetería del final de la calle sería lo mejor para que podamos tratar nuestros problemas familiares.

¿Problemas familiares?

Solté una risita.

«¿Qué familia?».

Fui hasta la ventana que daba a la calle y, para mi sorpresa, ahí estaba Sammie, sentada en el asiento trasero del coche de mis padres, con papá en el del copiloto. Volví junto a mamá, sacudiendo la cabeza.

—¿De qué quieres hablar?

—De la salud mental de Sammie y de darle lo que necesita. ¿Puedes dejar de hacer preguntas, Emery, y escuchar por una vez en tu vida? Hablaremos de todo cuando estemos allí.

Miré a mi hija.

—¿Y Reese?

—¿Qué pasa con ella? Tráela. Creo que será bueno para todos.

Por encima de mi cadáver.

—No quiero hablar de nada delante de ella. Déjame que la deje en casa de la vecina. Vamos, Reese.

Cogí la mano de mi hija y la llevé hasta el apartamento de Abigail. Me sentí fatal por pedirle a Abigail que cuidara de mi pequeña una vez más, pero no sabía qué hacer. Tenía el presentimiento de que la conversación con mi familia no iba a ser un camino de rosas, y quería mantenerla lo más lejos posible del conflicto.

Por supuesto, Abigail no tuvo ningún inconveniente en ayudarme.

—¿Va todo bien? —preguntó con una ceja arqueada mientras miraba a mi madre al final del pasillo.

—La verdad es que no lo sé, el caso es que no quiero involucrar a mi hija en la conversación que estoy a punto de tener con mi familia.

Ella abrió más los ojos.

—Oh, vaya. ¿Esa es tu madre?

Asentí.

—Sí. Volveré a recogerla lo antes posible.

—Claro, no hay prisa. Estaremos la mar de bien —dijo mientras apoyaba las manos sobre los hombros de Reese.

—Gracias.

—Oye, mamá. ¿De verdad esa es mi abuela? —quiso saber Reese. Se me encogió el pecho ante su pregunta.

Me agaché y le di un beso en la frente.

—Luego te lo explico todo, mi amor. Tú quédate con Abigail hasta que vuelva a casa. —Apoyé la mano sobre su corazón para copiar sus latidos y ella hizo lo mismo.

Caminé hasta mamá que, como de costumbre, tenía una mueca en la cara.

—¿Siempre dejas a tu hija con desconocidos?

Puse los ojos en blanco y seguí caminando hacia el ascensor.

—Tú eres más desconocida para mí que nadie de este edificio. Acabemos con esto.

—Iremos juntos en coche hasta la cafetería de la esquina —declaró mamá. Como siempre, tomaba el control de la situación. No me quejé ni discutí, porque mi atención estaba puesta en Sammie.

Abrí la puerta del asiento trasero y miré a mi hermana, que con los ojos clavados en el regazo movía nerviosa los dedos. Me senté en el coche y respiré hondo.

—Hola, Sammie.

Ella volvió la cabeza hacia mí con la mirada más triste que había visto jamás y una sonrisa que más bien parecía una mueca.

—Hola, Emery.

Estaba sentada con una postura perfecta, como si no hubiera estado encorvada en su vida. El vestido sin mangas que llevaba no tenía ni una arruga, y los rizos de su pelo estaban perfectos. Su aspecto era impecable, pero yo percibí la verdad que escondían sus ojos.

Mientras entrábamos y nos acomodábamos en la mesa, en mi mente se arremolinaban un millón de preguntas que quería hacerle a Sammie. Quería saber cuál era el plan para lograr que estuviera cada vez mejor. Quería saber cómo podía ayudarla, porque estaba dispuesta a hacerlo. Haría cualquier cosa por ayudar a mi hermana.

Pero, entonces, la conversación fue en una dirección diferente que me dejó absolutamente desconcertada.

—Queremos la custodia de Reese —dijo mamá, juntando las manos con apariencia tranquila como si solo acabara de pedir un vaso de agua fría. Como si no acabara de pronunciar las palabras que más había temido en mi vida.

—¿Disculpa? —¿De verdad me habían llevado a un restaurante para darme ese tipo de información?

—Después de hablar con Sammie, y haber reflexionado sobre el tema, creo que lo mejor para esa niña es que vuelva a Randall con tu hermana, tu padre y yo, y nos encarguemos de criarla.

Me reí.

Me reí porque lo que decía era un completo delirio. ¿Qué clase de petición era aquella? Cuando me di cuenta de que no se estaban riendo conmigo, mi risa se transformó en rabia.

—Estás de coña, ¿no? ¿Qué es esto, una especie de broma? —dije con voz ahogada mientras miraba a los miembros de mi familia y me preguntaba cómo era posible que la sangre que corría por mis venas y por las suyas fuera la misma.

—Creemos que es lo mejor que… —comenzó Sammie, pero la interrumpí.

—¿Creemos? ¿De quiénes hablas? Porque no puedes estar hablando de nuestros padres. Ellos te abandonaron, Samantha. Y, si haces memoria, recordarás que tú también nos dejaste a Reese y a mí. De tal palo, tal astilla.

Ella se removió en su asiento, con la mirada fija en las baldosas del suelo del restaurante.

—Eso fue hace mucho tiempo, Emery. Queremos darle a Reese la oportunidad de pertenecer a una familia.

—¿Qué familia? —grité, sin importarme quién me mirara—. Estos dos te abandonaron cuando tocaste fondo, Sammie. Te dieron la espalda en un momento terrible. Esta gente no es tu familia.

—Haz el favor de bajar la voz, Emery Rose —escupió mamá en un susurro mientras se secaba las mejillas con una servilleta, aturullada—. Precisamente hemos venido a hablar a un restaurante para que no pudieras montar un escándalo. Así que cálmate.

—No. Soy una mujer adulta y puedo gritar si quiero, mamá. Ya no puedes darme órdenes como si fuera una niña.

—No pienso aguantar tus arrebatos en un lugar público. Ahora cálmate o márchate de aquí.

—No pienso hacerlo. No hasta que Sammie se dé cuenta del error que comete.

—¿Ves, Samantha? ¿Ves lo inestable que es tu hermana? Dejar que Emery críe a Reese después de todo este tiempo es una pésima idea. Necesita un hogar más estructurado, con tu padre y conmigo. Esa niña necesita crecer en una casa temerosa de Dios, con un padre y una madre. Podemos darle mucho más que tu hermana. ¿Qué efecto piensas que tendrá en esa niña crecer sin una figura paterna?

Me recliné en la silla, perpleja por completo.

—¿Tanto te molestó?

—¿Disculpa?

—Verme aquel día en el mercado con Reese. ¿Tanto te molestó ver que estábamos bien sin vosotros? ¿Que no nos hacía falta que nos controlarais con vuestras demandas exageradas?

—No iré por ahí, Emery. Hemos venido para dejar que te hagas una idea de lo que será el futuro de Reese. No creo que merezcas siquiera ese privilegio.

—¿Sabes qué me resulta gracioso? —pregunté mientras sacudía la cabeza con incredulidad—. La dureza con la que nos juzgas cuando tú tomaste las mismas decisiones a nuestra edad.

—No tienes ni idea de lo que estás hablando, jovencita.

—Ya no soy ninguna jovencita, mamá. Soy una mujer adulta. Ahora tengo mi propia hija. Pero ¿qué edad tenías tú cuando me tuviste?

Mamá se tensó.

—Como he dicho, no pienso ir por ahí.

—Diecisiete —dije, e ignoré su intento de cambiar de tema—. Y, si lo recuerdo bien, en ese momento no estabais casados, ¿verdad?

Mamá se removió en su silla y sacudió la cabeza. Papá levantó su mano controladora para hacerme callar. Me abrumaba la cantidad de veces que le había visto levantar esa mano cuando era niña para hacerme callar cada vez que tenía un comentario, una pregunta o incluso cualquier pensamiento. Esa mano había ejercido tanto poder sobre mí, durante tanto tiempo, que incluso después de tantos años me encogí un poco al verla.

—Ya es suficiente, Emery —zanjó papá con voz grave, áspera y controlada—. No voy a tolerar que hagas sentir culpable a tu madre por los pecados que cometió en el pasado y por los que ya ha pedido perdón.

Me reí en un intento por ocultar mi miedo hacia el hombre que me había criado.

—¿Sus pecados? La última vez que lo comprobé, hacían falta dos personas para liarse y hacer un bebé, papá —espeté. Lo odiaba. Odiaba lo que simbolizaba, despreciaba a las mujeres, no solo nos había controlado a Sammie y a mí durante toda nuestra juventud, sino que también humillaba a mamá.

¿Cómo habían sido los pecados de mamá los que habían hecho que se quedara embarazada antes del matrimonio, pero no los suyos? ¿Por qué mamá tenía que pedir perdón y, sin embargo, papá tan solo se había limitado a ponerle un anillo en el dedo para reparar el efecto de sus acciones? No estaba bien.

Para mí, ninguna parte de su historia era correcta.

—Te he dicho que cierres la boca, ¿me has oído? —saltó mamá mientras agitaba su servilleta hacia mí—. No vamos a tolerar tus faltas de respeto, y tus suposiciones son inaceptables. No vuelvas a dirigirte a tu padre de esa manera, o te juro que…

Papá levantó la mano hacia ella.

Mamá se calló.

Y, así, el ciclo de control abusivo continuó.

¿Cómo sería para Reese crecer en un hogar como ese? ¿Qué efecto tendría en su mente tan especial y llena de maravillas?

Sus superhéroes favoritos eran mujeres.

Sin embargo, papá no tardaría en extirparle esas ideas.

Me volví hacia mi hermana, a quien parecía que algo le hubiera consumido el alma por completo, y le cogí las manos.

—Sammie, me pediste que fuera su madre. ¿Te acuerdas? Hace cinco años te fuiste y me rogaste que la criara. Lo he hecho. ¿Sabes lo que significaría esto para mí? ¿Sabes cuánto me destruiría? ¿El desarraigo que implicaría para la vida de Reese?

Sammie esquivaba mi mirada. No pude evitar sentirme como si estuviera bajo algún tipo de hechizo. Lo único que sabía era que la persona que tenía delante no se parecía en nada a la niña con la que me había criado. No se parecía en nada a mi mejor amiga. Estaba vacía por dentro, y, por lo visto, a mis padres no les importaba en absoluto.

—Suéltale las manos, Samantha —ordenó papá.

Las manos temblorosas de Sammie se separaron de las mías y las apoyó sobre el regazo. Siempre había sido una niña obediente, nunca replicaba, nunca daba problemas, y eso no auguraba nada bueno para mí en la situación en la que me encontraba en ese momento. Necesitaba que se quebrara. Que gritase. Que me apoyara como yo siempre lo había hecho.

En cambio, en vez de eso, nada.

Silencio y vacío.

Quería llorar, pero no delante de ellos. No merecían ver el daño que me estaban haciendo. No merecían presenciar mi dolor.

—Bueno, esta reunión familiar ha sido fantástica, pero tengo que marcharme. —Me levanté, me colgué el bolso del hombro y me volví hacia mi hermana. Se toqueteaba las uñas cortas, pero sabía que estaba escuchando—. Sammie, si me necesitas, siempre estaré aquí. Pero no pienses ni por un instante que lo que están haciendo tiene relación con que tengas una vida mejor. Ni siquiera saben quién eres. Pero yo sí. Así que, cuando me necesites, aquí estaré. Pase lo que pase.

—La vida de Samantha ha sido maravillosa y la de Reese también mejorará sin ti. Tendrá una crianza mejor y más oportunidades, ya lo verás —dijo mamá.

—Te odio —susurré, llena de repugnancia hacia la mujer que me miraba allí sentada. Con ojos idénticos a los míos. Con la piel tan oscura y suave como la mía. Era mi doble, sin embargo, nuestros latidos no tenían nada en común.

—¿Crees que podría afectarme que alguien como tú me odie? —preguntó, y sus palabras rezumaron gelidez.

Salí antes de que pudieran decir nada más. Me alejé de las personas que deberían conocerme mejor que nadie, pero que en realidad no sabían ni quién era.

33

Emery

Hacía cinco años

—No le gusto —confesó Sammie mientras yo acostaba a Reese para que se echara otra siesta. Ese día cumplía un mes y yo había pensado que sería divertido regalarle una sesión de fotos como recuerdo. Sammie no mostraba ningún tipo de interés y, cuando lo tuve todo preparado para las fotos, decidió que prefería ir a dar una vuelta.

En aquella época salía a caminar cada día, en ocasiones incluso dos o tres veces. Yo era la única que trabajaba y estudiaba. Cuando volvía a casa, me ocupaba de Reese mientras trataba de terminar las tareas para la escuela, por lo que estaba más agotada que nunca. Además, me esforzaba al máximo por no quejarme, pues sabía que Sammie sentía lo mismo que yo, pero multiplicado por diez.

—No es verdad, te quiere —dije para consolar a mi hermana.

—No, te quiere a ti. A mí me odia. Cuando me mira, parece que sepa cómo fue concebida.

—Eso es ridículo.

—No me digas que es ridículo. Sé lo que veo. Tú te llevas mejor con ella.

—No me llevo mejor con ella, simplemente tenemos conexiones diferentes, eso es todo. No tiene nada de malo.

Sammie se sentó en la mecedora que había comprado hacía dos meses e hizo una mueca. Noté que siempre tenía el ceño fruncido. Había pasado tanto tiempo desde la última vez que la había visto sonreír que estaba segura de que cada día se parecía más a mamá.

Casi había olvidado la sonrisa de mi hermana.

—No es malo, es terrible. Se supone que tendría que sentir algo por ella, pero no siento nada. Veo el vínculo que tenéis... Esa no soy yo.

—Creo que le das demasiadas vueltas. Estas cosas llevan tiempo.

—No para ti.

—Eso es porque yo no soy su madre, sino una figura externa.

—Por eso mismo no deberías sentirte más cerca de ella que yo. Pero así es.

Suspiré y me pellizqué el puente de la nariz.

—Tal vez sea depresión posparto. Lo he estado investigando, y creo que...

—¡No tengo depresión posparto , solo quiero recuperar mi vida! —saltó y sus palabras se me clavaron al oírlas—. Deja de tacharme de débil. No lo soy, Emery.

Entorné los ojos y sacudí la cabeza.

—No, no digo que estés rota, Sammie. Las personas que sufren depresión posparto no son débiles; es solo que sus cuerpos están pasando por muchos cambios. Has traído una vida al mundo y eso no tiene nada de débil.

Comenzó a morderse las uñas y negó con la cabeza.

—Mamá dijo que no cree en cosas como el posparto. Aseguró que no es más que una excusa de las mujeres para holgazanear.

—Ya, bueno, mamá no sabe de lo que habla.

—Sí, sí lo sabe —dijo Sammie, y defendió a nuestra madre como si no hubiera dado la espalda a sus propias hijas—. Sí lo sabe.

—¿Cómo podría saberlo, si nunca lo ha experimentado? Mira, he estado investigando, y creo que vale la pena mirarlo. Podríamos conseguir alguna medicación...

—¡No estoy loca, Emery!

Sammie estaba muy a la defensiva, y yo sentía que iba a saltar sin importar qué le dijera. Podía decir que estaba bien, y ella me diría que no era cierto. Podía decir que necesitaba ayuda, y ella diría que mentía. Nada de lo que dijera estaba a la altura.

Pero aun así seguía intentándolo.

—Tomar medicación no significa que estés loca, Sammie. Es solo un intento de poner tus hormonas en orden, eso es todo. O podrías hablar con una psicóloga. Eso también ayuda. En especial, después de lo que has estado sufriendo con…

—¡Basta! —gritó mientras se frotaba la cara con las manos—. ¡No lo entiendes! ¡Nadie lo entiende! Simplemente no quiero hacer esto, ¿vale? Ya no quiero tener que lidiar con todo esto.

Se me rompió el corazón, y no estaba segura de qué hacer al respecto.

Volví a mirar el reloj y de nuevo a mi hermana.

Sus ojos, antes llenos de rabia, ahora estaban cargados de tristeza, agotamiento.

Dolor.

—Lo siento, Emery, pero lo estoy pasando mal.

—No te preocupes. Hoy puedo saltarme las clases y quedarme con Reese. Así descansas.

Se levantó de la silla y se frotó los ojos con las palmas de las manos.

—No, de verdad. No pasa nada. Yo me encargo. No puedes perder clases. Voy a darme una ducha rápida y después haré café. Solo necesito despertarme un poco más.

—¿Estás segura?

—Sí, de verdad. Estoy bien.

Me acerqué a ella y le di un abrazo, apretándola fuerte para que pudiera sentir el consuelo que, al parecer, su mente necesitaba.

—Te quiero muchísimo, Sammie.

—Yo también te quiero. Y siento haber saltado de esa forma. Es por el cansancio.

En la escuela, no dejé de pensar en mi hermana ni un momento. Deseaba darle la ayuda que necesitaba, pero no estaba segura de cómo abordarlo. Sammie se negaba a reconocer lo que ocurría.

Cuando terminé las clases, volví a casa a toda prisa para ocuparme de Reese y que Sammie pudiera descansar y salir a dar su paseo nocturno. Al entrar en el apartamento, oí los llantos de Reese y se me encogió el estómago. No pude evitar pensar en el día que habrían pasado la pequeña y mi hermana. Seguro que ambas estaban agotadas emocionalmente.

—Ya estoy en casa, Sammie. Sé que suele ponerse nerviosa a esta hora, si quieres puedo encargarme de… —Mis palabras se desvanecieron cuando avancé y me encontré a Reese tumbada en la cuna, sin dejar de llorar a pleno pulmón—. ¿Sammie? —llamé mientras el pánico me atenazaba el estómago.

Corrí hacia ella y la cogí en brazos. Tenía la cara roja por el estallido de emociones. ¿Cuánto tiempo llevaba ahí tumbada y desatendida? ¿Cuánto tiempo había estado sola? ¿Dónde diablos estaba Sammie?

—No pasa nada, mi amor. Te tengo. Te tengo, estás bien —dije mientras entraba deprisa al dormitorio para cambiarle el pañal. Al empezar a cambiarla vi una nota apoyada en la mecedora. No pude obligarme a leer la nota enseguida, no hasta que la dulce pequeña se hubiera tranquilizado.

Después de cambiarla, fui a calentarle un biberón. Luego, mientras le daba de comer e intentaba por todos los medios que se calmara, cogí la carta. Una carta que me rompió el corazón con cada una de las palabras escritas en ella con tinta negra.

Emery,

Me he marchado cinco minutos antes de que leas esta carta. Te he visto llegar del trabajo y he salido por la puerta de atrás. Solo espero que entiendas que no puedo hacer esto. No puedo mirarla sin verlo a él. No puedo cogerla en brazos sin recordar cómo él me inmovilizó. No puedo ser la mujer que Reese necesita, no puedo ser su madre. Lo he intentado y sé que tal vez pienses que esto es algo que se pasará, pero no. No puedo hacerlo. No puedo. He preparado unos papeles para dejarte a ti como tutora legal. Tú eres la persona adecuada para esta tarea y no se la confiaría a nadie más. En cuanto a mí, me construiré una nueva vida. Intentaré encontrar mi equilibrio en una ciudad distinta y empezaré de nuevo otra vez.

Por favor, cuida de ella.

Críala como si fuera tuya.

Tú eres la madre que se merece.

Reese no es mi hija, sino la tuya.

Perdóname por marcharme, estaréis mejor sin mí.

Sammie

Mis lágrimas golpearon el papel arrugado mientras miraba fijamente las palabras que habían destrozado cada parte de mi ser. Luego recorrí el apartamento y me di cuenta de que las cosas de Sammie ya no estaban, incluidas sus maletas.

Llamé a mamá para ver si había vuelto a casa, pero me dijo que no, y añadió que la mantuviera al margen de cualquier problema que tuviéramos Sammie y yo. Le conté que se había ido, y, antes de colgar, me dijo que estaba segura de que era culpa mía.

Sammie no volvió a casa esa noche, ni ninguna otra. No regresó, y me dejó sola al cuidado de una niña. Tuve que dejar la escuela. Cada noche Reese lloraba y lloraba, casi como si supiera que su madre la había abandonado. Una noche insomne, de madrugada, a la vez que intentaba por todos los medios calmar la angustia de la pequeña, lloré con ella.

Hacia las dos de la mañana, oí que alguien llamaba a mi puerta. Y el corazón me dio un vuelco. Deseé que fuera Sammie y que al fin hubiese recobrado la cordura. Desde su huida, había encontrado una lista de organizaciones que podían ayudarla con sus problemas. Hice muchas llamadas y recopilé un montón de información tanto para víctimas de violación como para madres primerizas.

Quería dárselo todo, ayudarla a sanar, hacer lo que pudiera para recuperar a mi hermanita.

Pero cuando abrí la puerta, no era Sammie la que estaba allí, sino una mujer que había visto unas cuantas veces en el edificio.

—Te está costando calmar a ese bebé —dijo la mujer.

Me puse nerviosa. Sabía que Reese había estado chillando mucho los últimos días, y las paredes de nuestro edificio eran bastante finas.

—Lo sé, lo siento. Te prometo que haré todo lo que pueda para… —comencé, pero la mujer me interrumpió.

—Oh, cariño. No he venido a quejarme —dijo sacudiendo la cabeza con una sonrisa sincera en los labios—. Estoy aquí para ayudar. Me he fijado que tu compañera de piso se ha mudado hace unas semanas y he pensado que debías de estar pasándolo mal. Me llamo Abigail. ¿Puedo entrar?

Asentí lentamente, porque había cruzado mi límite.

—De todos modos, siento lo de los llantos. La situación no ha sido muy normal, que digamos.

—Tienes un recién nacido, no tienen nada de normal. Creo que vas genial, de verdad, pero quería acercarme y ofrecerte mi ayuda por si la necesitas.

—Gracias, te lo agradezco —musité, mientras trataba de calmar a la niña aterrada.

—¿Puedo? —preguntó, señalando a Reese con la cabeza.

Al principio vacilé, sin embargo, había algo muy delicado y cálido en esa mujer. Le pasé a Reese y logró calmarla en pocos minutos.

Un suspiro de alivio me recorrió cuando el llanto se detuvo. En respuesta, comencé a llorar. El torrente de emociones escapó de mi cuerpo mientras me tapaba la cara, humillada por mi incapacidad de mantener la compostura ante una desconocida.

—Lo siento —dije, al tiempo que tomaba a Reese de sus brazos y la dejaba en la cuna sin que se despertase—. Por lo general, no soy así.

—Así eres hoy, y eso también es normal. Sientas lo que sientas, está bien —dijo—. Así que adelante, siéntelo todo.

Ese permiso, el regalo de escuchar que todos los sentimientos son válidos, hizo que una onda recorriera mi ser y comencé a derrumbarme de verdad. Me tapé la cara con las manos y me quebré. Había estado tan ocupada apoyando a mi hermana e intentando mantener a Reese de una pieza que no había tenido ni un segundo para poder derrumbarme yo.

Abigail se acercó y me rodeó con los brazos para consolarme mientras lloraba como una tonta sobre su hombro.

—Eso es, cariño, siéntelo todo —repitió, y así lo hice.

Lo sentí todo. Sentí el miedo, la ansiedad, la tristeza. También la rabia y el resentimiento hacia mi hermana. Sentí dolor. Me sentí abandonada. Perdida.

Lo sentí todo, y ella estuvo allí para ayudarme a superarlo.

—Creo que no tienes la menor idea de qué está pasando en este momento. Quizá sientas que te estás derrumbando, pero en realidad te estás construyendo, querida. A veces para estar mejor primero tenemos que hacernos pedazos. Eso no te hace débil, sino fuerte. Así que derrúmbate esta noche, y mañana serás más fuerte. Lo estás haciendo genial.

Oír que alguien me decía que lo hacía bien mientras lloraba sobre su hombro parecía irreal, como la mentira más grande del mundo, pero obedecí. Lo sentí todo.

34

Emery

Presente

Oliver: ¿Necesitas que vaya?
Emery: No. Estoy bien.
Oliver: ¿Necesitas que vaya?
Emery: No. Creo que me voy a quedar dormida.
Oliver: ¿Necesitas que vaya?
Emery: Oliver. Estoy bien, de verdad.
Oliver: Vale.

Toc, toc, toc.

Levanté la vista del móvil desde la cama, donde me había sentado. Luego fui hacia la puerta y abrí. Ahí estaba Oliver, apoyado contra el dintel.

—Hola —susurró.

—Hola —respondí.

Me cogió de las manos y se acercó más. Su frente se posó sobre la mía y ambos cerramos los ojos.

—¿Necesitas que venga? —dijo con suavidad mientras su aliento cálido me rozaba los labios.

Asentí despacio y dejé escapar un suspiro pesado que ni siquiera sabía que contenía.

—Sí.

Se quedó conmigo mientras yo lloraba sobre su camiseta blanca. Me repitió una y otra vez que Reese era mi hija, y que yo era su madre, de modo que hizo callar los pensamientos malignos que inundaban mi ser. Cuando mi cuerpo se sintió demasiado agotado, cuando ya no me quedaban lágrimas por llorar, Oliver me abrazó fuerte durante el resto de la noche.

A la mañana siguiente, no fue el sol nuevo lo que me despertó del sueño. Fue una niñita, que gritaba a pleno pulmón:

—¡Señor Mith! ¿Qué haces en la cama de mamá? —gritó a la vez que saltaba encima.

—Reese, baja el volumen —murmuré, apenas capaz de articular palabra por el agotamiento. Entonces bostecé y me centré un momento en Reese, que estaba al lado de Oliver.

Oliver.

En mi cama.

Reese.

En mi cama.

«Oh, mierda».

—¡Reese! —dije al tiempo que me incorporaba. Oliver se frotaba los ojos e intentaba descifrar lo que estaba pasando—. ¿Qué haces despierta tan temprano?

—No es temprano, es tarde —dijo mirando a Oliver y, después, a mí—. ¿Por qué está el señor Mith aquí? —Sonrió de oreja a oreja—. ¿Estáis enamorados? —Comenzó a saltar en la cama de nuevo y terminó de despertarnos.

Su pregunta me sacudió, y sentí que me ardían las mejillas por el comentario.

—Reese, no, estamos…

—Sí, la quiero —intervino Oliver con una sonrisa hacia Reese, esa sonrisa que me hacía sentir todo a la vez. Me volví hacia él, con los ojos abiertos por la sorpresa. Me dedicó una sonrisa somnolienta y cansada y me apretó suavemente las manos—. Adoro cada parte de ti, Em.

Más que un salto, el corazón me dio una voltereta. No estaba lista para aquello, pero, a decir verdad, ¿hay alguien que esté listo para descubrir que su amor es correspondido? Parecía que mi mayor sueño se estuviera haciendo realidad.

—Yo también te quiero —dije, a la vez que sentía que me iban a explotar las mejillas de felicidad. Quería inclinarme y darle un beso, sin embargo, sabía que hacer eso delante de Reese tal vez era demasiado. Sobre todo, porque nos acababa de encontrar juntos en la cama.

—¿Y qué pasa conmigo, señor Mith? ¿A mí también me quieres? —preguntó Reese.

Oliver esbozó una enorme sonrisa y la atrapó en un abrazo.

—Sí, pequeña, a ti también te quiero.

Le hizo cosquillas y ella comenzó a retorcerse por la cama.

—¡Vale, vale, para! —chilló dando vueltas. Aquel fue uno de esos momentos en la vida en que me olvidé de mis problemas. Momentos en que parecía que el mundo se detenía y todos los pensamientos se alineaban como uno solo mientras los tres rodábamos juntos por la cama. Fue uno de esos momentos. Y viviría para siempre en mi corazón.

Era curioso cómo aquellos instantes podían hacer que olvidara por completo las dificultades a las que me enfrentaba en la vida. Por un segundo, olvidé el drama que mis padres y Sammie habían dejado frente a mi puerta.

Sentí que Reese, Oliver y yo estábamos creando nuestra propia familia, con nuestras propias normas. Estábamos componiendo una de mis canciones favoritas de mi cinta. Solo nosotros tres y nuestra felicidad.

Después de quedarse tumbada unos segundos sobre Oliver y yo para recuperar el aliento, Reese dijo:

—Oye, señor Mith.

—¿Sí, pequeña?

—¿Eso quiere decir que ahora eres mi papá?

Oh-oh.

Aquello ya parecía demasiado para nuestra conversación matutina. Oliver tenía la boca abierta, y estaba claro que no sabía qué decir, así que abracé a mi hija y la achuché fuerte.

—¿Qué tal si hablamos de eso en otro momento y ahora vamos a hacer unos gofres? —ofrecí.

El rostro de Reese se iluminó.

—¿Con pepitas de chocolate?

—Sí, con pepitas de chocolate. Deja que me levante y me pongo a…

Ella sacudió la cabeza y saltó de la cama.

—No, mamá. Quiero que esta vez me haga los gofres el señor Mith.

Alcé una ceja.

—Creía que te encantaban mis gofres.

—Y me encantan, pero también quiero que me encanten los del señor Mith —dijo con realismo. Acto seguido, fue a por Oliver y tiró de él para sacarlo de la cama—. Venga, manos a la obra.

Sin más, se marcharon a la cocina a preparar el desayuno. Oía sus voces desde la cama.

—Voy a serte sincero, pequeña, no recuerdo la última vez que preparé gofres.

—No importa. Aunque estén asquerosos me los comeré, porque ahora te quiero —dijo ella.

Oliver soltó una risita.

—Vaya, eso es muy amable por tu parte.

—Lo sé, soy una buena persona. Y ¿señor Mith?

—¿Sí, pequeña?

—Deja de llamarme «pequeña».

Los dos días siguientes pasaron sin noticias de mis padres y Sammie. Por un momento pensé que recuperarían la cordura y se darían cuenta de que tenían que dejarnos en paz, pero no tuve tanta suerte.

Cuando Reese y yo volvimos a casa una tarde, después de pasar el rato bañándonos en la piscina de Oliver, encontré un sobre grueso delante de la puerta. Al recogerlo, vi que tenía mi nombre escrito a mano en la parte delantera. No tuve dudas de que era la letra de mamá, y eso solo hizo que el ácido me subiera por el estómago.

—¿Qué es eso? —preguntó mi hija.

La miré con una sonrisa y le di unas palmaditas en el trasero.

—Nada, cariño. Ve a elegir un pijama para que podamos prepararnos para ir a dormir, ¿vale?

Por suerte hizo lo que le pedí y yo entré en el apartamento, nerviosa por lo que iba a descubrir dentro del sobre. Cuando lo abrí, se me heló el corazón al leer la carta:

> ¿Este es el hombre con el que estás criando a Reese? No te hará quedar muy bien en el juzgado. Toma la decisión correcta y entréganos a la niña antes de que las cosas se pongan feas.

Dentro del sobre había un montón de artículos de las entrevistas a Cam sobre Oliver y las tramas terribles que se había inventado. Hablaban sobre el deterioro de Oliver durante los últimos meses. Hablaban sobre su inexistente relación con las drogas y su crueldad hacia Cam. Sacaban a relucir cada falso argumento que ella había inventado contra él, y me dieron ganas de vomitar al ver esas mentiras impresas sobre la página.

Mamá había cogido todos los artículos falsos que había encontrado sobre Oliver y me los estaba arrojando a la cara para salirse con la suya. Y lo peor de todo es que los artículos parecían verdaderos, ya que él nunca había dado su versión de los hechos. No podía creer que aquello estuviera pasando.

Iba a vomitar.

—¿Qué estás mirando, mamá?

Escondí los papeles deprisa.

—Nada, cariño. Vamos a la cama. —Me levanté con las manos temblorosas y me esforcé cuanto pude para no mostrar mi pánico frente a mi hija.

Mi hija. Era mía, y mi madre estaba intentando robarme esa realidad. ¿Qué clase de mujer haría eso? ¿Qué clase de persona arruinaría la vida de otra? Reese había sido mía desde hacía más de cinco años. Había pasado cinco años criándola, educándola, queriéndola, y ahora mis padres me amenazaban con quitármela.

35

Oliver

—Frena un poco, Em. ¿De qué hablas? —pregunté. Lo que decía no tenía ningún sentido. Se había presentado en mi casa con los ojos rojos y la voz temblorosa.

—No puedo seguir trabajando para ti. —Tenía la cara hinchada, no podía imaginar cuánto debía de haber llorado la noche anterior. Desconocía el motivo, si bien odiaba no haber estado a su lado para consolarla.

—¿Qué ha ocurrido? —pregunté acercándome a ella mientras me invadía la preocupación.

Dejó caer los hombros y se encorvó hacia delante.

—Una larga historia.

—Tengo tiempo.

—Yo no. Lo siento. Solo quería decírtelo a la cara en vez de por teléfono. He pensado que era lo mínimo que merecías.

—¿Qué me ocultas?

Abrió la boca y comenzó a temblar. Hacía lo posible por no derrumbarse, pero con cada segundo que pasaba, fracasaba.

—No importa, Oliver. Me estoy ocupando de ello. Lo que significa que no puedo trabajar para ti.

—Eso no tiene sentido.

—Sí lo tiene. Sé que debe de ser difícil oír esto, pero tengo que hacer lo mejor para mi hija. Es mi prioridad.

—¿Tiene que ver con tus padres?

Asintió.

—Pero ¿qué tiene que ver conmigo y con este trabajo? Quiero decir, joder, si quieres dejarlo, no pasa nada, Em. No obstante, lo que de verdad quiero saber es cómo ayudarte. Dime qué puedo hacer por ti.

—Nada. No puedes hacer nada. —Bajó la vista hacia el suelo de baldosas mientras las lágrimas caían por su rostro—. Oliver, no puedo seguir contigo. Después de esto, no podemos volver a vernos.

De repente, entré en pánico ante sus palabras.

—¿De qué demonios hablas? ¿Qué significa eso?

—Significa exactamente lo que he dicho. Ahora mismo no tengo tiempo para una relación, no con todo lo que está pasando con mi familia y con Reese. Mi prioridad es ella y su seguridad.

—Por supuesto, eso tiene sentido. Pero ¿por qué no te dejas ayudar? Puedo hacer lo que sea para asegurarme de que mantienes la custodia de Reese. Conseguiré los mejores abogados. Puedo…

—Oliver, basta. Por favor. Estás poniéndome las cosas más difíciles de lo que ya son.

—Joder, me rompes el corazón, así que perdona si lo pongo difícil —salté, y al instante me sentí como un capullo por hacerlo, pero joder. Era como si me estuvieran pasando el corazón por una trituradora de papel. No pensaba con claridad.

Emery se enjugó las lágrimas que seguían cayendo por sus mejillas y clavó sus ojos marrones en los míos. Se quedó en silencio; solo me miró y, con esa simple mirada, sentí su preocupación, percibí sus miedos. No pude contenerme y avancé hacia ella para abrazarla.

—Em, vamos. Soy yo. No tienes por qué hacer esto sola.

—Sí —replicó mientras sacudía la cabeza—. Tengo que hacerlo sola. No lo entiendes, Oliver. Mi padre tiene mucho poder en nuestra ciudad, y conexiones con personas dentro del sistema legal, y las usará en mi contra. Te usará a ti en mi contra.

—¿Cómo?

Ella sorbió e inclinó la cabeza hacia mí.

—Me han enviado un montón de artículos en los que Cam habla sobre ti. Piensan que prueban que nuestra relación es un entorno perjudicial para Reese. Lo peor es que no hay entrevistas tuyas ni nada que contradiga las acusaciones. Así que te hace parecer culpable.

Hijo de puta.

¿Cómo alguien podía golpear tan bajo?

¿De verdad creían que estaban haciendo lo correcto?

¿De verdad pensaban que este era el mejor modo de actuar? ¿Arrancar a una niña de los brazos de la única madre que había conocido en toda su vida?

No sabía qué decir. No sabía cómo consolarla respecto a este asunto, porque era consciente de la imagen que los comentarios de Cam daban de mí. Había logrado que la gente me viese como un demonio enfermo.

—Lo siento —murmuré, sin saber qué más decir, porque, Dios… Lo sentía tantísimo, joder. Estaba triste. Y dolido.

Tiró de mí para acercarme más, posó sus labios sobre los míos y me besó con fuerza. Sus besos ya no sabían a nuevos comienzos, sino a despedidas, y eso me rompió el puto corazón.

—Por favor —murmuré contra su boca, sin saber siquiera qué le estaba rogando porque entendía que pedirle que se quedara era mucho. Sabía que era demasiado rogarle que nos diera una oportunidad. Nunca habría querido ser un obstáculo en la vida de Reese ni el motivo de que Emery perdiera a su hija.

Con todo, joder, dolía muchísimo.

—Lo siento —susurró mientras sus labios aún rozaban los míos. No quería que se apartara. No quería que se alejara de mí, porque la necesitaba más de lo que era consciente. La amaba. La amaba muchísimo, y la idea de perderla estaba acabando conmigo segundo a segundo. Y eso era justo lo que estaba pasando. Estaba perdiendo a la mujer que me había salvado.

—Esto es solo una canción mala —dije con las manos apoyadas en su cintura mientras la apretaba contra mí y negaba con la cabeza. Apoyé la frente contra la suya y cerré los ojos—. Es solo una canción mala en nuestra cinta, Em. Esto no es nuestro final, ¿vale? Esto no es el final, y voy a esperar lo que haga falta para que todo salga bien. No renunciaré a esto, no pienso renunciar a nosotros —aseguré.

Entonces, ella me dio un último beso de despedida y se apartó de mi caricia lentamente. Con un gran paso hacia atrás, me soltó.

—Lo siento mucho, Oliver —repitió mientras se daba la vuelta para marcharse—. Te quiero —susurró, y cruzó la puerta deprisa, casi como si tuviera que salir corriendo o de lo contrario habría deseado quedarse.

Ni siquiera me oyó decirle que yo también la quería.

Los días siguientes fueron como una larga noche. Aunque me sentía tentado a recurrir a mis conocidos demonios, no lo hice. Quería ahogarme en el *whisky* y despertarme con el vodka en la mano. Quería apagar mi cerebro y olvidar cómo había perdido a las dos chicas que lo significaban todo para mí.

Pero no podía hacerlo. No podía hundirme, porque eso habría demostrado que los padres de Emery tenían razón sobre mí y que no era lo bastante bueno para las dos chicas a las que quería.

Echaba de menos a Emery. La echaba de menos cada segundo, cada minuto, cada hora de cada día. Me refugié en lo único que me mantenía cuerdo en la oscuridad: la música.

Escribí sin parar, en un estado casi maníaco. Las palabras salían de mí y se derramaban hasta que el suelo del estudio se veía cubierto de papel. Y seguía escribiendo.

Cuando sentí que mi mente ya se había quedado vacía, llamé a Tyler para que viniera a escuchar algunas de las canciones que había compuesto esa semana. Ni siquiera estaba seguro de que fueran buenas, pero quería que las oyera porque sentía que era la primera vez en mucho tiempo que había conseguido conectar de verdad con mis emociones. Estaba aprendiendo a usar mi dolor para crear belleza.

No solo escribí sobre Emery y Reese. También sobre mi hermano. Escribí sobre el dolor y la pena que me habían inundado. Sobre heridas y felicidad. Le di voz a cada una de las emociones que me golpeaban, porque ya no quería enterrarlo todo en las profundidades de mi ser. Lo sentí todo y no me critiqué a mí mismo por la necesidad de hacerlo. Cuando la rabia se acumuló dentro de mí, la plasmé en mis letras. Cuando el amor me pesaba en el corazón, creé desde ese lugar de existencia.

Compuse una cinta y la dejé delante de mi amigo para que la escuchara.

Tyler no conseguía cerrar la boca después de las canciones. Se pasó la mano por la cabeza.

—Hostia puta —murmuró—. ¿Has producido todo esto en las últimas dos semanas?

—Sí, así es.

—Hostia puta —repitió mientras se pasaba la mano por la boca—. Oliver, esta es la mejor música que has compuesto nunca. Es cruda y real, y hostia puta —resopló mientras sacudía la cabeza con incredulidad y se apretaba los ojos con las palmas de las manos.

—No me digas que estás llorando —bromeé.

—Vete a la mierda, ¿vale? No tiene nada de malo que un hombre adulto exprese sus emociones.

—Entonces, ¿eso quiere decir que te gusta? —pregunté.

—Creo que has compuesto el disco con el que volverás.

—La verdad es que no me importa si la gente lo odia —comencé a decir, pero Tyler me interrumpió.

—Nadie está pensando en la gente ahora, Oliver. Estoy hablando de tu mundo. Este disco es para ti y tu alma. —Dio una palmada—. Bueno, ¿qué pasa con Emery? ¿Ya tienes un plan para recuperarla?

Hice una mueca, porque me habría gustado que fuera tan sencillo. Ojalá pudiera tocarle unas cuantas canciones y lograr que todo volviera a su sitio. En cambio, no debía alimentar falsas esperanzas. Emery tenía mucho que perder si se quedaba conmigo, de manera que no estaba dispuesto a interponerme en su camino.

—No puedo recuperarla, Tyler. No puede estar en mi vida.

—Te equivocas. —Tyler se apoyó las manos detrás de la cabeza y esbozó una sonrisa pícara, como si supiera algo que yo no sabía—. Te he visto con ella, Oliver, y he presenciado cómo es contigo. No es que te haya hecho estar mejor..., es algo mutuo. Juntos sois más fuertes. Así que ahora no es el momento de respetar sus deseos, porque eso no es lo que quiere en realidad. Es el momento de luchar por ella, de luchar el uno por el otro. Solo se vive una vez. De modo que, por favor, no dejes de pelear por el amor de Emery.

—¿Y qué hago?

—No te hagas el tonto, Oliver. Creo que ya lo sabes, solo que tienes demasiado miedo para hacerlo. Adelante. Haz lo que crees que hay que hacer.

En ese momento odié a mi amigo, porque me di cuenta de que tenía razón. Sabía lo que tenía que hacer, pero también sabía que cruzaría unos cuantos límites.

Pero ¿por Emery y Reese? Habría cruzado todas las fronteras para permanecer a su lado.

—Gracias, Tyler.

—Ya. Cuenta conmigo —dijo. Eran las palabras que mis padres me decían a menudo—. ¿Sabes? A Alex le habría encantado —señaló hacia la mesa de sonido—. Esto es lo que siempre había querido, que volvierais a vuestros orígenes. Ahora, encuentra la manera de hacer que tus chicas lo oigan también. No dejes que tu música muera en el estudio.

Después de hablar con Tyler, sabía que tenía que hacer algo por Emery, aunque fuera a distancia. Así que, para evitar que perdiera a Reese, fui a ver a la última persona que quería ver.

—Me sorprende que me hayas llamado —anunció Cam mientras nos sentábamos en la terraza de un restaurante. Le había sugerido que nos reuniéramos en privado, pero, por supuesto, ella quería ir a un sitio público. Quizá por la oportunidad de que los *paparazzi* nos sacaran alguna foto juntos—. Bueno, ¿qué querías, Oliver?

—Tenemos que hablar.

—Oh, ahora quieres hablar. Pues cuando cortaste conmigo por tus razones absurdas no querías.

—No eran absurdas, Cam. Tú y yo sabemos que no éramos compatibles.

—Sí, pero yo estaba aguantando porque veía las oportunidades que podrían haber llegado por estar contigo. Podrías haberme ayudado mucho en mi carrera.

—¿No ves que esa es una razón de mierda para seguir con alguien?

Puso los ojos en blanco.

—¿Qué quieres exactamente, Oliver? Si solo has venido aquí a hacerme perder el tiempo, felicidades. Ya estoy aburrida.

Junté las manos y las apoyé en la mesa.

—Necesito que cuentes a los medios la verdad sobre nuestra relación. Que les digas que no soy el monstruo que me has hecho parecer.

Ella resopló.

—Sí, y una polla. ¿Te crees que soy idiota? Eso haría que la gente pensase que estoy loca.

—¿No te importa cómo me has hecho quedar?

Cam se rio. No es coña, de verdad se rio. Lo cierto es que no podía creer que hubiera estado tan mal en el pasado como para conformarme con alguien tan cruel.

—No podría importarme menos cómo te hace quedar a ti. ¿No te has dado cuenta? Mi carrera ha despegado gracias a esas entrevistas. He sido número uno las tres últimas semanas. Por no mencionar que he estado en la portada de casi todas las revistas.

—También me has arruinado la vida.

Ella sonrió con suficiencia y se encogió de hombros.

—Así es el mundo del espectáculo, cariño. Estamos en la industria del entretenimiento, Oliver. A esto nos dedicamos. Contamos historias. La que yo muestro es que soy la dulce chica *country* y tú, el músico oscuro y trastornado que ha perdido el camino.

—¿No sientes remordimientos por lo que me has hecho?

—Ni una pizca. La verdad es que el único motivo de que siguiera contigo eran los beneficios que se suponía que iba a conseguir. La fama y el estatus de pareja famosa.

Y allí estaba.

El verdadero rostro de Cam.

—Pero lo que has hecho, Cam, está afectando a la vida de otras personas. De maneras muy serias. Yo mismo ya no importo, le estás haciendo daño a personas que quiero.

—¿Como quién? Tampoco es que tengas a nadie en tu vida que se preocupe por ti de verdad, aparte de los patéticos de tus padres. ¿Se trata de Tyler? ¿De Kelly? ¿De qué vida hablas?

—No son ellos.

Cam arqueó una ceja.

—¿Entonces quién? —Frunció los labios mientras soltaba un silbido grave—. No me digas que esto va de esa chef.

—No importa quién sea.

—Sí importa —replicó—. Oh, Dios, por supuesto que es ella. ¿Te la estabas follando cuando estábamos juntos?

—No. La única infiel en la relación fuiste tú.

Cam soltó una risita.

—¿Y me culpas? ¿Por qué amaría a alguien tan jodido como tú?

No tenía nada más que decirle. A decir verdad, había escuchado todo lo que necesitaba. No iba a retractarse de lo que había dicho a la prensa, por lo tanto, no tenía motivos para seguir ahí ni un segundo más. Cam y su toxicidad ya no formaban parte de mi vida. Había trabajado demasiado para sanar como para derrumbarme a sus pies.

36

Emery

Cada día, cada mañana, recibía un mensaje de Oliver. Eran mensajes sencillos con una canción. Mensajes que me ayudaron a superar los momentos más difíciles de mi vida.

> Oliver: Para cuando te haga falta reír, «Fuck You», de CeeLo Green.
> Oliver: Para cuando necesites llorar, «Trying My Best», de Anson Seabra.
> Oliver: Para cuando necesites recordar lo fuerte que eres, «Girl on Fire», de Alicia Keys.
> Oliver: Para cuando necesites venirte arriba y sentirte una mujer poderosa, cualquiera de Lizzo o de Taylor Swift.
> Oliver: Para cuando necesites recordar cuánto te quiero, «You Are the Reason», de Calum Scott.

La última canción me hizo llorar, pero no fueron lágrimas de tristeza, sino de amor. Así que, aunque sabía que no podía estar con él en ese momento mientras solucionaba mis problemas, le mandé una canción como recordatorio de mi amor por él.

> Emery: Para cuando necesites recordar cuánto te quiero «Heart Stamps», de Alex y Oliver.

Cada día recibía más canciones, y las escuchaba todas, una y otra vez. Aunque durante aquel momento Oliver y yo teníamos que estar separados, juro que sentía su amor mientras las letras de las canciones bailaban dentro de mi alma.

37

Oliver

No sabía si aquello tenía sentido, sin embargo, en mi interior, estaba convencido de que debía hacer todo lo que pudiera. Entré en Randall, Oregón, decidido a localizar a la hermana de Emery. No tardé mucho en averiguar dónde vivían sus padres y, una vez obtuve esa información, resultó fácil encontrar a Sammie.

Era mediodía cuando aparqué delante de su casa. Me sentí agradecido de que fuera ella quien abriera la puerta en lugar de sus padres. No me malinterpretéis: me habría enfrentado a su padre otra vez, pero ese día mi objetivo no era él, sino Sammie.

—Oliver Smith —murmuró estupefacta al verme—. ¿Qué…? Yo…

—¿Eres Sammie? —pregunté mientras le tendía la mano. Ella me la estrechó y percibí sus temblores—. Me alegro de conocerte.

Me miró perpleja, consternada, como si fuera un fantasma o algo así.

Se rascó los brazos un momento.

—¿Qué haces aquí?

—Creo que sabes por qué estoy aquí. He venido a hablar contigo.

—¿Conmigo? ¿Por qué ibas a hacer eso? Yo no soy nadie.

Me dolió la manera en que aquellas palabras salieron de su boca, en especial porque pronunció «nadie» como si lo creyera de verdad.

—Le importas a mucha gente. Sobre todo a tu hermana, Emery. Estoy aquí porque probablemente crea que no puede venir ella misma, pero no quería quedarme de brazos cruzados mientras su mundo se desmorona.

—¿Qué tienes tú que ver con Emery? —preguntó desconcertada—. Quiero decir, sé que trabaja para ti, pero…

Entorné los ojos.

—¿Tus padres no te lo han dicho?

—¿El qué?

—Emery y yo estamos saliendo juntos desde hace un tiempo. Tus padres planeaban usarme en contra de Emery para llevarla a juicio por la custodia de Reese.

—Tú… ¿Emery sale contigo? ¿Contigo, Oliver Smith? No puede ser.

Sonreí.

—Estábamos saliendo juntos, hasta que tus padres, bueno, ya sabes…

Se le humedecieron los ojos y me fijé en cuántas partes de su hermana vivían en sus rasgos.

—Pero no entiendo por qué iban a hacer eso. Me prometieron no jugar sucio. Solo buscaban lo mejor para Reese. Me prometieron…

—¿Cuántas veces han roto sus promesas? —pregunté.

Sammie permaneció callada.

—¿Cuántas veces lo ha hecho Emery?

Bajó la cabeza.

—Ninguna.

Crucé los brazos y la miré con los ojos entornados.

—Sammie… ¿quieres a Reese de nuevo en tu vida? ¿Quieres ser su madre?

Ella miró hacia la calle como si tuviera miedo de que alguien estuviera escuchando antes de sacudir la cabeza.

—Lo siento, tienes que irte. No puedo hablar contigo. Esto es demasiado. No puedo hacerlo. —Se dio la vuelta para volver a entrar y la llamé.

—No fue culpa tuya. —Se detuvo, inmóvil, aunque no se volvió a mirarme. Sus hombros se destensaron y repetí aquellas palabras una vez más—: No fue culpa tuya.

Con lentitud, la chica rota tuvo la fortaleza suficiente para darse la vuelta y mirarme. Tenía los hombros encorvados hacia delante y la parte más pesada de su alma estaba justo allí, en esos ojos iguales a los de Emery. No sabía cómo, pero en ese mismo instante me di cuenta de que la culpa la había devorado viva día tras día. Supe que se la comían los demonios.

A mí también me habían atrapado, si bien yo nunca me había enfrentado a la oscuridad tanto tiempo como ella. Tuve la suerte de dejar de caer antes de hundirme demasiado. ¿Y Sammie? Había estado cayendo durante cinco años. Le habían robado la vida y, luego, aquellos años en los que se suponía que la protegerían, esos en los que tendrían que haberla envuelto con su amor, la convencieron de que todo había sido culpa suya.

Yo también me habría hundido y perdido de maneras inimaginables. Me quebraría y odiaría al mundo con todas mis fuerzas.

Pero no era eso lo que veía cuando miraba a la hermana de Emery.

No.

Vi culpa.

Vi reproches.

Vi cómo se aferraba a una vergüenza con la que nunca tendría que haber cargado.

—¿Qué has dicho? —susurró, con la voz ronca y quebrada.

Entonces, me metí las manos en los bolsillos y avancé unos pasos hacia ella.

—He dicho que no fue culpa tuya. Lo que te hizo ese hombre, no fue culpa tuya. Ni lo que te quitó. Tampoco te hiciste la víctima con todo lo que pasó después. Tú eres la víctima de un acto repugnante, y sé que tus padres te han convencido de que podrías haber evitado lo que te pasó, pero no es cierto. Tú no tienes la culpa. Abusaron de ti. Tú eres la víctima y nada de esto es tu error.

Levantó las manos trémulas y se cubrió la boca, entonces, su cuerpo delgado comenzó a temblar. Las lágrimas cayeron y sacudió la cabeza.

—Llevaba…

—No importa la ropa que llevaras. No importa lo que dijeras. No importa qué hora de la noche fuera, Sammie. Lo que ese hombre te hizo fue inaceptable y cruel, y siento muchísimo que pasaras por eso, pero no tienes la culpa de lo que te sucedió. No fue culpa tuya.

—Tal vez lo que me pasó no fue culpa mía, pero abandoné a Reese… Dejé que Emery cargara con todo. He cometido muchos errores.

—Tampoco es culpa tuya. Estabas enfrentándote a un trauma y no sabías cómo hacerlo, así que actuaste como considerabas mejor en ese momento. Eso no es culpa tuya. Alguien te rompió y te jodió la vida. No puedo decir que sé por lo que pasó tu mente, pero puedo imaginarme el daño que te hizo. Por eso quiero ayudarte. Déjame que te ayude a instalarte en alguna parte para que puedas encontrarte a ti misma, encontrarte a ti misma de verdad. Tengo una casa en Texas, cerca de donde viven mis padres, y podrías quedarte allí. Además, no muy lejos hay un centro para mujeres muy bueno donde te ayudarían a cuidar de tu salud mental después de un trauma.

—¿Por qué?

—¿Qué quieres decir?

—¿Por qué ibas a querer ayudarme? Yo no soy nadie —repitió entre temblores mientras se frotaba los brazos con las manos.

Me metí las manos en los bolsillos.

—Eres una chica que canta fatal. Lista y buena. Te preocupas tanto que a veces sientes que es demasiado. Odias sentirte como una carga para alguien. Te gusta comer tacos con salsa, y untas los Doritos en queso azul. Querías ir a la universidad para ser psicóloga, para ayudar a la gente. Lloraste con *El diario de Noah* y te reíste con las pelis de *Resacón en las Vegas* que viste a escondidas de tus padres. Escribías tus oraciones cada noche y las dejabas bajo la almohada. No sabes silbar, y odias los Sugus rosas (cosa que, a decir verdad, me perturba un poco), y cuando te ríes haces que se ilumine toda la habitación. No eres «nadie», Sammie. Eres alguien importante.

—¿Cómo...? —Respiró hondo—. ¿Cómo sabes todo eso de mí?

—Porque me lo ha contado tu hermana. Habla mucho de ti. Te quiere y te echa de menos más de lo que puedes imaginar, y ahora mismo te necesita. Ella también quiere ayudarte.

En ese momento, la tristeza enturbió sus ojos.

—No merezco su ayuda después de lo que le he hecho.

Sonreí y sacudí la cabeza.

—Pero sabes que aun así te ayudaría. Te acogería con los brazos abiertos, Sammie, porque te quiere muchísimo. Sin condiciones.

Cerró los ojos y se apoyó las manos en el pecho.

—Estoy rota.

—¿Y quién no? No pasa nada.

—¿Cómo no va a pasar nada? Ya ni siquiera sé quién soy. Me miro en el espejo y ya no me reconozco.

—Todos nos rompemos a veces. Forma parte de la vida. En ocasiones tenemos que rompernos antes de podernos reconstruir. Yo estuve mucho tiempo sin poder mirarme al espejo. No podía enfrentarme a mis demonios porque me recordaban a mis errores e infortunios. Pero Emery me ayudó a superarlos, por lo que no tuve que hacerlo solo. Así que, por favor..., déjame que te ayude. Todos estamos intentando respirar, nada más, Sammie. Pedir ayuda no te hace débil. En realidad, es lo que te hace fuerte. Así que, ¿qué me dices? ¿Respiramos juntos?

Esa noche, cuando llegué a casa, abrí mi correo electrónico y me encontré un mensaje de un topo cuyo nombre me resultaba muy familiar.

El título del email decía: Por si acaso lo necesitas.

Hola, Oliver:
No estoy seguro de si me recordarás, pero nos conocimos en el mercado. Yo era el capullo que te seguía mientras te sacaba fotos. Bien, pues también fui el capullo que te vio cuando estabas conversando con Cam en la terraza del restaurante, y fui capaz de grabarla. La grabación está aquí adjunta, y quería decirte que puedo pasársela a los medios. Puede que ayude a limpiar tu nombre. Sé que tal vez estés en contra de esto, o que tal vez no te fíes de mí, pero, como te dije, muchos de nosotros te apoyamos. No lo compartiré a menos que me lo pidas. No quiero causarte más problemas.
Charlie Parks

Me recosté en la silla, completamente perplejo por el mensaje que acababa de leer. Mi mente iba a toda velocidad mientras intentaba decidir qué era lo mejor que podía hacer con la información que me había dado. Facilitarle la vida a Emery me importaba más que limpiar mi nombre, y, tal vez, eso me daría una oportunidad de que volviera junto a mí.

Así que respondí:

Querido Charlie:
Por favor, difunde el vídeo.
OS

38

Emery

—Echo de menos al señor Mith —dijo Reese por millonésima vez en las últimas dos semanas. Cada vez que lo decía, me sentía una madre horrible. Había traído a Oliver a su vida solo para arrancarlo de ella días después de que preguntara si iba a ser su padre. Odiaba la culpa que se acumulaba en mi interior, pero lo peor era lo mucho que yo también lo echaba de menos.

Lo extrañaba con cada célula de mi cuerpo. De noche se me aparecía en sueños y, al llegar la mañana, vivía en mis pensamientos. Aunque sabía que estaba tomando la decisión correcta por mi hija, eso no lo hacía más fácil. Ojalá hubiera encontrado la manera de hacer que nuestro amor funcionara. Ojalá hubiera sido capaz de mantenerlo a mi lado durante los días más duros, pero no veía cómo hacerlo posible.

—Lo sé, cariño, yo también lo echo de menos —suspiré mientras me frotaba los ojos con las manos. No había llorado desde hacía unos cuantos días, lo que consideraba una victoria. Me di cuenta de que tenía que poner fin a las lágrimas cuando Reese comenzó a preguntarme por qué estaba triste. Esconderle mi tristeza a mi pequeña era quizá lo más difícil. Tener que parecer fuerte cuando me sentía débil era más duro de lo que nadie podía imaginar.

En ese momento, llamaron a la puerta y fui corriendo a responder. Kelly estaba allí de pie con dos botellas en la mano. Una era de vino tinto y la otra, de zumo de uva con gas.

Arqueé una ceja.

—¿Qué haces aquí?

—Yo también me alegro de verte —bromeó a la vez que se colaba en el apartamento sin que nadie la hubiera invitado, aunque no es que hiciera falta—. ¡He pensado que hoy era el día ideal para una noche de chicas! —exclamó—. Reese, ¿te apetece una noche de chicas?

—¡Sí! —gritó mi hija, lo que hizo que yo negara con la cabeza.

—No —repliqué. No tenía suficiente energía para prepararme y salir. La mayoría de días solo intentaba sobrevivir. No me quedaba ni una gota extra para entregarle a nada que no fuera mi hija.

—Oh, venga. No seas gafe, Emery —dijo Kelly.

—Eso, no seas gafe, mamá —repitió Reese. La miré con severidad y abrió mucho los ojos mientras susurraba—: ¿Gafe es una palabrota?

No fui capaz de contener la sonrisa que me produjo su comentario. Pero no era a ella a quien tenía que regañar en ese momento, así que me volví hacia Kelly.

—No puedo salir esta noche. Tengo que ir a buscar trabajo.

—Puedes seguir mañana. Necesitas una noche de chicas. Y apuesto a que te sentirás aún más inspirada para buscar trabajo después de habértelo pasado genial. Tú estuviste a mi lado cuando necesitaba un día de chicas, así que déjame que yo también lo esté ahora. ¿Por favor, Emery?

—Sí, ¿poooooorfa, mamá?

Quería decir que no, me apetecía arrastrarme hasta la cama y entregarme a mi tristeza, pero no podía dejar que la chispa de esperanza en los ojos de mi hija se extinguiera. Desde que Oliver había dejado de venir a casa, me había dado cuenta de lo triste que estaba. Si una noche de chicas iba a devolverle la sonrisa, adelante con ella.

—Vale. ¿Qué habías pensado?

—Es una sorpresa. ¡Tú solo vístete y ponte guapa! Yo ayudaré a Reese a escoger algo para ponerse. Nos vemos aquí en veinte minutos, ¿vale?

Solté una risita.

—No necesito veinte minutos para prepararme.

Kelly me miró de arriba abajo con sus ojos azules.

—Oh, cariño. Siento decirlo, no obstante, sí los necesitas. Has ido por ahí con pinta de zombi estos últimos días.

—Tiene razón, mamá. Pareces un zombi con cincuenta millones de ojeras en la cara —confirmó Reese. Luego ambas comenzaron a caminar por el salón como zombis.

Estupendo.

Justo la subida de moral que andaba buscando.

Antes de que pudiera responder, Kelly ya me estaba dando palmaditas en la espalda y empujándome hacia mi dormitorio.

—¡Y ponte tacones! —gritó.

¿Tacones? ¿Y qué más? Me iba a poner unas zapatillas, y ya podía darme las gracias.

Tardé quince minutos en vestirme y maquillarme, pero me quedé en mi cuarto esos cinco minutos restantes para darme un discurso motivador a mí misma. Necesitaba ponerme la capa de superheroína para que las chicas no se dieran cuenta de lo triste que me sentía. De zombi a Superwoman en menos de veinte minutos.

—¡Ahí está nuestra chica! —vitoreó Kelly cuando salí de mi habitación como una mariposa. Bueno, tal vez más bien como una polilla, pero esa noche no me podían pedir más.

Reese llevaba puesto un adorable vestido rosa de falda ancha y sus taconcitos. Tenía el pelo rizado y salvaje recogido en un moño perfecto. No tenía ni idea de cómo se las había apañado Kelly para hacer eso en menos de treinta minutos. Yo tardaba hasta cinco horas en domar el pelo de mi hija.

—Estás preciosa, mamá —dijo Reese mientras me miraba boquiabierta—. Como una princesa.

Cuando mi niña era dulce, era la más dulce.

—Tú también pareces una princesa, cariño.

Kelly sirvió dos copas de vino y una de zumo de uva con gas y nos los pasó a Reese y a mí. Luego alzó su copa en el aire.

—Un brindis por Emery Rose Taylor. La mejor madre y amiga que nadie puede tener. Contigo somos mejores, Emery. Y nada va a separarnos jamás.

Reese no tenía la menor idea de lo importantes y significativas que eran las palabras de mi amiga, pero yo necesitaba escucharlas. Necesitaba escuchar que mi vida siendo su madre no iba a terminar. No había dejado de darle vueltas al tema. ¿Cómo explicaría la verdad, que no era su madre biológica? ¿Que su verdadera madre la abandonó?

En aquel momento no podía responder a esas preguntas, así que las enterré lo mejor que pude en las profundidades de mi mente.

Nos terminamos la copa (bueno, la segunda) y bajamos las escaleras hacia el Uber que Kelly acababa de pedir. Todavía no tenía ni idea de a dónde íbamos, pero ella se negaba a darme ninguna pista.

—Tú disfruta del paseo —dijo con una sonrisa pícara.

Cuando nos detuvimos enfrente de un estadio con una cola gigantesca que rodeaba la manzana, arqueé una ceja.

—Pero ¿qué diablos…? —musité mientras salía del coche.

Entonces, cuando levanté la vista hacia el cartel que brillaba en el edificio, mi corazón se detuvo.

ESTA NOCHE:

EL REGRESO DE **OLIVER SMITH** A LOS ESCENARIOS

¿El regreso de Oliver a los escenarios? ¿Iba a actuar esa noche? ¿Cómo no me había enterado? ¿Cómo había llegado al punto de ser capaz de volver a actuar? ¿Lo lograría? ¿O volvería a caer, igual que cuando lo conocí en el Seven? ¿Estaba bien? ¿Se sentía nervioso? ¿Por qué estábamos allí?

—Kelly —comencé, pero enlazó su brazo con el mío y me interrumpió.

—Vamos. Será mejor que vayamos a los camerinos antes de que empiece el concierto —dijo mientras le daba la mano libre a Reese.

—¿A los camerinos?

—Sí, para saludar al artista.

—¿Saludar al artista?

—Ay, Emery, ¿vas a repetir cada cosa que diga? Menos cháchara y más mover el culo —dijo al tiempo que tiraba de mí. Con toda la tranquilidad del mundo, Kelly mostró unos pases a los de seguridad y, antes de que pudiera darme cuenta, estaba frente al camerino de Oliver.

Sentía como si tuviera un nudo en el estómago y fuera a desmayarme en cualquier momento. Kelly todavía no me había explicado nada y, a decir verdad, ahora que estábamos delante de la puerta de Oliver, ya no necesitaba que lo hiciera.

Solo lo necesitaba a él.

Ella llamó y, antes de que nadie respondiera, Reese cogió el pomo, lo giró y empujó la puerta.

—Señor Mith, ¿estás aquí? —gritó.

Cuando la puerta se abrió del todo, lo vimos allí de pie, peleándose con la petaca del micrófono en el bolsillo trasero. Bajó las manos al instante y los ojos se le iluminaron al ver a mi hija. Ella también brilló con toda su intensidad.

—¡Señor Mith! —chilló al tiempo que salía disparada hacia él, que ya la esperaba con los brazos abiertos.

—¡Pequeña! —exclamó, la levantó y empezó a dar vueltas. Reese se acurrucó más contra él y lo abrazó con fuerza.

—Te he echado de menos, señor Mith.

—Y yo a ti, pequeña.

—Mamá también te ha echado de menos. Ha estado llorando mucho desde que te fuiste. —Acercó la boca a su oreja y susurró, aunque con un tono bastante audible porque mi hija no sabía bajar la voz—: Pero finge que es alergia.

Oliver apartó la mirada de ella y la posó en mí.

Sucedió.

Lo miré.

Me miró.

Y todavía controlaba mis latidos.

Sus labios, dulces y a la vez pecaminosos, se curvaron en una sonrisa pícara que hizo que mis muslos temblaran.

—Hola —dijo mientras mis latidos golpeaban a un ritmo errático.

—Hola —respondí.

Dejó a Reese en el suelo y, antes de que me diera cuenta, estaba entre sus brazos. En pocos segundos me fundí con él, porque no era capaz de hacer otra cosa. Sentía su calidez, era como la pieza que faltaba en mi pequeño puzle familiar, y supe que encajaba a la perfección cuando Reese se abrazó a nuestras piernas.

Éramos el trío perfecto, y lo único que deseaba era quererlos a ambos el resto de mi vida.

—Joder, te he echado tanto de menos que me dolía —dijo antes de abrazarme más fuerte.

—¡Tienes que meter una moneda en el bote de las palabrotas! —señaló Reese y ambos soltamos una carcajada—. Oye, señor Mith. ¿Es verdad que vas a actuar esta noche?

—Así es, al menos eso espero. Voy a ser sincero: estoy muy nervioso. Hace mucho tiempo que no salgo ahí sin mi hermano, y no sé cómo irá.

—Bueno, ¿no puede verte desde el cielo y ya está? —dijo Reese. Su pregunta parecía tan seria que hizo que a todos se nos escapara una lágrima—. Así que no te preocupes, sigue aquí. Ven. —Tiró de los pantalones de Oliver para que se agachara. Luego le puso las manos sobre los hombros y lo miró con gesto serio—. Señor Mith, puedes hacer cualquier cosa porque eres mi mejor amigo y eso significa que puedes hacer cualquier cosa.

Mi pequeña le estaba dando un discurso motivador y a mí me iba a explotar el corazón al escucharlo.

Mi amor por ella era como un jardín silvestre. Cada día florecía más.

A Oliver se le empañaron los ojos y se inclinó para darle un beso en la frente.

—Gracias, Reese.

—De nada.

Kelly se aclaró la garganta.

—Bueno, vale, ¿qué tal si me llevo a Reese a buscar algo para picar y vamos a sentarnos para que Emery y Oliver puedan hablar un momento antes del concierto?

Acto seguido, las dos salieron del camerino y me dejaron allí, todavía asombrada y confundida porque no tenía ni idea de qué estaba pasando exactamente; pero también feliz. No podía negar la felicidad que me corría por las venas.

En cuanto cerraron la puerta al salir, los labios de Oliver se precipitaron sobre los míos, y yo me entregué a mi lugar seguro. Su lengua acariciaba la mía y le mordí el labio con suavidad mientras él gemía contra mi boca.

—Me alegro muchísimo de que estés aquí —admitió—. Me preocupaba que Kelly no consiguiera traerte.

Me aparté unos centímetros, todavía estupefacta.

—¿De verdad vas a actuar esta noche?

—Sí, creo que ha llegado el momento. Durante las últimas semanas he estado componiendo muchas cosas nuevas y siento que ha llegado el momento de volver al escenario.

—Estoy orgullosa de ti, es solo que... ¿Seguro que estás listo?

—No, en absoluto. Pero he aprendido que en la vida no tienes que estar preparado para todas las situaciones, solo debes ser valiente e intentarlo. Así que eso haré esta noche, y creo que será mejor si puedo buscarte entre el público y ver que me miras desde la multitud.

—Creo en ti —dije, y lo besé otra vez.

Seguimos besándonos hasta que llegó la hora de que saliera a actuar.

Así que me fui con el público, para asegurarme de estar a su lado cuando necesitara un poco de amor. No sabía qué significaba todo aquello para nosotros, porque la situación con mis padres y con Reese seguía siendo un desastre. Todavía no podía estar con él, pero también sabía que iba a bajar con el público y comportarme como su mayor fan.

Las luces se apagaron cuando llegué a mi asiento. Reese estaba de pie en su silla mientras hablaba con Kelly de sus canciones favoritas de Alex y Oliver. Cuando el espectáculo de luces comenzó en el escenario, las mariposas revolotearon en el estómago del público. Parecía que había cierto nerviosismo por la llegada de Oliver. Muchos se preguntaban en voz alta si el concierto se iba a cancelar otra vez. Otros se mostraban escépticos sobre que fuera a actuar de verdad. Aun así, incluso con sus dudas, habían ido hasta allí. Porque su amor por Oliver seguía presente, incluso con las decepciones.

Entonces, él avanzó hasta el centro del escenario y se quedó allí un momento mientras el público se volvía loco. Cada vez que abría la boca, lo vitoreaban con más fuerza y proclamaban a gritos su amor por él. Percibí el momento en que todo aquello lo conmovió. Sus ojos se empañaron y las emociones lo inundaron por completo.

Se aclaró la garganta mientras ajustaba el micrófono que tenía delante.

—Para ser sincero, no estaba seguro de si iba a venir alguien después de mi último intento fallido. Luego, con el trato que me han dado los medios estos meses, me planteé si debía permanecer escondido. Sin embargo, algo más grande que mi miedo me motivó a salir de mi escondite. Algo por lo que vale la pena luchar —dijo y sus ojos se clavaron en mí.

Mariposas.

Un millón de mariposas.

—¡Siempre hemos creído en ti, Oliver! —gritó alguien.

—¡Siempre estaremos aquí, Oliver! ¡Te queremos! —gritó otra persona desde la multitud.

—Yo también os quiero —dijo él con una risita incómoda—. Eh, para ser sincero, últimamente he estado pasando por un momento muy difícil. Como muchos de vosotros ya sabéis, perdí a mi mejor amigo hace unos meses, y no lo he llevado precisamente bien. Pero he sido lo bastante afortunado de tener a un equipo que no me ha dado la espalda. Quiero que sepáis que todos vosotros formáis parte de él. Gracias por estar a mi lado, a pesar de mis defectos.

Se pasó la mano por debajo de la nariz y casi pude sentir que sus nervios me provocaban cosquillas.

—Le he dado muchas vueltas a cómo comenzar el concierto esta noche. Había pensado en salir al escenario con una energía demencial y actuar como un loco. Había pensado que cuanto más grande, mejor, como mi hermano. Él era pura potencia en el escenario. Tenía una energía mágica, pero ese no era yo, y tampoco es quien soy ahora. En realidad, los últimos meses me he sentido bastante pequeño. Así que, en aras de mantener la autenticidad, he pensado que esta noche podemos empezar así, e ir creciendo. ¿Te parece bien, Los Ángeles?

La ciudad de Los Ángeles respondió con una ovación.

—Vale, esta es la guitarra de mi hermano. Había pensado en tocarla para que estuviese aquí conmigo en el escenario de alguna manera, pero una niñita me ha recordado que siempre lo está, aunque yo no le vea. De modo que vamos a viajar atrás en el tiempo con la primera canción que Alex y yo grabamos juntos. Si eres de la vieja guardia, la conocerás. Si eres nuevo, aquí tienes una parte de mí. Y pido disculpas de antemano si me pierdo en mí mismo. Estoy haciendo todo lo que puedo. Esto es «Heart Stamps».

Cuando comenzó a cantar, su voz llenó el estadio y parecía polvo de hadas. Las palabras salían de su boca como si fueran parte de su alma y la estuviera compartiendo con todos nosotros. Todo iba bien, hasta que al llegar al estribillo miró al público y tropezó con sus emociones.

—Y haré latir tu corazón —comenzó, pero la avalancha de sentimientos se apoderó de él mientras se apartaba del micrófono y las lágrimas comenzaban a rodar por sus mejillas. En ese instante, quise subir corriendo al escenario y abrazarlo. Quise que sintiera mi consuelo, que no estaba solo en ese momento. Sin embargo, me di cuenta de que, en ese instante, no necesitaba mi consuelo.

Diez mil personas lo rodeaban con su amor mientras cantaban la letra que su voz no conseguía articular.

Haré latir tu corazón
bien pegado al mío, cada segundo, cada latido.
Haré latir tu corazón
en los días oscuros que encuentres,
y las sombras que has perseguido.
Tu corazón late con el mío.
Tu corazón hace latir el mío.
Todo irá bien
porque nuestros corazones laten en armonía.

Fue el momento más poderoso que había visto jamás. Oliver volvió a acercarse al micrófono y las lágrimas seguían cayendo por su cara, pero sabía que ahora eran por el amor que llenaba el estadio. Cuando volvió el estribillo, comenzó a tocar la guitarra y a cantar de nuevo.

La belleza puede nacer cuando el amor y el dolor se encuentran.

Estaba moviendo los labios para seguir la letra y, entonces, una mujer se acercó al asiento contiguo al mío, que estaba vacío. Me dejó confundida al notar que me cogía de la mano. La aparté de inmediato antes de volverme y ver a Sammie. Tenía los ojos llenos de lágrimas y esbozó la sonrisa más rota que había visto nunca.

No lo comprendía. No sabía qué hacía allí o cómo había averiguado dónde estaría, pero en cuanto levanté la vista hacia el escenario y vi a Oliver, que cantaba el estribillo una vez más, me quedó claro que era cosa suya.

Entonces, me giré hacia Sammie y me entraron ganas de gritarle. Quería explotar por lo que ella y nuestros padres me estaban haciendo pasar con Reese.

Pero «Heart Stamps» era nuestra canción.

Nos había representado durante tanto tiempo, y Sammie parecía tan rota, que hice lo único que se me ocurrió. Le cogí la mano y la apreté con fuerza.

En ese momento, sentí como sus temblores se volvían más intensos. Comenzó a derrumbarse y las lágrimas rodaron por sus mejillas. Cerró los ojos y observé cómo sus labios se movían de manera apenas perceptible mientras pronunciaba la letra de la canción. Entonces, canté con ella.

Tu corazón late con el mío.
Tu corazón hace latir el mío.
Todo irá bien
porque nuestros corazones laten en armonía.

39

Emery

Después del concierto, Oliver nos llevó a Sammie y a mí a su casa para que pudiéramos hablar de todo lo que teníamos pendiente. Kelly se llevó a Reese a dormir a su casa, porque yo quería asegurarme de que no tuviera ninguna interacción con Sammie. A decir verdad, todavía no sabía si mi hermana seguía del lado de nuestros padres.

En todo caso, necesitábamos mantener la conversación franca que teníamos pendiente desde hacía años.

—Estaré en el estudio si me necesitas —dijo Oliver al tiempo que me daba un beso en la mejilla—. Pero tómate todo el tiempo que haga falta.

Miró a Sammie con una media sonrisa antes de salir del salón y dejarnos solas. El silencio era pesado, y no tenía ni idea de cómo empezar, pero sabía que teníamos que empezar de algún modo.

—Yo… —dijimos al unísono.

Las dos dejamos escapar una risa incómoda y ella hizo un gesto hacia mí.

—Tú primero.

Tomé asiento en el sofá y ella se sentó delante de mí. Mi mente iba a toda velocidad mientras intentaba controlar mis pensamientos.

—¿Por qué te fuiste? —pregunté—. Hace cinco años, ¿por qué te fuiste?

En ese momento, ella bajó la mirada.

—No sabía cómo quedarme. Me estaba perdiendo a mí misma, Emery. Había entrado en un lugar muy oscuro y no encontraba ninguna salida. Y cuando miraba al bebé tenía pensamientos incluso más lúgubres. Me fui porque sentía que iba a hacerle daño. No sabía cómo quedarme.

—¡La dejaste sola en el apartamento, Sammie! —grité, y levanté la mano con rabia. De vez en cuando, volvía a pensar en aquel día, en cómo la niña chillaba, y el corazón se me rompía otra vez.

—¡Lo sé, lo sé! Vale. Si vas a gritarme, puedo irme y ya…

Fue a ponerse en pie, pero alargué la mano y la retuve.

—No —exclamé con severidad—. Tienes que dejar de huir, y supongo que has venido porque te has cansado de hacerlo.

—No necesito que me grites y me demuestres que me odias.

—No te grito porque te odie, Sammie. Es porque te quiero, ¡y me hiciste daño! Me hiciste muchísimo daño. Y, luego, el hecho de descubrir que habías estado viendo a nuestros padres, pero a mí no, me destrozó aún más. Y ahora la idea de que estén intentando conseguir la custodia de Reese es una locura. No puede ser que no lo veas. ¿No recuerdas cómo era cuando éramos niñas? ¿Por qué desearías eso para ella? Son tóxicos, Sammie.

—Mamá me aseguró que esta vez lo haría mejor…, mejor que con nosotras —susurró mientras negaba con la cabeza—. Además, me prometió que me dejaría volver a formar parte de la familia de verdad, no solo de vez en cuando. Eso es lo único que quiero, Emery. Solo me gustaría que las cosas volviesen a ser como antes.

—Nada volverá a ser como antes. Es imposible, y, a decir verdad, tampoco deberías desear algo así. Nuestros padres nos controlaban y nos humillaban, Sammie, e impidieron que confiáramos en nada ni en nadie.

Abrió la boca y los temblores regresaron. Odiaba lo nerviosa y rota que parecía todo el tiempo. Aunque estaba enfadada con ella, verla tan herida me rompía el corazón.

—Solo quiero que me quieran.

—No deberías tener que rogarle amor a nadie, nunca. Nunca deberías obedecer para que te consideren digna de su amor. El amor no funciona así.

—No sé cómo funciona —confesó—. Nunca lo he sabido.

—Sí, sí lo sabes. Me querías, y yo te he querido toda nuestra vida de forma incondicional, Sammie. Eso es el amor. No tiene cadenas. Pero el amor de mamá y papá no funciona así. Te atrapa y te asfixia. No me creo que de verdad quieras eso para Reese. O para ti misma.

Se quedó callada unos segundos antes de sorber.

—Oliver se ofreció a llevarme a una clínica de Texas especializada en la salud mental de las mujeres. Está en la ciudad donde nació. Me aseguró que él se encargaría de todos los gastos.

Ese era el hombre al que yo quería.

—¿Te lo estás planteando?

Ella asintió.

—Se supone que tengo que estar allí la semana que viene, pero hay algo que debo hacer primero, y necesito que me ayudes, si puedes.

—Lo que sea.

—Necesito que te enfrentes a ellos conmigo, a mamá y a papá. Te necesito a mi lado.

La idea no me gustaba demasiado, porque sabía que nuestros padres podían acorralarla y hacer que cambiara de opinión. Cierto, en ese momento parecía fuerte y segura, pero sabía cómo funcionaba la mente de mi hermana. Iba de un extremo a otro entre la esperanza y la desesperación. Nunca sabía realmente con quién me iba a encontrar, pero aun así…

—Estaré a tu lado, no lo dudes.

Me abrazó, y yo le devolví el abrazo con fuerza.

—A veces iba a visitaros a ti y a Reese —confesó mientras se secaba las lágrimas—. Iba a vuestro barrio de vez en cuando y te veía con ella. Veía lo felices que erais y me quedaba claro que, en realidad, nunca fue mía. Ella es tu hija, Emery. Y siento mucho todo el daño que os he hecho. Haré todo lo que esté en mi mano para que siga contigo. Lo prometo.

Oírle decir que Reese era mía significaba más para mí de lo que nunca se podría imaginar.

Aunque todavía teníamos mucho de lo que hablar y mucho bagaje que revisar, decidí que había sido suficiente por aquella noche.

Oliver preparó una habitación de invitados para que mi hermana pasara la noche y, cuando llegó la hora de irme a la cama con él, le agradecí un millón de veces que la hubiera convencido para que viniese y que no solo hubiera dejado la conversación con mis padres, sino que le hubiera conseguido a mi hermana la ayuda que necesitaba.

—¿Quieres que hablemos sobre nosotros…? —pregunté, nerviosa tras haber arruinado nuestra oportunidad después de cortar con él hacía unas semanas. No le habría culpado si no hubiera querido recibirme con los brazos abiertos—. Quiero decir, ¿todavía hay un nosotros?

Caminó hasta mí y me rodeó con los brazos.

—Siempre habrá un nosotros, Emery.

—No te haces a la idea de lo mucho que me has ayudado —dije mientras me abrazaba.

—Haría cualquier cosa por ti. A partir de ahora, siempre estaré a tu lado.

Sonreí y le di un beso suave.

—Estos últimos meses contigo han sido una locura, pero no cambiaría nada.

—Te quiero.

—Te quiero —repetí.

Su boca danzó por mi lóbulo mientras me susurraba:

—¿Puedo mostrártelo? ¿Puedo mostrarte cuánto te quiero?

Entonces me llevó a su dormitorio y no tardó demasiado en tumbarme en la cama y sujetarme mientras me miraba sin tocarme todavía. Sus ojos se empañaron y repitió las palabras.

—Te quiero, Emery —murmuró de nuevo, y tuve la certeza de que nunca me cansaría de escuchar esas palabras que salían de su boca.

Mis labios se apretaron contra los suyos, y le susurré:

—Yo también te quiero.

Bajó una mano hasta el dobladillo de mi vestido y lo levantó un poco.

Primero deslizó un dedo dentro de mí, despacio; luego otro, que me abrió más. Aumentó la velocidad mientras mis caderas se mecían contra su mano. Luego, otro dedo, y la sensación me arrancó un gemido que me obligó a volver la cabeza hacia la almohada porque no quería hacer demasiado ruido mientras me metía los dedos hasta el fondo.

Cuanto más profundo los introducía, más fuerte gemía yo, hasta que me derramé contra su mano. Sacó la mano de mis bragas y se chupó los dedos antes de apretar su boca contra la mía.

—Hazme el amor —susurré.

Me moría de ganas de sentirlo dentro de mí, de que cada parte de su amor dejara mi mundo patas arriba. No puso objeciones. Mientras entraba en mí esa noche, mientras le hacía el amor a cada centímetro de mi cuerpo, sentí que nuestros corazones comenzaban a sanar juntos. Mientras me hacía el amor, percibí la promesa del mañana que me hacía esa noche. Mientras se perdía en mi interior, supe que había encontrado mi hogar. Supe que iba a ser suya para siempre.

Y que él sería mío.

40

Emery

Cuando comencé la conversación con mis padres, solo tenía una cosa en la cabeza: romper la maldición generacional.

—Me tomas el pelo, ¿verdad? —saltó mamá, en la misma cafetería en la que me había dicho que intentaría quitarme a mi hija. Solo que esta vez Sammie se encontraba sentada a mi lado y nuestras manos estaban entrelazadas bajo la mesa, para apoyarnos la una a la otra cada vez que necesitáramos un empujoncito de consuelo—. No creerás que puedes quedártela. No eres la persona adecuada para criar a esa niña.

—Lo he sido durante cinco años y pienso serlo el resto de mi vida —repliqué.

—Samantha, dile a tu hermana que se equivoca. Ya hemos hablado de esta situación y estuviste de acuerdo en que lo mejor para tu hija es…

—Reese no es mi hija —dijo ella con una seguridad absoluta.

Mamá abrió más los ojos ante sus palabras.

—Te equivocas. Teníamos un plan. Tu padre y yo íbamos a criar a esa niña para darle una oportunidad de verdad en la vida, la posibilidad de tener una familia.

—Ya tiene una —dije—. Yo soy su familia.

—Eres una madre soltera, nunca serás suficiente para esa niña. Ni lo has sido nunca. Vas por ahí con músicos drogadictos que se acuestan con cualquiera. ¿Te crees que va a cuidar de ti? Buena suerte. Se deshará de ti como si no valieras nada

—resopló mamá. Sus palabras me dolieron, pero solo un poquito.

Porque sabía que ninguna verdad vivía en mis padres.

—No tienes la menor idea de quién es Oliver, ni la menor idea de quién soy yo. Estoy segura de que tampoco sabes quién es Samantha.

—Oh, cierra la boca, Emery Rose. Claro que conozco a mi hija.

—¿Cuál es mi canción favorita, mamá? —preguntó ella en voz baja.

—¿Disculpa?

—¿Cuál es mi canción favorita? ¿Qué canción escuchaba una y otra vez cuando era pequeña? ¿Puedes decirme quién es mi músico favorito? ¿Cuál es mi color preferido? ¿Qué quería ser cuando fuera mayor? ¿Cómo me gustan los huevos?

—Samantha, no veo qué tiene que ver. No son más que datos estúpidos sin importancia —espetó mamá—. Ahora dile a Emery que vamos a ir a juicio por la custodia.

—«Heart Stamps», de Alex y Oliver, que es su grupo favorito. Sus colores preferidos son el verde azulado en verano y el amarillo en invierno, porque piensa que los días oscuros necesitan colores brillantes. Quiere ser psicóloga para ayudar a los demás, y le gustan los huevos revueltos con dos lonchas de queso americano —expliqué, porque yo sí conocía a mi hermana.

Sammie me apretó la mano.

Yo le devolví el apretón.

—¡Esto es ridículo! —explotó al fin mi padre, que no había mediado palabra desde que habíamos llegado al restaurante—. No puedo creer que haya gastado ni un segundo de mi tiempo con estas estupideces, Harper. Para empezar, todo esto es culpa tuya.

—No, yo...

—Nunca debería haberte dado otra oportunidad después de que te quedaras preñada de ese capullo. Tendrías que haber abortado y ya está —dijo mientras me señalaba—. En vez de eso, me he visto obligado a hacerme cargo de tus errores.

Espera, ¿qué?

Los ojos de mamá se llenaron de lágrimas cuando miró a su marido, estupefacta.

—Theo, me prometiste que nunca lo mencionarías.

—Pues está claro que hace falta decirlo. He aguantado demasiadas de tus gilipolleces todos estos años. Y ahora resulta que sucede lo mismo con mi hija por culpa de tus defectos. Los mismos errores, la misma historia. Y apuesto que la misma mierda pasará con esa niña porque esta familia está maldita.

—¿De qué habla? —preguntó mi hermana.

—¡De los pecados de esta familia! Lo mismo que te pasó a ti le ocurrió a tu madre, y por eso estoy tan harto de ver que se repite. Pero, de algún modo, acabé criando a su bastarda.

—Mamá… —comencé, pero mis palabras se desvanecieron. ¿Qué decía? ¿No era su hija? ¿El hombre al que yo había considerado mi padre toda mi vida no era mi padre en realidad? ¿Cómo?

Mamá se enjugó las lágrimas mientras intentaba mantener la compostura.

—Era joven y fui a una fiesta. Cometí errores, y un chico se aprovechó de esos errores. Mi padre lo descubrió y me echó de casa.

Déjà vu.

Vivíamos en un bucle.

Mamá había permitido que Sammie pasara por todo por lo que ella había sufrido. Y, si la maldición generacional perduraba, si no hablábamos y sanábamos las heridas de nuestro pasado para cambiar nuestro futuro, seguiríamos en ese bucle.

Todo comenzaba a tener sentido. Ahora entendía por qué mi padre nunca me había querido como quería a Sammie. Entendía por qué eran tan duros con nosotras, tan protectores hasta el extremo: porque no querían que nos ocurriera lo mismo.

Pero la vida no se detenía. Y allí estaban de nuevo, intentando criar a Reese como si fuera suya para controlar el resultado y tener otra oportunidad de convertirla en algo que creían correcto.

—Con vosotras fracasamos, pero podemos hacerlo mejor con ella. Lo supe en cuanto la vi —señaló mamá, que se estaba derrumbando en la cafetería—. Con ella puedo ser mejor. Sé cómo arreglarla.

—No está rota —dije mientras negaba con la cabeza en un gesto de incredulidad—. No es algo que tengas que arreglar.

—No tienes ni idea de lo que haces —dijo papá con una mirada gélida—. No sabes cómo criar a una niña.

—Claro que sí. Tan solo tengo que hacer justo lo contrario de lo que hicisteis vosotros conmigo. —Me volví hacia mi hermana. Tenía un nudo en el estómago por las revelaciones que se sucedían ante mis ojos—. ¿Estás lista para que nos vayamos?

Ella asintió.

Sin embargo, mamá resopló.

—¿De verdad, Samantha? ¿Vas a escogerla a ella antes que a tus propios padres?

—Ella es mi familia, mamá. Es la mejor familia que he tenido nunca —confesó Sammie a la vez que me apretaba la mano. Acto seguido, salimos del restaurante para regresar a mi casa. Mi hermana me dio la mano durante todo el trayecto, y se lo agradecí. Necesitaba el consuelo.

Creo que ella también.

—¿Estás bien? —preguntó, de pie en el pasillo frente a mi puerta.

—Todavía no, pero lo estaré. Ahora todo tiene un poco más de sentido, eso sin duda. Siempre he creído que no era suficiente para ellos, pero la verdad es que estaban luchando con sus propios demonios. No tenía nada que ver conmigo. —Sonreí—. O contigo. Resulta que, a veces, los padres también se rompen.

Miré hacia el apartamento de Abigail y señalé con la cabeza.

—¿Quieres conocerla? ¿A Reese? Voy a serte sincera, no sé cómo seguir con esto. No sé qué camino tomar desde aquí.

Ella se apoyó las manos sobre el corazón y asintió.

—Me encantaría conocerla, aunque solo si tú te sientes cómoda al respecto.

Asentí y fui a recoger a Reese. En cuanto volvimos a mi apartamento, vi cómo los nervios de Sammie se disparaban. Los míos también estaban de punta.

—Mamá, ¿quién es? —preguntó Reese con los ojos entornados.

—Es mi hermana, Reese. Se llama Sammie.

Reese se quedó boquiabierta.

—¿Tienes una hermana?

—Sí, así es. Y es una persona muy fuerte.

Mi hija le sonrió y las lágrimas comenzaron a caer de los ojos de Sammie. Frunció el ceño al verlo, caminó hasta Sammie y la abrazó.

—No estés triste. No pasa nada —dijo, consolándola.

—Gracias, Reese —dijo Sammie y se agachó para mirarla a los ojos—. Ay, Dios, eres preciosa.

—Tú también eres preciosa. Te pareces a mamá. Entonces, si eres su hermana, ¿eso significa que tengo una tía?

Sammie me miró y luego de nuevo a Reese.

—Creo que eso es lo que quiere decir.

—¡Oh, qué guay! —Sus ojos se iluminaron una vez más y volvió a abrazar a Sammie—. Siempre he querido tener una tía.

41

Emery

—¿Cuándo va a volver el señor Mith? —se quejó Reese mientras la recogía de la escuela. El verano había terminado y Oliver había vuelto al trabajo con su banda, por lo que se encontraba recorriendo Estados Unidos y concediendo entrevistas por el lanzamiento de su último tema. Resultaba que Alex y Oliver habían llegado a su fin, pero Oliver Smith estaba encontrándose a sí mismo día tras día. Verlo encontrar su sitio en un mundo nuevo sin su hermano me inspiraba y, a decir verdad, también resultaba empoderador.

Lo echaba muchísimo de menos durante sus viajes, pero podía sobrellevarlo con nuestras llamadas por FaceTime.

Reese, por el contrario, extrañaba a su mejor amigo.

—Volverá el fin de semana que viene, cariño, no te preocupes. En unos días os estaréis chinchando el uno al otro.

—Bien —dijo mientras aparcábamos el coche y subíamos a nuestro apartamento. Cuando llegamos a casa, abrió los ojos como platos al encontrarse a Oliver frente a la puerta, con una planta en la mano.

—¡Señor Mith! —chilló y salió disparada hacia él con la mochila todavía en los hombros.

Yo también acudí.

—¿Qué haces aquí? —pregunté mientras me acercaba para darle un beso.

—He vuelto antes de tiempo y he pensado en venir a ver a mis chicas. Además, quería darte otra planta para añadir a tu colección. —Solté una carcajada un instante antes de que mi risa se desvaneciera cuando bajé la vista hacia la planta. Un anillo con un diamante inmenso me devolvía la mirada.

—Oliver —murmuré asombrada por lo que veía.

Entonces, él hincó una rodilla en el suelo y sostuvo el anillo en la mano.

—Hay tantas partes de ti que adoro, Emery Taylor. Adoro las partes calladas, y también las ruidosas. Adoro cómo brindas todo tu amor a los que te rodean, y cómo también te guardas un poco para ti misma. Adoro tu cocina, y tu risa. Adoro la manera en que quieres a tu hija. Yo también la quiero. La adoro. Y, si me lo permites, me encantaría seguir demostrándoos este amor a ambas durante el resto de mi vida. ¿Quieres casarte conmigo, Emery? Cásate conmigo, y me quedaré para siempre —juró.

Me quedé estupefacta, incapaz de hablar. Lo único que podía hacer era observar el anillo y, cuando me volví para mirar a mi hija, vi la sonrisa pícara en su cara mientras sostenía un cartel que había sacado de la mochila.

¡DI QUE SÍ, MAMÁ!

Así que estaba en el ajo, la muy pilla.

Me volví hacia Oliver y pronuncié la palabra que más importaba en ese momento.

—Sí.

Entonces, él se puso en pie y me abrazó muy fuerte. Sus labios se apretaron contra los míos y nos reímos nerviosos mientras me ponía el anillo en el dedo.

Cuando terminó de pedirme matrimonio, se volvió hacia Reese y se arrodilló frente a ella.

—A ti también quería preguntarte algo, pequeña. Verás, no tengo anillo, pero tengo esto. —Se metió la mano en el bolsillo y sacó la mitad de su colgante de corazón—. Era de mi hermano, y lo significa todo para mí, así que quería dárselo a la niña que también lo significa todo para mí. Quiero que sepas que tienes la mitad de mis latidos, y que pienso dedicar mi vida a protegerte, si me aceptas.

Reese estaba sonriendo tanto que pensé que le iban a explotar las mejillas en cualquier momento.

—¡Sí, señor Mith, sí! —gritó sin dejar de dar saltos. Oliver le puso el colgante y luego le dio un fuerte abrazo—. ¿Esto quiere decir que ahora puedo llamarte «papá»? —preguntó Reese nerviosa.

—Sí, Reese. Si quieres, puedes llamarme papá.

Ella lo abrazó aún más.

—Te quiero, papá —gritó, lo que hizo que mi corazón se rompiera y sanara a la vez.

En ese momento, descubrí la verdad sobre la familia. No había una única manera de querer. Las familias podían tener muchas formas y tamaños. A algunas las unía la sangre, y a otras los latidos. A fin de cuentas, lo importante no era qué nos había juntado, sino que permaneciéramos unidos. Cuidándonos y queriéndonos sin condiciones.

Mi amor por Reese y Oliver no tenía límites.

Y, precisamente por eso, duraría para siempre. Porque habían hecho que mi corazón latiera y lo habían sellado para siempre.

Epílogo

Emery

Un año más tarde

—¡Está demasiado apretado! —suspiré mientras Sammie terminaba de ajustar las tiras de la espalda de mi vestido.

—Te advertí que no te comieras esas patatas con queso anoche —bromeó mientras terminaba—. Además, te queda perfecto, no está tan apretado.

Sammie había regresado a California hacía unas semanas para ayudarme a prepararme para la boda con Oliver. Había estado en Texas los últimos meses poniendo su vida en orden con la ayuda de los padres de Oliver, que habían estado cuidando de ella. Aunque hacía lo posible por convencerla de que regresara a California, parecía haber encontrado su sitio en Austin, así que no podía alegrarme más por ella. Además, se veía más sana, no solo en lo que respecta al físico, sino también a la mente. Emocionalmente. Sabía que mi hermana todavía tenía mucho camino por recorrer, muchos demonios que vencer, pero lo estaba consiguiendo día tras día.

Y yo estaba rebosante de felicidad por tenerla a mi lado en el día más feliz de mi vida. Había soñado con el día de mi boda durante mucho tiempo y siempre era mi hermana la que estaba a mi lado. Por eso, me sentía muy feliz de que se hiciera realidad.

—Hola, Emery. Vaya —dijo Tyler al entrar en el vestidor—. Estás increíble. Se supone que tenía que venir a deciros que el fotógrafo necesita a Reese y a Sammie para las fotos individuales. Acaban de terminar con las mías y las de Kelly. Están justo al final del pasillo a la izquierda.

Mi hermana le dio las gracias y se marchó con Reese de la mano.

Entonces, Tyler se volvió para mirarme y me sonrió.

—Estás increíble, Emery, de verdad. Mi mejor amigo tiene mucha suerte, el cabrón.

—Gracias. Ahora solo me falta poder controlar los nervios —bromeé.

—No hay ningún motivo para estar nerviosa. Nunca había visto a dos personas más perfectas la una para la otra. Oye, quería tomarme un momento para darte las gracias… por quererlo. Le diste una oportunidad cuando el resto del mundo le había dado la espalda. Eres una mujer fantástica y Oliver tiene mucha suerte de que formes parte de su vida.

—No se equivoca —interrumpió una voz. Me volví y vi a Richard, el padre de Oliver, en la habitación—. No pretendo incordiar, pero ¿podrías dejarme un momentito a solas con Emery?

Tyler asintió y salió del vestidor.

Richard se quedó callado un momento con las manos en los bolsillos.

—Vaya —murmuró—. De verdad, estás impresionante.

—No me hagas llorar todavía, Richard. No sé dónde está mi maquilladora.

—Perdona, es solo que… mi hijo tiene mucha suerte. No voy a robarte mucho tiempo. Seré sincero: no sé mucho sobre tradiciones de boda. Michelle y yo nos casamos de penalti en Las Vegas, y mis padres siguen cabreados hasta el día de hoy. Sin embargo, he oído que necesitas algo viejo, algo nuevo, algo prestado y algo azul. Solo tengo una de esas cosas, y había pensado que podría ofrecerte algo prestado, si quieres. —Se metió la mano en el bolsillo y sacó un reloj.

—Era el reloj favorito de Alex. Siempre… llevaba un reloj, fuera a donde fuese. No soportaba que su hermano llegara tarde, así que, para compensar, era puntual. Y creo que te pega, porque tú llegaste justo a tiempo para darle tu amor a Oliver. Ya sé que no combina demasiado con tu vestido, pero…

—Por favor —interrumpí mientras alargaba el brazo hacia él. Richard sonrió y asintió mientras me ponía el reloj en la muñeca. Observé el precioso objeto que contenía la historia de un hombre maravilloso—. Ojalá lo hubiera conocido.

—Te habría adorado, como todos nosotros. —La manera en que los Smith me habían recibido en su mundo parecía irreal. A veces sentía que no merecía su amor, pero siempre me lo habían dado, tanto a mí como a mi hija, sin pensarlo dos veces.

Richard se quedó delante de mí como si quisiera decir algo más pero no estuviera seguro de cómo hacerlo.

—¿Hay algo más? —pregunté.

—Sí, bueno…, puedes negarte, porque eres dueña de ti misma, es que me he dado cuenta de que no tienes a nadie que te lleve al altar, y quería decirte que si necesitas una figura paterna que te coja de la mano, me encantaría ofrecerte la mía.

Las lágrimas rodaron por mis mejillas y él levantó los brazos en un intento por detenerlas.

—¡Nada de lágrimas, el maquillaje!

—No importa, encontraremos a la maquilladora en algún sitio —reí y lo atrapé en un abrazo.

Cuando llegó la hora de dirigirme al altar para encontrarme con mi canción favorita, me agarré del brazo de Richard. Cuando la oficiante (Abigail, por supuesto) preguntó quién me entregaba, Richard me confió a su hijo. Fue uno de los momentos más emotivos de mi vida y sentí más amor que nunca.

Todas las personas importantes en la vida de Oliver y en la mía se encontraban ahí con nosotros, dándonos su apoyo en nuestro final feliz. Lo vi allí de pie, como un sueño que nunca pensé que se haría realidad. Al echar la vista atrás en mi vida, me di cuenta de que, aunque pudiera, no cambiaría nada. No cambiaría ni una lágrima, ni una dificultad o latido roto, porque todas esas piezas me habían llevado a donde estaba en ese momento: junto al amor de mi vida.

Y, ahí, en ese instante, frente a nuestra familia y nuestros amigos, grabamos la mejor canción de nuestra cinta de amor.

Aquella noche bailamos al son de los Spinners, «Could It Be I'm Falling in Love», la primera canción que bailaron los padres de Oliver. Estábamos escribiendo nuestra nueva historia, rompiendo maldiciones generacionales e iniciando nuevas tradiciones. Y, a partir de ese día, Oliver y yo bailamos juntos durante el resto de nuestras vidas.

Oliver

Dos años más tarde

Había pasado mucho tiempo desde la última vez que me encontré perdido. No me malinterpretéis: todavía sentía tristeza, pero, gracias a la ayuda de Abigail, había aprendido mejores maneras de sobrellevar mis emociones. Hubo un momento en mi vida en que los días malos superaban en número a los buenos, así que al llegar al punto en el que me encontraba en ese momento, me sentí sobrecogido por todos los días maravillosos que había vivido.

Agradecía a Dios por no haber perdido la esperanza. Le daba las gracias por haber seguido luchando a través de las tinieblas. Si me hubiera rendido hacía tantos años, cuando toqué fondo y noté que la muerte estaba más cerca que la vida, nunca habría llegado a este instante. Nunca habría descubierto mi verdadera felicidad.

Respiraba el aire del otoño, la brisa me acariciaba la cara y Emery reía con Reese mientras mirábamos la puesta de sol tumbados en la hierba. Mi pequeño, Alex, estaba boca abajo, y se esforzaba por averiguar cómo gatear mientras movía su cuerpecito adelante y atrás sin parar. La música sonaba fuerte en el altavoz. Era suave, con una nota que me tranquilizaba.

Aquel día era mi cumpleaños. Cada año, toda la familia visitaba la tumba de Alex, le poníamos nuestras canciones favoritas de ese año y hablábamos con él. Le contábamos los altibajos de la vida y celebrábamos su recuerdo. Cada vez que pasaba una brisa, sabía que Alex estaba allí con nosotros. Aunque no podíamos verlo, sentía su espíritu a mi alrededor.

También era tradición cantar «Godspeed», de James Blake. Este año, Reese la cantó conmigo antes de desearle a su tío Alex feliz cumpleaños. La canción que en su momento me producía tanto dolor había pasado a representar algo bello.

Después, me puse en pie y le tendí la mano a Emery, que la tomó sin titubear. La levanté y comenzamos a mecernos abrazados. Bailamos juntos al son de la música al tiempo que mi hija, sentada junto a su hermano, que no había dejado de balancearse, trataba de ayudarlo a descifrar cómo seguir adelante en su nueva vida de descubrimientos.

Emery apoyó la cabeza sobre mi hombro y yo la abracé para tenerla lo más cerca posible.

Sus labios rozaron mi oreja cuando susurró contra mi piel:

—¿Estás bien?

—Sí.

Ningún día era perfecto. No todos terminaban con bailes lentos y risas, o sonrisas y felicidad, pero cada uno valía la pena. Cada día era digno de ser vivido porque llevaba a mañanas mejores, a los días más brillantes, a nuestro final feliz. Así era nuestra vida. Con sus altos y bajos, pero, sin duda, nuestra. Era nuestra cinta y estaba muy muy orgulloso de ella.

En ese momento me sentí sobrecogido por la mejor verdad descubierta. Una verdad que nunca había pensado que alcanzaría, sin embargo, me hacía muy feliz que al fin hubiera llegado a mí:

«Quiero estar aquí».

Agradecimientos

En primer lugar, quiero darte las gracias a ti, lector, por tomarte el tiempo de conocer a Emery y Oliver. Su historia ha sido fruto del amor, y significa muchísimo para mí que le hayas dado una oportunidad. Sin ti, estos personajes nunca habrían cobrado vida. Tu apoyo nunca pasa desapercibido.

A continuación, mis editoras de la editorial estadounidense Montlake, Alison y Holly, cuyo talento y amabilidad son tremendos. Sin vuestra paciencia, apoyo e ideas brillantes, todavía no habría terminado esta historia. Desde nuestros correos electrónicos a las llamadas, gracias por ayudarme a llevar a estos personajes al siguiente nivel. Vuestra creatividad y el apoyo que me habéis brindado para explorar han sido un regalo. Trabajar con vosotras ha sido un inmenso honor. Gracias.

Gracias también a mi fantástica agente, Flavia, que me llevó de la mano durante todo el camino y discutió el argumento conmigo día sí, día también. Siempre me has apoyado y tengo suerte de tenerte a mi lado.

A mi familia y amigos, que entienden que a veces desaparezca por un tiempo para terminar un libro, o que empiece a hablar sobre mis personajes en la cena sin previo aviso, gracias por no hacerme pensar que soy rara. Y gracias por seguir saliendo a cenar conmigo, aunque mi mente no siempre esté allí. Me dais espacio para ser creativa y espero que sepáis que siempre os daré el mismo amor y respeto.

Gracias a Amazon Publishing por concederme una oportunidad. Desde el equipo de editores, al grupo de relaciones públicas o a los diseñadores, muchas gracias a todos.

Y, una vez más, voy a terminar esto de la misma manera que empezamos. Gracias, lectores. Vuestro amor y apoyo es lo que me permite seguir adelante. Gracias por hacer que mi corazón siga latiendo. Sois las canciones favoritas de mi cinta.

BCherry

Chic Editorial te agradece la atención dedicada a
Eres mi canción favorita, de Brittainy Cherry.
Esperamos que hayas disfrutado de la lectura
y te invitamos a visitarnos
en www.chiceditorial.com,
donde encontrarás más información
sobre nuestras publicaciones.

Si lo deseas, también puedes seguirnos
a través de Facebook, Twitter o Instagram
utilizando tu teléfono móvil
para leer los siguientes códigos QR: